A Faint Cold Fear Thrills Through My Veins · William Shakespeare

## Zu diesem Buch

Tod durch Ersticken, stellt der Arzt fest: Der junge Mann hat innerhalb eines kurzen Zeitraums große Mengen Whisky zu sich genommen; die Alkoholvergiftung hat zu einer Lähmung des Atemzentrums geführt – Exitus.

Moses, genannt Moose, Carter ist erstickt, das steht außer Zweifel; und daß er eine halbe Flasche Whisky auf einmal heruntergeschüttet hat, wird von mehreren Zeugen bestätigt. Aber dann stellt sich heraus, daß ihm jemand einen Möbelüberzug aus Plastikfolie eng um den Kopf gewickelt hat, während er seinen Rausch ausschlief – also Mord.

Hugh Lanigan, der Polizeichef des New England-Städtchens Barnard's Crossing, fahndet nach dem Mörder. Er hat die Auswahl zwischen einer ganzen Reihe von Verdächtigen: Da sind die Teilnehmer an dem Picknick am Strand, nach dem Moose gestorben ist; da ist der junge Neger, den der Tote bis zur Weißglut gereizt hatte; da ist auch der Arbeitgeber des Ermordeten, von dem die Polizei annimmt, er sei möglicherweise Mitglied eines Rauschgiftrings – und in Mooses Taschen ist Marihuana gefunden worden ... Dann wird im nahen Boston ein zweiter Toter entdeckt; ein Mann, von dem einwandfrei feststeht, daß er Rauschgifthändler war. So stellt sich die Frage, ob zwischen den beiden Verbrechen ein Zusammenhang besteht. Der Polizeiapparat läuft auf Hochtouren.

Unterdessen hat Rabbi David Small wieder einmal Ärger mit seiner Gemeinde – oder sie mit ihm; das ist Auffassungssache. Die ehrgeizigen Sozialpläne des neuen Synagogenvorstands stoßen auf Ablehnung konservativer Gemeindemitglieder; eine Spaltung der Gemeinde droht, und der Rabbi überwirft sich mit allen Beteiligten.

Und eben da geschieht der erste Mord. Er geschieht in dem Haus, in dem die Konservativen die neue Synagoge einrichten wollten. Einige Mitglieder der jüdischen Gemeinde sind der Tat verdächtig. So kommt es, daß sich der Rabbi nolens volens wieder einmal in einen Mordfall hineingezogen sieht – und diesmal erweist sich Polizeichef Lanigan als eine harte Nuß.

HARRY KEMELMAN, hauptberuflich Lehrer an einem College, hatte eine Anzahl von Kurzgeschichten veröffentlicht, ehe er Am Freitag schlief der Rabbi lang (rororo-thriller Nr. 2090) schrieb, seinen ersten Kriminalroman, für den er dann den Edgar Allan Poe Award erhielt. Sein zweiter Kriminalroman Am Samstag aß der Rabbi nichts (rororo-thriller Nr. 2125) wurde von der Darmstädter Jury zum «Buch des Monats» gewählt. Ferner liegen vor: Am Montag flog der Rabbi ab (rororo-thriller Nr. 2304), Am Dienstag sah der Rabbi rot (rororo-thriller Nr. 2346), Am Mittwoch wird der Rabbi naß (rororo-thriller Nr. 2430) und Der Rabbi schoß am Donnerstag (rororo-thriller Nr. 2500). Die acht Detektivstories des Autors erschienen unter dem Titel Quiz mit Kemelman (rororo-thriller Nr. 2172).

Harry Kemelman

# Am Sonntag blieb der Rabbi weg

Deutsch von
Eva Rottenberg

rororo

Rowohlt

rororo-thriller
Herausgegeben von Richard K. Flesch

96.–100. Tausend März 1983

Veröffentlicht im Rowohlt Taschenbuch Verlag GmbH,
Reinbek bei Hamburg, August 1973
Die Originalausgabe erschien bei G. P. Putnam's Sons, New York,
unter dem Titel «Sunday the Rabbi Stayed Home»
Umschlagentwurf Katrin und Ulrich Mack
Umschlagtypographie Manfred Waller

Gesamtherstellung Clausen & Bosse, Leck
Printed in Germany
680-ISBN 3 499 42291 3

# Die Hauptpersonen

| | |
|---|---|
| Ben Gorfinkle | ein Synagogenvorsteher mit großen Rosinen im Kopf. |
| Meyer Paff | ein Kegelbahnbesitzer mit Prinzipien. |
| Joseph Begg | ein Hausmeister, der durch geschlossene Vorhänge sehen kann. |
| Moses («Moose») Carter | ein toter Spitzensportler in Klarsichtpackung. |
| Raphael Carter | ein verhinderter Engel mit dem Flammenschwert. |
| Alan Jenkins | ein Neger, der sich daran gewöhnt hat, ein Neger zu sein. |
| Wilcox | ein undurchsichtiger Herr, der seinen Mörder nicht ernst nimmt. |
| Madelaine Spinney | eine Zeugin, mit der nichts anzufangen ist. |
| Chief Lanigan | ein Polizist, der nur an beweisbare Tatsachen glaubt. |
| David Small | ein Rabbiner, der beweist, daß es auch ohne Beweise geht. |

# I

«Das nenne ich beten, Rabbi!» sagte Harvey Andelman. «Wir sind fünf ...» Ein Blick auf die Armbanduhr: «... nein – sieben Minuten vor der Zeit fertig geworden.»

Rabbi David Small lächelte und fuhr fort, die Gebetsriemen aufzurollen. Er war jung, Mitte Dreißig, und obwohl er bei guter Gesundheit war, wirkte er blaß und mager und hielt den Kopf leicht vorgeneigt wie ein Kurzsichtiger beim Lesen. Tatsächlich hatte er den Gottesdienst im Eiltempo hinter sich gebracht und war deswegen etwas verlegen. «Wissen Sie, ich muß nämlich verreisen ...»

«Klar, und da wollen Sie möglichst bald losfahren.» Andelman, der in Salem ein Geschäft hatte und selbst immer darauf bedacht war, das Morgengebet rasch zu erledigen, um rechtzeitig bei der Arbeit zu sein, hatte dafür volles Verständnis. Er ärgerte sich immer, wenn er herumstehen und warten mußte, bis die zehn Männer für das *Minjan* beisammen waren. Sobald er den zehnten erblickte, pflegte er ihn zur Eile anzutreiben wie einen Läufer kurz vor dem Ziel: «Schnell, schnell, nu mach schon, los!» Heute aber genoß er die gewonnenen Minuten und wartete, bis der Rabbi Gebetsriemen und Gebetsmantel versorgt hatte. «Wenn Wasserman oder der Kantor vorbeten, könnte man meinen, es ist *Jom Kippur*, und sie haben den ganzen Tag vor sich ... Na ja, die haben ja auch nichts anderes zu tun. Aber wer ins Geschäft muß ... Also, Wiedersehn, Rabbi!» Er eilte zu seinem Wagen.

Weil er wegen des schnellen Betens ein schlechtes Gewissen hatte, schlenderte Rabbi Small besonders langsam den Korridor entlang zu seinem Arbeitszimmer. Zum erstenmal seit langem fielen ihm die kahlen weißen Mauern wieder auf, die ohne ersichtlichen Grund in der Mitte durch einen schwarzen Plastikstreifen quergeteilt wurden; die ebenso unterteilte leuchtendgelbe Ziegelwand, der Boden mit den Kunststoffplatten, der noch vom Bohnern glänzte und auf dem die Spuren der Bohnermaschine ein kreisförmiges Muster hinterlassen hatten. Das Ganze roch steril wie ein Krankenhauskorridor.

Als er vor sechs Jahren nach Barnard's Crossing gekommen war, hatte der funkelnagelneue, moderne Synagogenbau freundlich gewirkt. Jetzt wies er bereits Spuren der Abnutzung auf. An den Wänden bröckelte der Verputz ab, und an der Decke war ein gelber Fleck, wo einmal ein Rohr undicht geworden war ... Die Synagogen von Anno dazumal mit dem geschnitzten Mahagoni- oder Nußbaumgetäfel altern eleganter, dachte der Rabbi.

Als er sich dem Arbeitszimmer näherte, hörte er das Telefon klingeln und begann zu laufen. Wahrscheinlich Miriam, die ihm noch in letzter Minute etwas auftragen wollte ... Aber dann meldete sich eine Männerstimme. Sie klang vorwurfsvoll.

«Rabbi? Hier Ben Gorfinkle. Ich hab bei Ihnen zu Hause angerufen, aber Ihre Frau sagte, Sie seien in der Synagoge.»

«Der Morgengottesdienst ...»

«Ach so», sagte der Gemeindevorsteher, als akzeptiere er eine Entschuldigung. «Hören Sie, Rabbi, vorhin beim Frühstück erwähnte Sarah, daß Sie nach Binkerton wollen ...»

«Das habe ich Ihnen doch schon vor ein paar Wochen mitgeteilt», bemerkte der Rabbi.

«Ja, schon. Das heißt, ich wußte, daß Sie bei irgendeiner Studentengruppe einen Sabbatgottesdienst abhalten wollen. Aber daß es ausgerechnet in Binkerton ist, das hab ich damals wohl nicht mitgekriegt ... Die Welt ist klein. Mein Stuart studiert nämlich dort.»

«Ach ja? Das wußte ich nicht.»

«Ja. Und ... Rabbi, ich hab gedacht, ob Sie vielleicht mal bei ihm vorbeischauen könnten ...»

«Aber selbstverständlich, Mr. Gorfinkle.»

«Er wird sicher zu Ihrem Gottesdienst kommen, aber für alle Fälle geb ich Ihnen doch noch seine Telefonnummer.»

Der Rabbi notierte sie.

«Es ist ein Studentenwohnheim. Wenn er nicht dort ist, können Sie ja eine Nachricht hinterlassen.»

«Wird gemacht.»

«Wenn Sie ihn gleich nach Ihrer Ankunft anrufen, wird er Ihnen sicher das Universitätsgelände zeigen.»

«Gute Idee.»

Im Hintergrund hörte man eine Stimme. «Moment mal, Rabbi», sagte Gorfinkle. Gedämpftes Tuscheln hinter dem abgedeckten Hörer. «Es kann natürlich sein, daß er am Nachmittag noch Vorlesung hat oder so ...»

«Schon gut.» Der Rabbi mußte lächeln. Vermutlich hatte Mrs. Gorfinkle ihrem Mann zugeflüstert, daß ihr Sohn wohl kaum große Lust haben werde, den Rabbi plus Familie einen ganzen Nachmittag lang am Hals zu haben. «Wir werden sicher erledigt sein nach der Reise und uns ein bißchen ausruhen wollen.»

«War ja auch nur ein Vorschlag. Wann fahren Sie wieder zurück, Rabbi?»

«Samstagabend, gleich nach *Hawdalah*.»

«Gleich nach Sabbatausgang?» Gorfinkle schien überrascht. «Stuart sagt doch ...» Dann klang es wieder wie immer, jovial und selbstbewußt. «Ach, übrigens – da fällt mir gerade ein ...»

«Ja?» Endlich rückt er mit dem wahren Grund seines Anrufes heraus, dachte der Rabbi.

«Rabbi, wenn Sie vielleicht noch Platz im Wagen haben, und wenn es Ihnen nichts ausmacht ... Wissen Sie, Stuart kommt für *Pessach* nach Hause, er hat eine Woche Ferien ...»

«Soll ich ihn mitnehmen?»

«Ich meine, nur, wenn es keine Umstände macht . . .»

«Aber nein, Mr. Gorfinkle. Mach ich gern.»

Kaum hatte er aufgelegt, da klopfte es an der Tür, und Morton Brooks, der Leiter der Religionsschule, stürmte herein; ein rühriger, jugendlich wirkender Mann von vierzig Jahren mit theatralischen Allüren.

«Gott sei Dank erwisch ich Sie noch! Ich bin gleich nach dem Anruf losgerannt.»

«Was ist denn passiert?»

«Arlene Feldberg hat die Masern! Der Arzt hat es gestern abend festgestellt, aber Mrs. Feldberg hat mich erst heute früh benachrichtigt.» Es klang, als spräche er von einem schweren Fall von Landesverrat.

«Arlene Feldberg?»

Brooks fingerte nervös an den langen Haarsträhnen, die er sorgfältig über eine kahle Stelle gekämmt hatte. «Sie kennen doch Arlene Feldberg – die Kleine aus der ersten Klasse, die am *Seder*-Abend die Vier Fragen auf englisch stellen sollte . . .»

«Ach so, Harry Feldbergs Tochter. Natürlich, das geht in Ordnung.» Der Rabbi war sichtlich erleichtert. Im ersten Augenblick hatte er geglaubt, der Lehrer befürchte eine Epidemie. «Da soll halt der Kleine, der den hebräischen Text liest . . . wie heißt er doch gleich?»

«Geoffrey Blumenthal.»

«Richtig. Na, dann soll eben Geoffrey Blumenthal auch die Übersetzung lesen.»

«Unmöglich, Rabbi!»

«Warum? Weil er nicht versteht, was er auf hebräisch liest?»

«Natürlich versteht er's!» wehrte sich Brooks empört. «Aber einfach so runterlesen, ohne Proben – das geht doch nicht! Und selbst wenn wir noch Zeit hätten, es ihm einzupauken, geht's nicht. Die Feldbergs wären tödlich beleidigt, wenn er beide Texte lesen würde. Sie würden mir das nie verzeihen; sie würden es überall rumposaunen – und sie sind doch mit den Paffs befreundet, und mit den Edelsteins, den Gorfinkles, den Epsteins und den Brennermans ... mit denen sind sie sogar verwandt.»

«Na und? Nehmen Sie das nicht ein bißchen zu ernst, Morton?»

«Ganz und gar nicht», erwiderte der Schulleiter mit Nachdruck. «Glauben Sie mir, Rabbi – das ist meine dritte Schule; ich kenn mich da aus. Sie sollten ein bißchen hellhöriger sein für das, was sich in Ihrer Gemeinde abspielt. Sie nehmen zwar an den Vorstandssitzungen teil – schön und gut; aber die wichtigen Dinge – die werden in der Schule ausgekocht.»

«In der Religionsschule?» Der Rabbi machte aus seiner Belustigung kein Hehl.

«Natürlich ... Schauen Sie, Rabbi: Die Hohen Feiertage sind nur einmal im Jahr. Und an den weniger bedeutenden Festtagen, wenn sie auf einen Wochentag fallen, finden sich höchstens fünfundsiebzig Menschen ein, nicht mehr als zu einem Freitagabendgottesdienst. Aber zur Schule gehen die Kinder dreimal in der Woche, und sie berichten alles brühwarm zu Hause ... Sie wissen ja, wie verrückt wir Juden mit unseren Kindern sind. Die kleinste Ungerechtigkeit, und die Eltern schreien Zeter und Mordio, als wär ein Pogrom ausgebrochen.»

Der Rabbi lächelte. «Und was gedenken Sie zu tun in dieser ... eh, Krise?»

«Das ist ja gerade das Problem. Die meisten Mitglieder halten zu Hause ihren eigenen *Seder* ab, also werden nur wenige Kinder aus der ersten Klasse beim Gemeinde-*Seder* teilnehmen. Die Paffs und die anderen einflußreichen Leute gehören zu den älteren Jahrgängen, und ihre Kinder sind zumeist in den oberen Klassen ... Ich hab mir also etwas ausgedacht mit der Geschichte von den vier verschiedenen Arten von Söhnen – Sie wissen doch: der Kluge, der Böse, der Einfältige und der des Fragens Unfähige.»

«Ich weiß», bemerkte der Rabbi trocken.

«Also, ich hab mir überlegt, wie man das dramatisieren

könnte, verstehen Sie ... Sie rezitieren zum Beispiel den Anfangsabschnitt; dann gehen die Lichter aus, nur ein Scheinwerfer strahlt den Tisch in der Mitte an ...» Er trippelte mit kleinen Schritten auf den Schreibtisch des Rabbi zu, während er die Hände trichterförmig zusammenlegte, um den Lichtkegel zu demonstrieren. «Dann treten der Reihe nach die vier Söhne auf. Erst der Kluge, vielleicht mit einer Brille und einem Buch oder mit einem Rechenschieber in der Hand. Er blickt auf und stellt seine Fragen, aber auf eine moderne Art. Er könnte etwa sagen: ‹Das ist aber komisch, Paps. Warum verlangt der Herrgott von uns, daß wir das ganze Theater machen?› Und den Bösen stell ich mir in einer schwarzen Lederjacke vor, mit Schildmütze und Sonnenbrille – oder er kann auch als Hippie auftreten: barfuß, mit Halsketten und langem Haar und verwaschenen Jeans.» Er schlurfte lässig durchs Zimmer, den Kopf seitwärts geneigt, und nuschelte, als hinge ihm eine Zigarette im Mundwinkel: ‹He, wozu habt ihr euch so rausgeputzt? Verrückt, Mensch, völlig besoffen!› ... Verstehen Sie, wie ich's meine?»

«Ja, aber wie hilft Ihnen das aus der Klemme?»

«Na, wir haben einfach mehr Auswahl bei den älteren Kindern. Der Edelstein-Junge könnte zum Beispiel den Bösen spielen – den einzigen, der im Kostüm auftritt ... Das wird den Eltern lieblich eingehen!»

«Wie wär's mit einer Rock-and-Roll-Band für die Lieder?»

«Tolle Idee, Rabbi!»

«Nein, Morton, nein!» wehrte der Rabbi energisch ab. «Wir wollen einen traditionellen *Seder* abhalten. Die Blumenthals und Feldbergs werden sich damit abfinden müssen.» Er stand auf und ging zur Tür. «Ich muß jetzt wirklich gehen.»

«Lassen Sie sich's übers Wochenende noch mal durch den Kopf gehen, Rabbi», beharrte Brooks.

«In jeder freien Minute», versprach der Rabbi sarkastischer, als es sonst seine Art war.

Aber Brooks ließ sich nicht so leicht abwimmeln. «Im

Ernst, Rabbi; man kann doch die Zeremonie ein wenig auflockern, damit die Kinder auch was davon haben. Das tun sie doch alle jetzt – die Katholiken und alle anderen. Sie halten sogar die Messe bei Jazzmusik. Schließlich ist der *Seder* eine Feier. Warum sollen da die Kinder nicht ihren Spaß haben?»

Der Rabbi blieb in der Tür stehen. «Weil der *Seder* mehr ist als eine bloße Feier, Morton. Es ist ein Ritual, bei dem jeder Verrichtung eine bestimmte Absicht zugrunde liegt. Der Sinn eines Rituals ist ja gerade, daß alles immer gleichförmig wiederholt wird, um eine bestimmte Wirkung zu erzielen. Jetzt muß ich aber wirklich gehen.»

Draußen blieb er stehen und vergewisserte sich, daß die Fenster des Arbeitszimmers geschlossen waren. Dabei fiel ihm auf, daß auch die Außenfront des Gebäudes verwittert war. Die Säulen aus rostfreiem Stahl, die laut Architekt Christian Sorenson ‹die Reinheit der Religion und ihre Widerstandsfähigkeit gegen die Unbill der Zeit› symbolisieren sollten, waren von der salzhaltigen Luft schmutziggelb angelaufen. Und die langen, mit weißglasierten Ziegeln verkleideten Mauern, die zu beiden Seiten aus dem massigen, kubischen Gebäude vorsprangen, um in sanftem Bogen auszulaufen – ‹wie ausgebreitete Arme, welche die Leute zum Gebet einladen› –, waren stellenweise abgeschlagen und zeigten schwarzklaffende Löcher wie Zahnlücken.

Auf dem Parkplatz wurde der Rabbi abermals aufgehalten. Als er in den Wagen steigen wollte, sprach ihn Wasserman an, der ehemalige Vorsteher der Gemeinde. Wasserman, der über siebzig war und erst vor kurzem eine Krankheit überstanden hatte, wirkte hager und zerbrechlich; dicke blaue Adern durchzogen die durchsichtige Hand, die er dem Rabbi auf den Arm legte. Er sprach leise und betont akzentfrei.

«Sie werden doch bei der Vorstandssitzung am Sonntag anwesend sein, nicht wahr, Rabbi?»

«Sicher. Wir wollen Samstagabend gleich nach *Hawdalah*

aufbrechen – so um sechs. Dann sind wir um neun, spätestens zehn wieder zu Hause.»

«Sehr gut.»

Der Rabbi horchte auf. «Erwarten Sie denn etwas Besonderes?»

«Ich erwarte jeden Tag etwas Besonderes, vor allem aber am Sonntag, wenn Vorstandssitzung ist. Diesmal wird es wohl eine ernste Sache werden.»

«Warum ausgerechnet an diesem Sonntag?»

Wasserman hielt einen Finger hoch. «Weil am nächsten Sonntag der erste *Seder*-Abend ist und somit die Sitzung ausfällt.» Er streckte den zweiten Finger hoch. «Am Sonntag darauf ist wieder Feiertag, folglich wieder keine Sitzung. Wenn Gorfinkle also etwas Wichtiges im Sinn hat, muß er diesen Sonntag damit herausrücken, weil es drei Wochen lang keine Sitzung mehr gibt.»

«Und wenn er, wie Sie sagen, etwas Wichtiges im Sinn hat – wie kann ich ihn daran hindern, damit herauszurücken?»

«Sie sind der Rabbi – das heißt, daß Sie weder auf der einen noch auf der anderen Seite stehen; Sie sind unparteiisch. Deshalb können Sie Sachen sagen, die wir uns nicht erlauben können.»

«Sie denken an die Änderungen, die der Vorsteher beantragen will?» Er setzte sich ans Steuer. «Die wird er so oder so durchsetzen.»

Wasserman schüttelte den Kopf. «Dann gibt's aber Stunk, und wennschon, dann lieber später als jetzt. Sie sind zwar der Rabbi, aber ich bin ein alter Mann und habe vieles gesehen, das Sie vielleicht nur aus Büchern kennen ... Es ist wie mit der Ehe: Solange es nicht zum offenen Bruch kommt, ist noch alles zu retten. Manche Ehepaare fangen schon gleich nach der Hochzeit an zu streiten, aber solange nicht einer von den beiden seine Sachen packt und zum Anwalt läuft, sind die Chancen groß, daß die Ehe hält.»

«Ist das nicht etwas ...» Er musterte den Alten. Dem ging die Sache offensichtlich nahe, und so änderte der Rabbi den

Kurs. «Es geht ja hier nur um eine Vorstandssitzung, Mr. Wasserman.»

Wasserman sah ihn beschwörend an. «Versuchen Sie, dort zu sein, Rabbi!»

Während er nach Hause fuhr, um Miriam und Jonathan abzuholen, machte er sich Gedanken über die Rolle, die ihm da zugeschoben wurde. Ihm war nicht wohl bei der Sache. Schließlich war er Rabbiner, der Tradition nach ein Gelehrter und Lehrer. Warum sollte er sich in die Händel der Gemeindepolitik einmischen? Selbst Jacob Wasserman, den er achtete und zu seinen wenigen Freunden in der Gemeinde zählte, der einzige, bei dem er Verständnis für die traditionelle Rolle des Rabbiners voraussetzte – selbst Wasserman wollte ihn in die kleinkarierte Synagogenpolitik hineinziehen. Es war beinahe, als gönnten sie ihm die paar Tage Ferien nicht.

Vor einem Monat hatte er den Plan gefaßt, als Robert Dorfman, der Rabbi der *Hillel*-Gruppe, der jüdischen Studentenvereinigung in Binkerton, mit seiner Frau zu einem Verwandtenbesuch nach Lynn gekommen war. Bei dieser Gelegenheit hatten sie auch die Smalls im benachbarten Barnard's Crossing besucht, denn die beiden Männer waren zusammen auf dem Rabbinerseminar gewesen. Bob Dorfman erwähnte im Gespräch, daß er sich für eine Rabbinerstelle in New Jersey beworben hätte.

«Sie haben mich eingeladen, damit ich einen Freitag- und Samstaggottesdienst abhalte.»

«Du, die meinen es ernst!»

«Ja, sicher. Es ist nur ... Weißt du, das Datum paßt mir nicht. Es ist das letzte Wochenende vor den Frühjahrsferien.»

«Wollen dir etwa die *Hillel*-Leute für das Wochenende nicht freigeben?» Rabbi Small war erstaunt.

«Nein, daran liegt es nicht. Aber *Pessach* fällt in die Ferienzeit, und deshalb würde ich noch gern den Abschiedsgottesdienst halten.»

«Dann laß dir doch in New Jersey einen anderen Termin geben.»

Rabbi Dorfman schüttelte den Kopf. «Du weißt doch, wie das ist. Vielleicht haben sie eine ganze Reihe von Kandidaten für mehrere Sabbatgottesdienste bestellt.»

«Bist du sehr scharf auf den Posten?»

«Eigentlich schon ... Die Arbeit mit den College-Studenten ist zwar wichtig, aber eine richtige Gemeinde wäre mir lieber.» Er lachte verlegen. «Weißt du, ich würde gern von Zeit zu Zeit eine *Bar-Mizwah*-Rede halten. Wahrscheinlich haben wir alle so was wie ein messianisches Sendungsbewußtsein, sonst hätten wir diesen Beruf gar nicht erst gewählt; aber ich glaube, ich könnte den *Bar-Mizwah*-Jungen wirklich etwas mit auf den Weg geben. Ich würde auch gern mal bei einer *Brith-Milah* dabeisein ...»

«Bei einer Beschneidung, ja ... Und Grabreden halten?»

«Warum nicht, wenn man den Angehörigen Trost spenden kann?» Bob Dorfman war untersetzt und hatte ein rundes Gesicht; wie er so erwartungsfroh seinen Freund anblickte, sah er aus wie ein pausbäckiger Schuljunge, der auf das Lob des Lehrers wartet.

«Glaub mir, Bob», meinte Rabbi Small, «es ist ganz anders, als du dir's vorstellst. Bei der *Hillel*-Arbeit hast du wenigstens viel freie Zeit. Du bist in einer akademischen Umgebung, kannst studieren ...»

«Aber man hat keine Beziehung zum wirklichen Leben.»

«Vielleicht ist das ein Glück. Und außerdem hast du eine gewisse Sicherheit. In einer Gemeinde – im wirklichen Leben, wie du so schön sagst – weißt du nie, wann du gerade ins Fettnäpfchen trittst und an die Luft gesetzt wirst.»

Dorfman grinste. «Ich weiß, du hast Ärger gehabt. Aber jetzt ist doch alles wieder eingerenkt. Du hast einen langfristigen Vertrag ...»

Rabbi Small schüttelte langsam den Kopf. «Unsere Verträge sind gewöhnliche Dienstverträge, das heißt, daß sie vor Gericht so gut wie wertlos sind. Und wenn du trotzdem gerichtlich vorgehst und klagst, dann kriegst du nie mehr einen Posten als Rabbiner ... Ich habe einen Fünfjahresvertrag, und wenn er Ende dieses Jahres ausläuft, bekomme ich vermutlich einen neuen. Und eine Gehaltserhöhung.»

«Siehst du! Du bist versorgt.»

«Dafür gibt's andere Nachteile. Du mußt vierundzwanzig Stunden am Tag für die Gemeinde dasein. Du hast keine Minute für dich ...» Er lächelte. «Mit der Zeit wird es etwas mühsam, selbst wenn du hie und da eine Beschneidung oder eine *Bar-Mizwah*-Feier hast.»

«Es geht mir ja nicht nur darum, eine eigene Gemeinde zu kriegen», wandte Dorfman ein. «Ich will die *Hillel*-Arbeit loswerden ... Auch aus finanziellen Gründen – mit einer wachsenden Familie muß man an die Zukunft denken. Aber vor allem: Ich komme mit den Studenten nicht gut zurecht. Ich hab bei ihnen immer das Gefühl, an die Wand zu reden. Sie wissen alles besser und nehmen nichts ernst.»

«Ach, weißt du, ich glaube, sie zeigen's bloß nicht, wenn sie's ernst nehmen», meinte David Small. «Allerdings hab ich hier nicht sehr viel mit Studenten zu tun ... Wenn sie in den Ferien nach Hause kommen, besuchen sie mich meistens. Sie kommen mir ganz lebendig und aufgeweckt vor. Und wenn sie sich zynisch geben ... Zyniker sind meist im Grunde Idealisten, die irgendwann einmal enttäuscht worden sind.»

Dorfman zuckte die Achseln.

«Sag mal ...» David Small zögerte, fuhr dann aber fort: «Sag mal, Bob, wäre dir geholfen, wenn ich dich an diesem Wochenende vertreten würde?»

«David!» Dorfmans Gesicht hellte sich auf. «Das wäre herrlich, aber ... Kannst du's hier einrichten?»

«Warum nicht? Die Männergemeinde hält jedes Jahr einmal einen Gottesdienst allein ab. In diesem Jahr, glaube ich, eine Woche vor deiner geplanten Reise. Ich muß noch genau nachsehen. Aber das ließe sich sicher auf die folgende Woche verschieben, und ich könnte nach Binkerton kommen.»

Als er vorfuhr, standen Miriam und Jonathan vor der Haustür bereit. Die zierliche, lebhafte Miriam hatte große blaue Augen, ein offenes Gesicht und ein kräftiges, entschlossenes Kinn.

«Muß er so eingemummelt sein?» Der Rabbi deutete auf den kleinen Jonathan. «Er wird vor Hitze umkommen.»

«Ach, das Wetter ist so unbeständig ... Wenn es zu warm wird, zieh ich ihm einfach was aus.»

«Na schön ... Los, einsteigen!»

Als Miriam die Autotür schließen wollte, hörte sie das Telefon klingeln. Sie hielt inne. «Moment, das Telefon ...»

«Geh nicht ran!» sagte er scharf.

Sie stutzte. «Warum nicht?»

«Weil ich endlich abfahren will. Ich bin müde.»

Sie sah ihn zweifelnd an, dann schlug sie die Tür zu, während das Telefon weiterklingelte.

Schweigend schnallte sie Jonathan in seinem Kinderstuhl auf dem Vordersitz fest und setzte sich neben ihn.

Als sie losfuhren, wiederholte der Rabbi entschuldigend: «Ich bin müde, einfach müde ...» Und nach einer Weile: «Ich habe heute das Morgengebet rasend schnell heruntergerasselt, ich war ungeduldig zu Morton Brooks, ich hab mich über Wasserman geärgert, und ...»

Sie streichelte seine Hand auf dem Steuerrad. «Schon gut, David. Jeder braucht von Zeit zu Zeit mal einen Tapetenwechsel.»

## 2

Der Laden war groß, gemessen an dem in Barnard's Crossing Üblichen: zwanzig Fuß breit und mehr als doppelt so tief. Die Schaufenster waren schmutzig und dahinter alles verstaubt. Die giftgrünen und bonbonrosa Kreppapier-Girlanden, die Blumen und Papierschlangen um das Coca-Cola-Plakat in der Auslage waren längst vergilbt und voller Wasserflecke, aber noch immer posierten die kurvenreichen Mädchen aus Pappe in den einst aufreizenden, nunmehr aber hoffnungslos altmodischen Badekostümen. Sie hatten die Beine hochgezogen, um die Schenkel zu betonen, und saßen mit hohlem Kreuz, damit der Busen hervortrat und die Andeutung der Brustwarzen unter dem Badekostüm gerechtfertigt war. Sie hatten die Augen halb geschlossen und hielten Coca-Cola-Flaschen an die gierigen Lippen. Im Kreppapier-Gewühl lagen verstaubte Colaflaschen verstreut; eine davon war vor längerer Zeit ausgelaufen, und ihr Inhalt schlängelte sich als schmales, eingetrocknetes Rinnsal am Fensterbord entlang.

Drinnen war der Zugang zum Schaufenster durch eine Music Box, zwei Spielautomaten und eine Metallkiste mit Sodawasserflaschen versperrt, was den traurigen Zustand des Schaufensters wenigstens zum Teil erklären mochte. An der Wand entlang zog sich eine Theke mit einem schön geschnörkelten Zapfhahn für Soda-Getränke, an dem ein Schild mit der Aufschrift AUSSER BETRIEB hing. Hinter der Theke hing ein halbblinder Spiegel; auf ihrer Marmorplatte standen Dosen mit alten Biskuits, Krapfen und Erdnüssen. Gegenüber waren Regale mit Zeitschriften, Taschenbüchern und Glückwunschkarten. Quer durch den hinteren Teil des Ladens zog sich ein Gestell voller Hefte, Notizblocks und Schachteln mit Bleistiften, Linealen, Radiergummis, Kompassen, Bleistiftspitzern, Leimtuben, Klebestreifen, Bindfadenrollen, Schlüsselringen, Kämmen, Handspiegeln und anderen Dingen, die Schulkinder kaufen.

Im hinteren Abteil standen ein altmodisches Rollpult und ein Drehstuhl, dessen Füße von einem Draht zusammengehalten wurden, der gleichzeitig als Fußstütze diente. In der Mitte des Raumes gab es etwa ein halbes Dutzend runde Tische und Stühle, die den Teenagern als Treffpunkt dienten.

Draußen auf dem Firmenschild stand:

BÜCHER UND SCHREIBWAREN
*Joseph Begg, Esquire*

Begg war ein kräftiger, muskulöser Mann von fünfzig mit großer Glatze, die man jedoch nur selten sah, weil er immer einen Hut aufhatte. Von seinem Rollpult aus regierte er den Laden. Er war knurrig, streitsüchtig und barsch, aber das Geschäft war trotzdem beliebt bei der Jugend. Hier verabredete man sich, nahm ein Paket Kekse von der Theke oder eine Flasche Soda aus der Eiskiste, zeigte im hinteren Teil des Lokals seine Einkäufe vor und bezahlte. Der Inhaber wurde allgemein mit ‹Mr. Begg› angesprochen; nur einige der älteren Jungen nahmen sich heraus, ihn ‹Squire› zu nennen – als Anspielung auf das Schild draußen. Das war aber auch schon der gewagteste Scherz, den man sich mit ihm leisten konnte.

«Cola und Krapfen. Zwanzig Cent, Mr. Begg.»

Sie streckten ihm die Münzen hin, die er in eine alte Zigarrenschachtel auf seinem Pult klirren ließ. Oder: «Bitte Kleingeld für die Spielautomaten, Mr. Begg!» Worauf er mißtrauisch den Geldschein oder die Münze prüfte, bevor er mürrisch das Wechselgeld herausgab. Wenn man ausgetrunken hatte, mußten die leeren Flaschen in das Gestell geräumt werden. Wer es vergaß, wurde angeschrien: «He, du – stell die Flasche weg!» – Und jeder gehorchte brav.

Mr. Begg hatte früher an der High School unterrichtet, dann aber irgendwann den Lehrerberuf aufgegeben – kein Mensch wußte, warum, seine jungen Kunden am allerwenigsten. Eine Amtszeit lang hatte er auch dem Magistrat angehört; jetzt kümmerte er sich nicht mehr um die Lokalpolitik – abgesehen von scharfen Beschwerdebriefen, die er gelegentlich an die Wochenzeitung schrieb und in denen er meistens gegen irgendwelche Projekte polemisierte, die der Jugend zugute kommen sollten.

«Er kann Kinder nicht ausstehen», sagten die Leute; «darum hat er auch den Lehrerberuf aufgegeben.»

«Aber es kommen nur Kinder in seinen Laden.»

«Nun, das hat sich zufällig so ergeben: Zuerst war es eine Buchhandlung; dann nahm er Glückwunschkarten und Schreibwaren auf ... Als er merkte, daß vor allem die Schulkinder bei ihm einkauften, schaffte er eben noch andere Artikel für sie an – schließlich muß ja der Schornstein rauchen, nicht wahr?»

Am Freitagmorgen machte Begg erst spät auf. Er saß noch keine fünf Minuten an seinem Pult, als die Tür aufging und Moose Carter eintrat.

«He, wo haben Sie gesteckt, Squire?» Carter war ein großer, stämmiger Bursche und hatte die breiten Schultern und den kräftigen Nacken eines Footballspielers. Er hatte blaue Augen, eine Stupsnase und ein breites Grinsen. «Ich war schon vor 'ner halben Stunde da, aber da war noch zu.»

Statt einer Antwort wandte sich Begg ab und traf zielsicher in den Spucknapf neben dem Pult.

Der junge Mann ließ sich nicht beeindrucken. «Wollen Sie nicht den Laden für den Sommer herrichten?»

«Ich mach die Doppelfenster raus und häng die Fliegengitter ein», brummte Begg.

«Brauchen Sie da keine Hilfe?»

«Schön wär's ja ... Anderthalb Dollar die Stunde.»

«Das ist nicht viel. Auf der Kegelbahn krieg ich zwei Dollar die Stunde. Und Trinkgelder außerdem.»

«Anderthalb Dollar.»

Moose zuckte die Achseln. «Meinetwegen. Wann brauchen Sie mich?»

«Sonntagfrüh.»

Moose überlegte. «Sonntag? Das kostet mehr. Sonntagsarbeit.»

«Warum?» knurrte Begg. «Weil du dann nicht mit deinen Leuten in die Kirche gehn kannst?»

«Also gut!» Moose lachte. «Ich werde da sein ...» Er sah

sich um, dann sagte er leise: «Ich hab morgen ein Rendezvous. Kann ich ein paar Pariser kriegen?»

«Drei für 'nen Dollar.»

«Hören Sie, ich bin gerade ein bißchen knapp. Könnten Sie's nicht gegen meinen Lohn vom Sonntag verrechnen?»

Begg musterte den jungen Mann, dann langte er in die Schreibtischschublade und gab Moose ein kleines Päckchen; der junge Mann steckte es in die Hosentasche.

«Danke, Squire . . .» Er grinste: «Und mein Mädchen läßt auch danken.»

# 3

Der Schlüssel lag unter der Türmatte. Während sich der Rabbi, beladen mit Koffer und Mänteln, mit dem Schloß abmühte, kämpfte Miriam mit Jonathan, der Arme und Beine wie ein Seestern von sich streckte und sich freistrampeln wollte, weil er hinten im Garten eine Schaukel erspäht hatte.

«Nein, Jonathan!» sagte Miriam mechanisch. «Erst essen, dann schlafen. Später darfst du spielen.»

Sie traten in die Diele und sahen sich um. Links lag das Eßzimmer, dem Wohnzimmer gegenüber. Während Miriam ihren Sohn aus den warmen Sachen schälte, inspizierte der Rabbi das Bücherregal im Wohnzimmer. Er zog ein Buch heraus, blätterte darin und setzte sich damit auf die Couch. Nach wenigen Minuten streifte er die Schuhe ab und legte sich lang, ohne die Lektüre zu unterbrechen. Er lag auf der Couch, den Kopf auf die Seitenlehne gestützt, und hielt das Buch in die Höhe, so daß Licht vom Fenster auf die Seiten fiel.

Miriam fand einen Kleiderhaken im Flurschrank und hängte Jonathans Sachen auf. Nachdem auch die Mäntel versorgt waren, die ihr Mann achtlos über den Koffer geworfen hatte, entdeckte sie auf dem Korridortisch einen Briefumschlag, auf dem ihr Name stand. Er enthielt zwei engzeilig getippte Zettel.

*Liebe Miriam, willkommen in Binkerton. Hoffentlich habt Ihr Euch an die Abmachung gehalten und kein Essen mitgebracht. Alles ist vorbereitet – das ganze Sabbatessen. Ich hoffe, es reicht fürs Wochenende. Alles steht im Eisschrank, muß nur aufgewärmt werden. Glühzünder linke vordere Flamme funktioniert nicht. Nimm Streichhölzer vom Bord überm Herd.* Kiddusch-*Wein im Eßzimmerbüfett, Teller für Fleisch – blauer Rand – im Schrank rechts, wenn Du vor dem Küchenfenster stehst ... Bestecke für Fleisch ebenfalls rechts, mit Blumenmuster. Töpfe und Pfannen für Fleisch im rechten Schrank. Linke Seite alles für Milchernes. Achtung beim Geschirrspülen – Hahn spritzt, wenn voll aufgedreht. Babysitter bestellt; heißt Kathy (15, sehr zuverlässig), wohnt nebenan, Tochter von Professor Carson, Mathematik, sehr nett. Du kannst jederzeit anrufen, falls Du etwas brauchst. Weitere Wolldecken zuoberst im Schlafzimmerschrank. Bob hat für Jonathan Gitter an Rachels Bett befestigt. Haben keine automatischen Lichtschalter für Sabbat, sind nicht sooo orthodox. Wenn Ihr's seid, einfach Licht brennen lassen. Prof. Bill Richardson, philosoph. Fakultät, guter Freund von uns, war sehr beeindruckt von Davids Essay über Maimonides und gibt am Samstagabend eine Party für David. Vielleicht hat es Bob David schon gesagt?*

Miriam steckte den Kopf ins Wohnzimmer und sah ihren Mann auf der Couch liegen. «David!» rief sie ärgerlich. «Setz dich auf!»

«Ich hab doch die Schuhe ausgezogen!» protestierte er.

«Und die Jacke? Sie wird zerknittert sein heute abend.»

«Ich zieh den schwarzen Anzug an. Inzwischen hängt sich die Jacke aus.»

Sie seufzte. «Hat dir Bob etwas von einer Party am Samstagabend erzählt?»

«Nein, ich glaube nicht.»

«Damit du's weißt – ein gewisser Professor Richardson gibt eine dir zu Ehren.»

Der Rabbi setzte sich mit einem Schwung hoch. «Dazu habe ich überhaupt keine Lust. Außerdem wollte ich nach Barnard's Crossing zurückfahren. Ich habe es Wasserman praktisch versprochen.»

«Aber die Party ist dir zu Ehren, schreibt Nancy. Wir können uns nicht drücken.»

# 4

In Malden meldete der Manager der Kegelbahn eine gesprungene Fensterscheibe. «Muß in der Nacht passiert sein, Mr. Paff. Als ich zumachte, war alles in Ordnung. Erst beim Öffnen heute früh . . .»

«Wieso haben Sie heute morgen geöffnet? Wo ist Hank?»

«Wollt ich Ihnen gerade erklären. Hank hat angerufen und mich gebeten, für ihn aufzumachen. Er fühlt sich elend, hat er gesagt.»

«War er betrunken?» fragte Paff rasch.

«Da bin ich überfragt, Mr. Paff. Er hat mich einfach angerufen und wollte, daß ich die Tagschicht mache. Da hab ich ihm den Gefallen getan. Er ist schließlich letzte Woche auch mal abends für mich eingesprungen.»

«Schon gut. Verkleben Sie das Fenster mit Leukoplast oder so was. Ich melde den Schaden der Versicherung. Vielleicht wollen sie sich's noch ansehen, bevor ich es reparieren lasse.»

«Wird gemacht, Mr. Paff», versprach der Manager. «Und könnten Sie jemand für die Abendschicht auftreiben? Wenn's unbedingt sein muß, arbeite ich durch, aber es ist ein langer Tag.»

«Haben Sie im Büro angerufen?»

«Ja, aber da antwortet niemand.»

«Ach ja – hab ich ja ganz vergessen: Die Sekretärin hat heute frei. Na, ich fahr rasch hin und schau die Liste durch. Mal sehen, was sich machen läßt.»

Der Goldbelag auf dem Aushängeschild der Kegelbahn von Melrose bröckelte ab und löste sich an den Enden. Paff stellte es ärgerlich fest. Die goldene Kugel, das Wahrzeichen der Firma, sah jetzt aus wie ein tadelndes Auge.

«Wann ist das passiert?» fragte er den Manager und wies auf das Schild.

«Das? Das war schon immer so, Mr. Paff.»

«Ich hab's noch nie bemerkt.»

«Übrigens, die beiden hinteren Bahnen sind außer Betrieb. Die automatische Aufstellung klemmt wieder.»

«Haben Sie den Mechaniker angerufen?»

«Ja, gestern schon. Und heute noch mal ... Er sagt, er kommt gleich. Aber das hat er gestern auch schon gesagt.»

«Saupack, diese Mechaniker!» Paff schüttelte den Kopf. «Ach, übrigens ... Könnten Sie heute in Malden drüben die Abendschicht übernehmen?»

«Tja, Mr. Paff, also ... Ich würd's Ihnen zuliebe gern tun, aber meine Frau hat für heute abend schon was vor ...»

In Medford war das Geschäft flau. «Das kommt von diesem neuen Billard-Salon im Einkaufszentrum», erklärte der Manager. «Alle sind plötzlich verrückt auf Billard. Sogar die Frauen. Stellen Sie sich vor – die bringen sich 'ne Handarbeit mit! Sitzen da und stricken, bis sie an der Reihe sind.»

Paff fragte, ob er Lust hätte, die Abendschicht in Malden zu übernehmen.

«Ja, wie – wollen Sie denn hier schließen, bloß weil das Geschäft ein paar Tage schlecht war?»

«Nein, nur heute abend, zum Aushelfen.»

«Ach so ... Klar. Klar, ich spring immer gern ein. Bloß Freitagabend geht's nicht. Da hab ich diesen Job ...»

Er fuhr nach Chelsea zu seinem Büro. Als er endlich einen Parkplatz gefunden hatte, merkte er, daß er den Büroschlüssel vergessen hatte.

Der Pförtner war neu und kannte ihn nicht.

«Schauen Sie, da ist mein Führerschein. Ich bin Meyer Paff. Genügt Ihnen das nicht?»

«Nee. Sie sind Meyer Paff, okay. Aber Sie wollen ins Büro der GOLDEN BALL ENTERPRISES, und davon steht nichts in Ihrem Führerschein.»

Paff biß sich ärgerlich auf die Lippen, aber der Mann hatte schließlich recht. «Ich muß nur ein paar Leute anrufen», sagte er. «Sie können dabeibleiben.»

«Tut mir leid, Mister. Ich hab meine Anweisungen, und die Hausverwaltung ist da sehr streng. Weil, wir haben schon ein paar Einbrüche.»

Paff zwang sich zur Ruhe. «Ist Dr. Northcortt noch in seiner Praxis, oder ist er schon essen gegangen? Wissen Sie, der Zahnarzt im dritten Stock.»

«Ich hab ihn nicht weggehn sehen.»

«Gut, dann fahren Sie mit mir hoch. Er wird Ihnen sagen, wer ich bin.»

Der Zahnarzt war ungehalten, weil er mitten in einer Behandlung gestört wurde, aber er identifizierte Paff.

Heute geht auch alles schief, dachte Paff, als er in seinem Büro die Adressenkartei durchblätterte. Er wählte eine Nummer und wartete, doch niemand nahm ab. Schließlich legte er auf und wählte eine andere Nummer. Auch hier keine Antwort. Beim dritten Anruf meldete sich eine Frau. «Nein, Marty ist nicht zu Hause. Soll ich ihm was bestellen?» Er hatte keine Lust, lange Erklärungen abzugeben.

Beim nächsten Anruf hatte er Glück. «Ich hab mir schon gedacht, daß Sie anrufen, Mr. Paff. Hank hat mir Bescheid gesagt, weil ich doch neulich schon mal für ihn eingesprungen bin. Ich hab gesagt, geht in Ordnung, das mach ich.»

«Hören Sie, da ist eine Scheibe kaputt. Ted hat sie provisorisch verklebt. Kontrollieren Sie bitte, ob der Klebestreifen ordentlich hält, ja?»

Beim Weggehen machte er dem Pförtner ein Kompliment für sein korrektes Verhalten und drückte ihm ein paar Zigarren in die Hand.

«Vielen Dank, Mister ... eh ...»

«Paff.»

«Ach ja. Also danke schön, Mr. Paff. Nächstes Mal kenn ich Sie bestimmt.»

Als er zum Parkplatz zurückkam, war sein Wagen zwischen zwei anderen Autos eingekeilt, und er mußte sich mühsam herausmanövrieren. Er war schweißgebadet. Ich werde alt, dachte er; das wächst mir alles über den Kopf ... Dann fiel ihm ein, daß er noch nicht gegessen hatte. Der Parkplatz des nächsten Restaurants war voll. Verdrossen fuhr er weiter und beschloß, unterwegs zu essen. Er hielt vor einem Schnellrestaurant. Der einzige freie Platz war direkt neben dem Grill. Mürrisch sah er dem kleinen Koch in der schmutzigen Schürze zu und würgte ein trockenes Hacksteak hinunter. Der Kaffee war auch schlecht.

## 5

In der Cafeteria für die leitenden Angestellten der HEXATRONICS, INC., an der Fernstraße 128 gab es einen langen Tisch für die Direktoren. Wer Gäste hatte und sich ungestört unterhalten wollte, setzte sich in eine der Nischen, die eine

Wand des Raumes einnahmen. Ted Brennerman saß in einer Nische und studierte das Menü. «Ihr sorgt ganz gut für euch», sagte er zu Ben Gorfinkle, seinem Gastgeber. Nachdem sie bestellt hatten, lehnte sich Brennerman über den Tisch und redete leise auf Ben ein:

«Also, wie gesagt, in der Synagoge haben siebenunddreißig Leute Namensschilder an ihren Plätzen; außerdem haben weitere fünfzig oder sechzig ihre festen Plätze – das macht ungefähr hundert. Wir übrigen sind die Proleten, sozusagen; wir ergattern manchmal einen guten Platz, oder wir setzen uns irgendwo in die hinteren Reihen. Letztes Jahr saß ich in der allerletzten Reihe. War auch keine Tragödie – durch die Lautsprecheranlage hört man überall gleich gut. Aber die meisten denken nicht so. Die wollen vorn sitzen.» Brennerman lächelte sein ansteckendes Lächeln. Er war ein großer, gutaussehender junger Mann, der irgendwie eifrig wirkte.

«Na, immerhin haben die guten Plätze allerhand gekostet», wandte Gorfinkle ein. «Jedenfalls die mit den Namensschildern.»

«Von wegen! Ich bin der Sache nachgegangen. Ich habe das Protokoll der Sitzung damals gelesen – vor fünf Jahren war das, als die Sammelaktion zugunsten des Baufonds organisiert wurde. Um die Sache den Leuten schmackhaft zu machen, versprach Becker, der damalige Vorsteher, jedem einen festen Platz in der Synagoge, der 1000 Dollar spendete. Es war kein offizieller Beschluß, verstehst du – das kam ganz spontan, ohne Abstimmung und so. Na ja, und dann ...» Er packte Gorfinkle am Arm: «Dann mußte natürlich der Vorstand Becker irgendwie decken. Also beschloß man bei der nächsten Versammlung, daß für alle, die 1000 Dollar gespendet hatten, die Plätze jedes Jahr bis zum letzten Tag des Platzkartenverkaufs reserviert werden sollten. Aber im Jahr darauf wurden die Platzkarten dann abgeschafft – man mußte einfach den Jahresbeitrag bezahlen, und Schluß. Und da finde ich, daß jetzt niemand mehr ein festes Anrecht auf die feinen Plätze hat ... Es kommt noch hinzu, daß längst nicht alle, die ein Namensschild an ihrem Platz haben, auch 1000 Dollar gespendet haben.»

«Jaaa ...» Gorfinkle, ein gedrungener Mann von Mitte Vierzig mit einem kantigen Gesicht, überlegte. «Irgendwann wird ja doch eine Theaterbestuhlung angeschafft werden. Vielleicht sollten wir bis dahin warten.»

«Nussbaums Idee!» Brennerman lachte. «Kaum hatten sie mich zum Vorsteher der Männergemeinde gewählt, da ist er mir schon damit auf die Pelle gerückt: Ich solle die Mitglieder auffordern, Geld für neue Stühle zu spenden ... Vorige Woche hat er mich schon wieder damit geplagt. In den letzten vier Jahren hat er jedem Vorsteher damit in den Ohren gelegen. Ich hab ihm aber klipp und klar gesagt, daß er damit auf keine große Gegenliebe stoßen wird.»

«Na, ich weiß nicht ... Ich finde die Stühle entsetzlich unbequem. Und die Hälfte des Geldes haben wir ja auch schon beisammen.»

«Ja ... Es ist ein Jammer: Das Geld ist da, und wir dürfen's nicht anrühren! Mann, wenn wir den Betrag für den Sozialfonds verwenden könnten ... Moment mal: Kann man Mrs. Oppenheimers Testament nicht so auslegen, daß wir von dem Geld neue Polster für die alten Stühle kaufen?»

Gorfinkle schüttelte den Kopf. «Das ist sinnlos. Die Sitze würden dann noch höher, und sie sind so schon viel zu hoch. Es liegt auch nicht am Sitz; es liegt an der Lehne – die ist einfach zu steil. Der einzige, der was davon hat, ist Dr. Klein, der Osteopath. Nach *Jom Kippur* hat er jedesmal mehr Patienten mit Rückenschmerzen als das ganze Jahr über.»

Brennerman lachte. «Wer hat eigentlich damals diese Stühle ausgewählt?»

«Niemand. Der Architekt war berühmt – also ließ man ihm freie Hand ... Es sollen Kopien alter englischer Kirchenstühle sein. Na ja – ihm konnte es ja egal sein; er muß schließlich nicht drauf sitzen. Hauptsache, es sah gut aus ... Aber das mit den Synagogenplätzen ist eine merkwürdige

Sache. In der *Schul*, in der mein Vater früher betete, da spielte es eine große Rolle, wo man saß. Traditionsgemäß saßen die angesehenen Männer immer in den vorderen Reihen – je näher an der Heiligen Lade, desto wichtiger waren sie. Es gab sogar eine Bankreihe an der Wand neben der *Thora*, auf der man mit dem Gesicht zur Gemeinde saß ... Ich erinnere mich noch an die Männer, die dort ihren Platz hatten: alles bärtige Greise in langen wollenen Gebetsmänteln; mein Vater nannte sie die *P'nai* ... Mein Gott, ich hab seit Jahren nicht mehr an das Wort gedacht – es bedeutet *Gesichter*. Mein Vater hat mir erklärt, dies wären die Gesichter der Gemeinde, die frömmsten und gelehrtesten Männer.»

«Bei uns gibt's nicht viele von der Sorte; höchstens der alte Goralsky und Wasserman.»

«Meyer Paff hält sich auch für einen.»

Die beiden Männer lachten.

«Eins macht mir Sorgen», fuhr Gorfinkle fort. «Ich finde, wir sollten dieses neue Sozialprogramm der Gemeindeversammlung vorlegen. Wir haben es ja nicht einmal offiziell dem Vorstand unterbreitet.»

«Ich bitte dich, Ben – mit diesem Programm haben wir uns zur Wahl gestellt damals; alle kennen es. Und dann haben sie uns gewählt; wir haben die Mehrheit und also auch das Recht, unsere Vorstellungen zu verwirklichen!»

«Trotzdem ...»

«Und außerdem», fuhr Brennerman eifrig fort, «schlagen wir's ja beim Gottesdienst der Männergemeinde vor ... Zu einer gewöhnlichen Gemeindeversammlung kommen höchstens hundert Leute, aber am Gottesdienst der Männergemeinde werden fast dreimal soviel teilnehmen. Und der Rabbi ist nicht dabei ... Wenn ihm an unserem Programm was nicht paßt – hinterher kann uns das egal sein.»

«Er weiß es zwar noch nicht», grinste Gorfinkle, «aber er wird auch zu der Sitzung vom Sonntag nicht dasein.»

«Warum nicht?»

«Er wollte gleich nach dem Abendgottesdienst am Samstag heimfahren. Aber Stu sagt mir, daß irgendein Professor eine Party für ihn gibt. Folglich kann er erst Sonntag früh losfahren. Sie haben ja das Kind bei sich.»

«Klingt logisch.»

«Der Rabbi stört mich nicht mal so sehr. Wer mir Kummer macht, ist Meyer Paff.»

«Der?» Brennerman schmunzelte. «Laß den ruhig meine Sorge sein!»

# 6

Der Laden war leer. Meyer Paff sah sich unsicher um, dann ging er auf Begg zu, der ihn finster musterte.

«Meyer Paff», stellte er sich vor. «Mr. Morehead hat mir gesagt, Sie hätten den Schlüssel zur Hillsonschen Villa. Sie wären sozusagen der Hausverwalter . . .»

«Ich wohne im alten Kutscherhaus und passe ein wenig auf», sagte Begg gelassen.

Meyer Paff war sehr groß, und seine Bewegungen wirkten schwerfällig. Alles an ihm war groß: der runde Schädel mit dem grau-blonden Haar, die fleischige Nase, die spatenförmigen weißen Zähne, die roten Pranken mit den Wurstfingern, die Füße in den ausgetretenen Schuhen. Er sprach mit tiefer Baßstimme, wobei er die breiten Lippen kaum bewegte, so daß der Ton direkt aus dem Bauch zu kommen schien. Ein Hüne von einem Mann. Und doch fühlte er sich unbehaglich unter dem prüfenden Blick des anderen.

«Morehead sagt, er habe Sie angerufen . . .»

«Ja. Heute früh.»

«Wenn ich also den Schlüssel bekommen könnte . . .»

Statt einer Antwort bückte sich Begg und holte unter dem

Pult ein Pappschild mit der Aufschrift BIN IN EINER STUNDE ZURÜCK hervor.

«Oh, Sie müssen nicht mitkommen. Wenn Sie mir nur den Schlüssel . . .»

«Das Haus ist möbliert. Ich gebe den Schlüssel nicht an Fremde», sagte Begg unverblümt. Und als er sah, wie Paff errötete, fügte er hinzu: «Um die Tageszeit kommt sowieso keine Kundschaft. Haben Sie einen Wagen? Dann fahren Sie hinter mir her.»

Hillson House und das benachbarte Kutscherhaus lagen auf der Landspitze, die als Tarlow's Point bekannt war. Es waren die beiden einzigen Gebäude weit und breit; sie lagen etwa 40 Fuß von der Straße entfernt. Eine hohe, dichte Hecke säumte den Rasen rings um das Haus und ging dann in eine Gruppe von struppigen Föhren über, die sich zum Strand hinzog.

Paff zeigte auf einen schmalen Pfad hinter der Hecke, der zum Wasser hinunterführte. «Gehört der Weg zum Grundstück?» fragte er.

«Ja und nein. Er gehört dazu, aber gleichzeitig ist es ein öffentlicher Durchgang. Die Hillsons hatten deswegen jahrelang Streit mit der Stadtverwaltung.»

«Es ist also kein Privatstrand?»

«Die Hillsons behaupten, es ist einer. Die Stadt sagt, das Grundstück jenseits der Straße» – er wies mit dem Kinn in die Richtung – «hat ein Recht auf Zugang zum Strand. Da haben die Hillsons dann das Grundstück gekauft und gedacht, jetzt gehört ganz Tarlow's Point ihnen. Der Stadtrat meint aber, das Gebäude hätte ebensogut an jemand anders verkauft werden können, und der hätte dann auch ein Durchgangsrecht gehabt.»

«Ach so.»

Begg führte ihn zum Haupteingang. «Und jetzt verkaufen sie also die ganze Klitsche?» erkundigte er sich.

«Soviel ich weiß, ja.»

Die Tür führte in eine kleine Vorhalle. Dahinter lag ein

geräumiges Wohnzimmer mit drei Fenstern, von denen zwei auf den Rasen vor dem Haus, das dritte auf das Kutscherhaus blickten. Über den Spitzenvorhängen hingen schwere, altmodische rote Samtgardinen, halb zurückgezogen und in der Mitte mit einer Kordel aus demselben Material zusammengehalten. Die Möbel waren mit großen Plastiküberzügen verhüllt; darunter schimmerte das gleiche Rot durch. Es waren schwere, dickgepolsterte Sofas, damastbezogene Fauteuils und wuchtige Mahagonitische.

«Und das war eine Sommervilla?» staunte Paff. «Die Möbel passen nicht gerade in ...»

«Sie standen wohl ursprünglich im Stadthaus der Hillsons in Cambridge. Damals hat man gute Möbel nicht einfach weggeschmissen wie heute.»

Begg führte Paff durch einen Flur in den hinteren Teil des Hauses und öffnete unterwegs links und rechts die Türen. Die erste führte in ein kleines Studierzimmer, das eine Couch, Bücherregale, zwei Sessel und einen Schreibtisch enthielt. Auch hier waren Couch und Sessel mit Plastikhüllen zugedeckt. Die übrigen Zimmer waren Schlafräume mit plastikgeschützten Betten.

Paff klopfte an eine Wand. «Ist das eine Stützmauer?»

«Ich glaube nicht.»

An einer Schlafzimmerwand prangte ein großer Tintenklecks. Paff zeigte darauf. «Ein kleiner Wutausbruch?»

«Vandalen!» schimpfte Begg. «In letzter Zeit ist es bei den Schulkindern Mode, in die umliegenden Sommerhäuser einzubrechen, alles mögliche zu klauen oder kurz und klein zu schlagen ... Deswegen hab ich auch den Job bekommen. Wollen Sie auch noch nach oben?»

«Ach, ich denke, ich habe einstweilen genug gesehen.»

Sie standen jetzt in der Küche. Aus den Fenstern sah man zwischen den Föhren das Meer schimmern. «Jetzt ist Ebbe», erklärte Begg; «bei Flut steigt das Wasser bis zum Damm und schneidet die Landzunge vom übrigen Strand ab.»

«Wie hoch steigt es?»

«Na – mindestens zwei, drei Fuß.»

Der Rasen fiel sanft zum Strand ab; etwa ein Dutzend Stufen führten vom rückwärtigen Ausgang hinunter.

«Können wir uns eben noch mal hinter dem Haus umschauen?»

«Mister, ich hab noch eine Nebenbeschäftigung.»

«Klar», sagte Paff. «Fahren Sie schon los. Ich will mich noch ein wenig umsehen.»

«Wie Sie meinen.» Er öffnete die hintere Tür, und Paff stieg die Stufen hinunter. Begg schloß hinter ihm ab, verließ das Haus durch den Vordereingang und kletterte in seinen Wagen.

Paff ging bis zu der Baumgruppe, dann drehte er sich um und betrachtete das Haus. Muß mal mit einem Bandmaß herkommen und einiges ausmessen, dachte er. Vielleicht gleich mit dem Architekten. Innen sollten ein paar Wände raus. Wahrscheinlich müssen dann Träger eingezogen werden ... Oben könnte ich eine Küche einrichten, mit einem Speiseaufzug. Unten überall Nischen mit Tischen und Stühlen. Und hinter dem Haus bau ich Baracken an für die Kegelbahnen. Dann ist auch der Speisesaal ruhiger ... Ringsum Fenster brechen mit Blick aufs Meer. Angenehm kühl im Sommer ... Das Grundstück jenseits der Straße kann ich asphaltieren lassen, als Parkplatz ...

Während er zu seinem Wagen schlenderte, überlegte er, ob er zuerst nach Lynn oder nach Gloucester fahren sollte. Lynn war näher, aber die Straße nach Gloucester führte an der Küste entlang und war viel hübscher. Er konnte ein bißchen Entspannung gebrauchen.

In Gloucester hatte der Manager der Kegelbahn nichts Außergewöhnliches zu berichten.

«Wirklich alles in Ordnung?»

«Was ist denn los, Mr. Paff? Trauen Sie mir nicht mehr zu, daß ich den Laden schmeiße? Wissen Sie, ich hab schon ...»

«Schon gut, Jim. Ich hatte einen verrückten Tag. Überall gab's Ärger.»

«Kommt vor. Machen Sie jetzt Feierabend?»

«Ich schau noch in Lynn rein, dann ist Schluß für heute.»

«Also dann – schönes Wochenende, Mr. Paff. Und machen Sie sich keine Gedanken.»

Die Kegelbahn in Lynn lag ausgestorben. Nur der Manager lehnte an der Theke und paffte an seiner Zigarre.

«Lahmer Tag, was, Henry?»

«Vor dem Abendessen ist nie viel los. Sie kommen doch sonst immer viel früher, Mr. Paff.»

«Ich war heute zuerst in Gloucester. Alles in Ordnung hier? Es wäre kein ausgesprochener Luxus, wenn die Aschenbecher mal ausgeleert würden.»

«Ich wollt nur ein paar Minuten verschnaufen. In 'ner halben Stunde ist hier der Teufel los.»

«Sie haben ja nur noch eine Stunde Dienst.»

«Ja – falls Moose pünktlich ist. Bisher ist er diese Woche jeden Abend zu spät gekommen.»

Draußen fuhr ein Wagen vor; zwei Männer stiegen aus und gingen auf die Tür zu.

Henry hob eine Augenbraue. «Bullen!» sagte er leise.

«Polizei? Was hat denn die hier zu suchen?»

«Hallo, Jungs!» begrüßte Henry die Polizisten in Zivil. «Bißchen kegeln?»

«Heute nicht, Henry. Wir wollen uns bloß mal in deinem Laden umsehen.» Der eine schritt zielbewußt auf den schmalen Gang zu, in dem sich die Toiletten befanden. Henry kam hinter der Theke hervor und beobachtete ihn, wie er vor der Tür mit der Aufschrift LADIES stehenblieb.

«Jemand drin?» rief er.

«Nein, aber Sie können da nicht rein!» protestierte Henry.

«Warum nicht?»

«Können Sie nicht lesen? Das ist das Damenklo.»

«Na und? Ich hab eben so was Feminines.» Er stieß die Tür auf.

Der zweite Polizist hatte einen der Aschenbecher auf den Boden geleert und untersuchte den Inhalt.

Paff ging auf ihn zu. «Was soll das alles?» fragte er.

«Warum fragen Sie? Wer sind Sie?»

«Ich heiße Paff. Ich bin der Besitzer.»

«Gehn Sie mal zur Seite – Sie stehn mir im Licht.» Er erhob sich, ging zur nächsten Bahn und wiederholte das Manöver. «Polizeisache», knurrte er endlich. «Wir haben einen Tip bekommen und müssen der Sache nachgehen ... Kommen Sie oft her?»

«Na ja – so alle paar Tage. Manchmal auch nur einmal in der Woche, je nachdem.»

«Sagen Sie mal – wollen Sie den Dreck so liegenlassen?» erkundigte sich Henry böse.

«Warum? Habt ihr keinen Staubsauger?»

«Schon. Aber habt ihr einen Durchsuchungsbefehl?»

«Nicht, Henry», sagte Paff. «Lassen Sie doch!»

«Durchsuchungsbefehl?» Der Polizist sah den Manager überrascht an. «Wozu denn? Dies ist ein öffentliches Lokal, und mein Kollege mußte mal aufs Klo.»

«Aber nicht aufs Damenklo.»

«Schluß, Henry!» Paff wandte sich an den Polizisten. «Würden Sie mir jetzt sagen, was Sie hier suchen?»

«Wir suchen *pot*, Mister. Marihuana.»

«Ausgerechnet hier?»

Der zweite Beamte, der hinzugetreten war, schüttelte den Kopf als Antwort auf den fragenden Blick seines Kollegen.

«Wir haben einen Tip bekommen, und jetzt müssen wir der Sache nachgehen», fuhr der erste fort. «Kommen hier manchmal Jugendliche her, die *high* sind?» erkundigte er sich bei dem Manager.

«Die spielen doch alle *high*!» fauchte Henry. «Aber deswegen dürft ihr noch lange nicht ohne Durchsu ...»

«Ach nee? Hör zu, Junge: Wenn wir erst mit'm Befehl kommen, dann nehmen wir den ganzen Laden hier auseinander.»

Paff legte sich ins Mittel. «Kein Grund zur Aufregung», sagte er zu dem Beamten. «Natürlich helfen wir der Polizei – ganz klar.»

«So? Dann sagen Sie das gefälligst auch dem da.»

Zu Hause wurde Paff schon an der Haustür von seiner Frau empfangen. «Wo warst du? Es ist schon spät – ich hab mir Sorgen gemacht ... Komm schnell, das Essen steht schon auf dem Tisch!»

«Ich bin nicht hungrig, Laura. Ich bin todmüde. Ich werde später essen.»

«Aber wir müssen zur Synagoge, Meyer. Es ist Freitagabend.»

«Ich glaube, ich geh heute nicht. Ich bin zu erledigt.»

«Komm, Meyer – setz dich und iß was; dann wirst du dich gleich besser fühlen ... Und dann gehen wir in die Synagoge, und hinterher kannst du dich ausruhen. Heute ist doch Gottesdienst der Männergemeinde, da gehst du doch immer gern hin.»

# 7

Ted Brennerman schritt zum Rednerpult, während sich die Gemeinde erwartungsvoll zurücklehnte. Er galt als temperamentvoll und eigenwillig. («Der Brennerman, das ist 'ne Nummer. Der nimmt kein Blatt vor den Mund!») Er stützte sich in einer unübersehbar von Rabbi Small entlehnten Pose aufs Rednerpult. «Guten Abend, liebe Gemeinde; hier spricht der nette Rabbi Brennerman ...» Belustigung im Saal. Er fuhr fort: «Spaß beiseite; ich habe schon oft öffentlich gesprochen, aber das ist das erste Mal, daß ich eine Predigt halten soll – und ich kann Ihnen versichern, das ernüchtert ganz ungemein!» Wiederum ein verständnisinniges Kichern; es war allgemein bekannt, daß Brennerman einen guten Tropfen nicht verachtete.

«Als ich erfuhr, daß ich predigen sollte, bat ich unseren Rabbi, mir sein Predigtbuch zu borgen (Gelächter). Doch er behauptet, er hat keines; er schreibt seine Predigten selber – und ich dachte gleich, jetzt weiß ich endlich, was ich ihm zum nächsten Geburtstag schenken kann ... (Gelächter) Verstehen Sie mich nicht falsch: Niemand hat vor unserem Rabbi mehr Respekt als ich. Er ist einer der klügsten Männer, die mir je begegnet sind. Das hat er heute wieder bewiesen, indem er diesen Abend schwänzt ... (Gelächter)

Unser Rabbi konnte mir also nicht helfen. So beschloß ich, den Dienstweg nicht einzuhalten und gleich seinen Boss zu konsultieren; ich holte die alte Familienbibel hervor und sah nach, was unser guter Moses zu sagen hat. Ich las den englischen Text, weil ich meine hebräische Brille gerade verlegt hatte ... (Gelächter) Ich muß euch sagen, es war für mich eine Offenbarung. Und das soll kein Kalauer sein ... Wir alle kennen die Geschichte vom Auszug aus Ägypten, von den zehn Plagen und so weiter. Wenn man die Bibel liest, wird einem aber erst klar, was für Armleuchter diese Ägypter waren mitsamt ihrem Pharao ... Allerdings hat sich daran in den letzten 3000 Jahren offenbar nicht viel geändert – höchstens, daß sie uns heute loswerden wollen, und damals wollten sie uns nicht weglassen ... Schrecklich unentschlossen, die Leute (Gelächter).

Beim Weiterlesen merkte ich jedoch, daß unsere eigenen Leute nicht viel besser waren. Stellt euch vor: Gott hatte ihnen seine Macht bewiesen – die großartigste Demonstration, die je der Menschheit zuteil geworden war. Er hatte immer wieder gezeigt, daß er den Kindern Israels wohlgesinnt war. Er hatte das Land der Pharaonen von Heuschrekken und Ungeziefer heimsuchen lassen, von Finsternis und Tod, und die Israeliten waren jedesmal heil davongekommen. Brauchten sie noch mehr Beweise? Nein. Aber dennoch gab er sie ihnen: Er trennte die Wasser des Roten Meeres, damit sie trockenen Fußes hindurchschreiten konnten. Und was taten die Israeliten? Folgten sie endlich ihrem Führer Moses? Keine Spur. Sobald sie merkten, daß ihnen die Ägypter auf den Fersen waren, begannen sie Moses anzuöden: ‹Hast du uns in die Wüste hinausgeführt, weil es in Ägypten nicht genug Gräber gibt?› Und ihren Brüdern warfen sie vor: ‹Haben wir euch nicht immer gepredigt, in Ägypten zu bleiben und den Ägyptern zu dienen? Immer noch besser, als in der Wüste zu verdursten!› Nun, wir wissen, was Gott darauf geantwortet hat. Als die Ägypter ankamen, ließ er die Wellen zusammenschlagen, so daß alle ertranken.

Aber das Jammern und Wehklagen nahm immer noch kein Ende. Wenn nicht gerade alles wie am Schnürchen klappte, begannen die Miesmacher zu meutern: In Marah, als das Quellwasser bitter war; dann wieder, als das Essen knapp wurde und sie sich nach den Fleischtöpfen Ägyptens zurücksehnten ... Gott schickte Manna. Aber später, als sie kein Wasser mehr hatten, glaubten sie, Gott werde sie verdursten lassen ... Moses schlug mit seinem Stab auf den Felsen, und Wasser quoll heraus. Als aber Moses bald darauf auf den Berg Sinai stieg, um die Gesetzestafeln in Empfang zu nehmen, da glaubten sie gleich, es müsse etwas schiefgegangen sein, als er nicht sofort zurückkam, und sie zwangen Aaron, das Goldene Kalb zu machen ...»

Brennerman sprach nun sehr ernst, und die Gemeinde hörte aufmerksam zu.

«Moses hat ihnen also die Gesetze gebracht. Es waren keine Vorschriften über rituelle oder kultische Fragen, sondern Gesetze für das tägliche Leben, Gesetze, um die Gesellschaft funktionsfähig zu machen. Jene Gesellschaftsordnung war noch primitiv; es fehlte noch an den elementarsten Sittlichkeitsgeboten; an Gesetzen wie *Du sollst nicht töten* und *Du sollst nicht stehlen* und *Du sollst kein falsches Zeugnis ablegen.* Heute wissen wir, daß es keine Gesellschaftsordnung geben kann, solange man duldet, daß Menschen einfach töten, stehlen und falsches Zeugnis ablegen. Eine Gesellschaft, die das zuließe, würde sich über Nacht auflösen. Damals aber waren solche Gesetze notwendig, damit sich die Menschen weiterentwickeln und zu Wohlstand gelangen konnten. Ist das nicht im Grunde der Kern unserer Religion – eine Reihe von Gesetzen, nach denen der Mensch leben kann?

Heute leben wir aber in einer komplexeren Gesellschaft, und folglich brauchen wir andere Gesetze – oder eine neue Auslegung der alten. Wenn heutzutage große Teile der Bevölkerung hungern und obdachlos sind, so wissen wir, daß das eine Form des Mordes ist. Wenn wir die Neger daran hindern, ihre Forderungen vorzubringen, so legen wir gewissermaßen falsches Zeugnis ab. Wenn unsere Jugend nicht auf die Stimme ihres Gewissens hören darf und von uns gezwungen wird, sich dem Willen der Mehrheit zu unterwerfen, dann verehren wir einen anderen Gott, den Gott des Establishments ... Was ich damit sagen will: Die wahre Aufgabe einer Gemeinde – sei sie christlich oder jüdisch – besteht darin, die Gesellschaft ihrer Epoche funktionsfähig zu erhalten. Heute bedeutet das, sich für die Bürgerrechtsbewegung einzusetzen, für soziale Gerechtigkeit und den Frieden in der ganzen Welt.»

Brennerman schob sein Käppchen zurecht und fuhr fort: «Ich möchte erreichen, daß sich unsere Gemeinde zu all den Fragen positiv einstellt. Ich möchte erreichen, daß wir aktiv werden und daß unsere Stimme gehört wird – daß wir gemeinsam Resolutionen fassen und die Lokalpresse und unsere Kongreßabgeordneten über unsere Beschlüsse informieren.

Und das genügt noch nicht, meine ich. Wenn unsere schwarzen Brüder für soziale Gerechtigkeit demonstrieren, dann sollte sich ihnen eine Abordnung unserer Gemeinde anschließen. Und wenn es zu einem Hearing über soziale Fragen kommt, dann sollen wir im Saal vertreten sein und erklären, daß das für uns religiöse Fragen sind.

Darüber hinaus schlage ich die Gründung eines besonderen

Sozialfonds vor, damit unser Tempel Bestrebungen unterstützen kann, die es verdienen – ich denke etwa an die Unterstützung politischer Häftlinge in den Südstaaten oder vielleicht gelegentlich auch Wahlpropaganda für einen fortschrittlich gesinnten Politiker, wenn dessen Gegenkandidat ein notorischer Reaktionär ist.

Ich habe nie ein Hehl aus meiner Einstellung gemacht, und sie wird sicher niemanden überraschen, denn sie war die Plattform, auf der meine Kandidatur für das Amt des Vorstehers der Männergemeinde basierte. Der gesamte gegenwärtige Synagogenvorstand vertritt diese Ansichten. Die Tatsache, daß wir gewählt wurden, zeigt, daß uns die Mehrheit der Gemeinde Vertrauen schenkt. Unser Motto läßt sich in einem Satz zusammenfassen: Die Aufgabe des Tempels ist es, wahre Demokratie verwirklichen zu helfen.

Für Sie alle ist dies, wie gesagt, nichts Neues, da wir es seit eh und je predigen. Aber Predigen und Tun sind zweierlei. Deshalb möchte ich heute die erste Neuerung innerhalb unseres Synagogenprogramms bekanntgeben ... Demokratie muß bekanntlich zu Hause beginnen; so wollen wir an Stelle der alten Synagogenordnung, nach der immer die gleichen paar Leute ihre reservierten Plätze hatten, ein neues System einführen nach dem alten Satz ‹Wer zuerst kommt, mahlt zuerst›.»

Ein erregtes Tuscheln ging durch die Versammlung, doch Brennerman fuhr unbeirrt fort: «Ich weiß, daß lange nicht alle Gemeindemitglieder unserer Ansicht sind. Ich weiß, daß viele unter uns finden, eine Synagoge sei zum Beten da und nur zum Beten. Das sind aber Menschen vom Schlag jener, die Aaron gezwungen haben, das Goldene Kalb zu machen, kaum daß Moses auf den Sinai gestiegen war. Menschen, die sich nie für eine Sache einsetzen, die Angst haben, auf Widerstand zu stoßen. Ihr Ideal ist eine Religion, die in ihnen ein paar fromme Regungen weckt. Ich betrachte das als Paff ... Pardon – als Pfaffenreligion» (Lautes Kichern).

Er sprach noch eine Weile und verglich immer wieder die wahre Religion mit dem, was er Pfaffenreligion nannte, und er achtete jedesmal darauf, sich nicht wieder zu versprechen. Er übertrieb es etwas. Endlich schloß seine Ansprache mit einem Appell zur Einigkeit: «Bemühen wir uns, die stärkste religiöse Gemeinde an der ganzen Nordküste zu werden!»

Dann ging er zu seinem Platz neben Gorfinkle zurück, der sich dem Brauch gemäß erhob und ihm die Hand schüttelte. Als sie wieder saßen, bildete Gorfinkle, versteckt hinter dem Gebetbuch, mit Daumen und Zeigefinger ein O zum Zeichen der Anerkennung.

# 8

«*Hello there, Hughie m'boy* ... Hier spricht dein alter Freund Kevin O'Connor!»

«Ach, du bist's ...» Hugh Lanigan, der Polizeichef von Barnard's Crossing, mochte es nicht, wenn ihn jemand mit ‹Hughie› anredete. Und Kevin O'Connor, den Polizeichef der Nachbargemeinde Lynn, mochte er auch nicht besonders; sein übertrieben irisches Getue ging ihm auf die Nerven. Kevin war in Amerika geboren, und der irische Akzent war einfach billige Schauspielerei.

«Du kommst doch zum Frühjahrsball der Polizei, Hughie, nicht wahr?»

«Weiß noch nicht.»

«Ich hätte dich gern auf meiner Liste. Ich bin im Komitee und möchte einen guten Eindruck machen. Viele Karten verkaufen und so.»

«Ich melde mich bei dir, falls ich komme.»

«Du brauchst das Formular nicht einzusenden, Hughie ...»

Lanigan bemerkte amüsiert, daß der irische Akzent allmählich schwand.

«... Ruf mich einfach an, und ich setz deinen Namen auf

die Liste. Das Geld kannst du mir später geben. Hat keine Eile.»

«In Ordnung, Kevin.»

«Ach, sag mal . . .»

Aha. Natürlich kam noch etwas.

«Sag mal, kennst du zufällig einen gewissen Paff? So 'ne jüdische Type. Soll in eurem Nest wohnen.»

«Meyer Paff?»

«Richtig.»

«Ja, den kenne ich», antwortete Lanigan vorsichtig. «Was willst du über ihn wissen?»

«Na, das Übliche . . . Hat er Dreck am Stecken? Hast du schon mit ihm zu tun gehabt? Dienstlich, meine ich.»

«Er ist ein angesehener Bürger. Hat nie Scherereien mit der Polizei gehabt . . . Was sollte er denn angestellt haben?» Lanigan kritzelte den Namen auf einen Notizblock.

«Keine Ahnung. Ich weiß nur, daß er hier eine große Kegelbahn besitzt.»

«Er besitzt ein halbes Dutzend Kegelbahnen in der Gegend», entgegnete Lanigan.

«Ja, überall – außer in Barnard's Crossing.» Es klang wie ein Vorwurf.

«Stimmt. Wir haben hier keine. Aber die von Salem tut's auch . . . Was ist denn in eurer Kegelbahn los?»

«Ach, wir haben ein paar Schulkinder erwischt – Marihuana. Und die treiben sich ständig in der Kegelbahn rum.»

«Willst du sagen, daß Paff mit dem Zeug handelt?» Lanigan strich den Namen auf dem Block durch. «Kann ich mir nicht vorstellen bei ihm . . . Ganz abgesehen davon, daß er in der jüdischen Gemeinde eine große Rolle spielt.»

«Also, Hughie, das ist doch kein Alibi.»

«Nein . . . Weißt du was? Ich geh der Sache mal nach – wenn ich mal nichts Gescheiteres zu tun habe.»

«Mach du nur deine Witzchen . . . Habt ihr gar keinen Ärger damit?»

«Mit Marihuana? Gott – hin und wieder mal», sagte Lanigan vorsichtig. «Kommt offenbar aus Boston, das Zeug.»

«Also – wenn du irgend etwas über diesen Paff hörst ... Ruf mich gleich an, ja?»

«Na sicher doch, *Kevin m'boy*!» Lanigan knallte den Hörer auf die Gabel und starrte das Telefon einen Augenblick lang zornig an. Dann lachte er auf.

## 9

«Das war eine hübsche Predigt, Ted», bemerkte Meyer Paff.

Die meisten Leute hatten die Synagoge bereits verlassen und strömten zum Gemeindesaal hinunter, wo ein Imbiß serviert wurde. Paff hatte sich im Mittelgang aufgepflanzt und auf Brennerman und Gorfinkle gewartet.

«Hat sie Ihnen wirklich gefallen?» fragte Brennerman eifrig – eine Spur zu eifrig.

«O ja – und wie!» knurrte Paff in seinem tiefen Baß. «Die ganze Zeit hab ich gedacht: Da zahlen wir dem Rabbi ein Bombengehalt – wofür eigentlich? Doch damit er Predigten hält, nicht wahr? Den übrigen Kram – die kurzen *Bar-Mizwah*-Ansprachen, die Trauungen, die Krankenbesuche – das alles könnte der Kantor ebensogut. Oder der Gemeindevorsteher ... Hauptsache sind wirklich die Predigten. Und jetzt kommen Sie und beweisen, daß irgend so ein junger Spund das ebensogut kann.»

«Also, Moment mal ...»

«Das ist kein Ort zum Streiten, Meyer», sagte Gorfinkle halblaut.

«Wer streitet denn?» gab Meyer Paff zurück. Die wenigen Leute, die sich noch im Raum befanden, blieben stehen und horchten auf. «Ich würde niemals in einer Synagoge streiten.

So bin ich nicht erzogen worden. Ich würde auch nie von der Kanzel herab ein Gemeindemitglied beleidigen.»

«Beleidigen? Wer ist da beleidigt worden?»

«Na, vielleicht Dr. Edelstein. Er ist dagegen, daß in der Synagoge Politik getrieben wird. Und wahrscheinlich hat er's nicht gern, wenn man ihn als Götzendiener hinstellt ... Er hat sich immer für einen guten Juden gehalten. Er hat die Synagoge mit begründet und hat sich mit Geld und Arbeit für sie eingesetzt. Und mein Freund Irving Kallen zum Beispiel – er war zwar heute abend nicht da, aber auch er hat viel für den Tempel gespendet. Vielleicht ist es Ihnen nicht bekannt, aber die Kallen-Familienstiftung unterstützt seit Jahren eine der großen Negerorganisationen – die NAACP, glaube ich. Trotzdem ist Irv Kallen nie auf die Idee gekommen, ich müßte die Farbigen unterstützen, bloß weil er es tut ... Sie haben da die Sache mit den Namensschildern an einigen Plätzen erwähnt. Vielleicht ist es Ihnen entgangen, daß auch die Kanzel, von der Sie sprachen, und der Stuhl, auf dem Sie saßen, ein kleines Messingschild tragen, auf dem steht, daß es eine Spende der Kallen-Familienstiftung war – ebenso wie die ganze Einrichtung auf der Empore, einschließlich der Heiligen Lade und der Lautsprecheranlage, die Sie benutzt haben ... Vielleicht hätte es sich Kallen anders überlegt, wenn er gewußt hätte, daß ihn eines Tages ein junger Klugscheißer von da oben einen Anbeter des Goldenen Kalbes nennen würde.»

«Geld ist nicht alles», warf Gorfinkle ein. «Sie haben deswegen nicht das Recht ...»

«Stimmt – Geld ist nicht alles. Manche Leute haben kein Geld, dafür ein um so besseres Mundwerk ... Ich war nicht auf der Universität wie Sie beide – ich bin auf der Straße aufgewachsen. Aber ich hab trotzdem einiges gelernt. Zum Beispiel, daß reden billig ist. Wenn bei uns einer eine große Klappe hatte und keine Ahnung, wovon er redete, dann sagten wir zu ihm, steck doch dein Geld da rein, wo du mit dem Maul schon bist!»

«Also ich bitte Sie ...»

«Nur eine Frage ... Sie brauchen mir nicht zu sagen, was Sie mit Ihrer Predigt erreichen wollten – das ist mir klar. Der Tempel wächst; er wird zu groß für uns beide ... Meinen Sie nicht auch, es ist besser für alle Beteiligten, wenn er wieder ein bißchen kleiner wird?»

«Ich habe nichts ...»

«Aber was ich Sie eigentlich fragen wollte: Als Sie da oben so schön predigten – haben Sie sich für Moses gehalten? Oder für Gott?»

# 10

In der kleinen Studentensynagoge des *Hillel*-Hauses waren kaum fünfundzwanzig Personen zum Freitagabendgottesdienst versammelt. Rabbi Small hatte den Verdacht, daß nicht alle Juden waren. In der hintersten Reihe entdeckte er einen Mann, der einen schwarzen Anzug und einen Geistlichenkragen trug – das war bestimmt keiner. Sicher der Leiter des Newman-Clubs der Universität, dachte der Rabbi. Seine Vermutung erwies sich als richtig, als sich der Mann am Ende des Gottesdienstes vorstellte. Father Bennett war ein jugendlich aussehender, schlanker Mann von dreißig, der gern lachte.

«Treiben Sie Werkspionage, Father?» neckte ihn der Rabbi.

Der Priester lachte. «Ich fürchtete schon, Sie würden mich als zehnten Mann für Ihr *Minjan* brauchen ... Ist das richtig – *Minjan*?»

«Ja, so heißt es. Und Sie haben recht; es waren enttäuschend wenig Leute da.»

«Wenig? Ich bin erstaunt, daß überhaupt so viele kamen. Die meisten Studenten sind gleich nach der letzten Vorlesung

*Geld ist nicht alles . . .*

... warf Gorfinkle ein. Stimmt – Geld ist nicht alles. Geld ist für den Menschen nur, was das Wasser für die Pflanze ist: nicht alles, aber ...

Der Mensch braucht mehr als Geld. Aber was braucht der Mensch mehr als Geld?

losgefahren ... Nicht, daß sie zu Rabbi Dorfman in Scharen kämen; verstehen Sie mich nicht falsch. Zu mir kommt auch nur etwa ein Viertel der Studenten, mit denen man eigentlich rechnen müßte», fügte er schnell hinzu, gewissermaßen als Trost. «Bei uns ist es immerhin verständlich. Die Kirche ist in einem Übergangsstadium; wir versuchen, mit der Zeit zu gehen, aber unsere Jugend ist sehr skeptisch. Sie akzeptiert nicht blind. Sie stellt Fragen, diskutiert und macht Einwände.»

«Finden Sie das beunruhigend?»

«Ganz und gar nicht», antwortete der Geistliche. «Aber manche Fragen können wir einfach nicht beantworten. Zum Beispiel das Problem der Geburtenkontrolle: Viele von unseren katholischen Studenten stammen aus kinderreichen Familien – aus Familien, in denen vor ihnen noch nie jemand auf die Universität gehen konnte. Klar, daß sie nicht die Absicht haben, sechs oder sieben Kinder in die Welt zu setzen – höchstens zwei oder drei; und das bedeutet Geburtenkontrolle.»

«Na und?»

«Ich weiß, daß sie bei Katholiken der sogenannten gehobenen Schicht längst praktiziert wird. In den oberen Einkommensklassen sind kinderreiche Familien die Ausnahme. Aber diese moderne Jugend ist so erschreckend ehrlich. Wenn ihnen ein kirchliches Gesetz nicht paßt, ignorieren sie es nicht einfach, wie es die frühere Generation getan hat. Die Jungen ziehen eher die Konsequenzen und distanzieren sich vollständig von der Kirche.»

«Die Jungen bleiben schließlich nicht immer jung, und die meisten Leute werden mit dem Alter einsichtiger oder zumindest toleranter», bemerkte der Rabbi.

«Vielleicht», meinte Father Bennett. «Unter uns gesagt, ich hoffe, daß auch die Kirche toleranter wird. In der Frage der Geburtenkontrolle zum Beispiel hat der damit befaßte Ausschuß auf dem Konzil empfohlen, den Gebrauch der Pille nicht zu verbieten.»

«Und hat sich damit nicht durchsetzen können, ja.»

«Zumindest vorläufig nicht. Viele Leute hoffen, daß sich das einmal ändert.»

«Ich weiß nicht ...» Der Rabbi schüttelte den Kopf. «Das geht doch gar nicht.»

«Warum nicht? Es ist kein Dogma», erklärte der Geistliche lächelnd. «Wissen Sie, die Kirche ist eine sehr humane Institution.»

«Aber auch eine sehr logische», wandte der Rabbi ein. «Kollidiert eine Geburtenkontrolle nicht mit Ihrer Vorstellung von der Heiligkeit der Ehe? Und die ist ein Dogma.»

«Hm ... Sagen Sie, wie stellt sich die jüdische Religion eigentlich zur Ehe?»

«Wir betrachten die monogame Ehe als etwas ziemlich ... na – Artifizielles, ja? Aber zugleich auch als die beste Möglichkeit unter den gegebenen gesellschaftlichen Verhältnissen. Die Ehe ist bei uns ein Vertrag, der durch Scheidung wieder aufgelöst werden kann, falls das Zusammenleben für die beiden Partner unmöglich wird. Bei euch dagegen ist sie ein Sakrament. Ehen werden im Himmel geschlossen, heißt es ja; daher könnt ihr keine Scheidung gestatten – das würde doch bedeuten, daß sich der Himmel geirrt hat, und der Gedanke ist untragbar. Ihr könnt die Ehe höchstens annullieren – eine juristische Spitzfindigkeit, die darauf hinausläuft, daß sie nie geschlossen wurde ...»

«Was ist heute abend in dich gefahren, David?» fragte Miriam, als sie wieder allein waren. «Hast du diesen netten Pfarrer absichtlich so attackiert?»

Erstaunt blickte er sie an, dann lächelte er. «Mit Father Burke in Barnard's Crossing würde ich mich kaum über solche Themen unterhalten. Irgendwie fühle ich mich hier freier. Vielleicht die Atmosphäre der Universität ... Glaubst du, er hat es krummgenommen?»

«Ich weiß nicht», antwortete sie. «Jedenfalls hat er sich nichts anmerken lassen.»

Professor Richardson bewohnte ein altes viktorianisches Haus. Die große quadratische Diele war durch eine Schiebetür vom Wohnzimmer getrennt; eine weitere Schiebetür führte vom Wohnzimmer zum Eßzimmer, doch nun standen beide offen, so daß sich ein riesiger L-förmiger Raum ergab. Um neun an diesem Samstagabend war die Party in vollem Gang. Die Gäste standen plaudernd in kleinen Gruppen herum. In einer Ecke des Raumes saßen der Rabbi und Mrs. Small mit ihrem Gastgeber um einen niedrigen Tisch. Professor Richardson, ein jugendlich wirkender, athletischer Mann, mußte immer wieder aufstehen, um neue Gäste zu begrüßen und dem Rabbi vorzustellen. Mrs. Richardson machte die Runde zwischen den Grüppchen und hastete von Zeit zu Zeit in die Küche, um gleich darauf mit frisch beladenen Tabletts wiederaufzutauchen.

Der Rabbi wurde mit den unvermeidlichen Fragen bestürmt: «Alle diese Speisevorschriften – sind das nicht ursprünglich reine Hygienemaßnahmen?» – «Warum schafft man sie nicht ab? Die moderne Kühltechnik ...» – «Was tut man bei Ihnen, um den Gottesdienst moderner zu gestalten?»

Die Älteren unter den Anwesenden, meist Dozenten, kamen ebenfalls an den Tisch, um ein paar Worte mit David Small zu wechseln. Auch sie stellten Fragen, aber es blieb bei konventionellen Party-Themen: «Woher kommen Sie, Rabbi?» – «Wie finden Sie unsere Universität?» – «Werden Sie Bob Dorfmans Stelle annehmen?»

Die jungen Leute waren offensichtlich weniger wegen des Ehrengastes gekommen, als um einander zu treffen. In einer Ecke saßen sechs oder acht Studenten auf dem Fußboden. Ein Junge lag auf dem Bauch, die Füße in den ausgelatschten Schuhen in der Luft schlenkernd. Dem gespannten Schweigen nach zu schließen, das immer wieder von schallendem Gelächter unterbrochen wurde, mußten sie sich wohl Witze erzählen. Einige begrüßten den Rabbi und entschuldigten sich, daß sie am Freitaggottesdienst nicht teilgenommen hatten. Als sich der Leiter der jüdischen Studentenschaft zu ihm setzte, erwähnte der Rabbi dies.

Der Junge nickte verständnisvoll: «Sie wissen ja, wie das so ist, Rabbi: Man kann noch soviel Reklame machen – es ist halt nur ein Gottesdienst. Das kommt doch niemals an eine Party ran, wo man seine Freundin mitbringen kann und sich amüsiert ... Verstehen Sie?»

Ein schlaksiger blonder Lulatsch kam auf den Rabbi zu. «Hallo, Rabbi ... guten Abend, Mrs. Small.» Es war Stuart Gorfinkle.

«Ach, da sind Sie ja, Stu – wir haben schon versucht, Sie zu erreichen», sagte der Rabbi.

«Ja, wir haben mehrfach angerufen», bestätigte Miriam. «Hat man's Ihnen ausgerichtet?»

«Ja, danke. Ich konnte gestern abend nicht zum Gottesdienst kommen. Ich hatte eine Verabredung.»

«Schon gut!» Der Rabbi winkte ab. «Fahren Sie mit uns heim? Wir wollen morgen gegen neun ...»

«Ja, eh ... Nein, Rabbi. Ein paar Freunde von mir, die in Gloucester wohnen, die fahren nämlich heute abend noch rüber, und sie haben noch einen Platz für mich ...»

Der Rabbi kam ihm zu Hilfe: «Aber selbstverständlich, Stuart.»

«Übrigens ... falls Sie morgen mittag zu Hause sind ... Ich meine, ich wäre gern mal bei Ihnen vorbeigekommen.» Der Junge ließ sich in einen Stuhl fallen.

«Selbstverständlich. Kommen Sie nur; wir erwarten die Studenten, die Ferien haben.»

Father Bennett setzte sich neben den Rabbi. Er nickte Stuart kurz zu, offensichtlich unsicher. Dann begrüßte er Miriam mit einem Lächeln.

«Muß ich mich eigentlich bei Ihnen entschuldigen, Father?» erkundigte sich der Rabbi. «Meine Frau findet, ich sei gestern abend aggressiv geworden.»

«Aber nein!» lachte er. «Wissen Sie, Mrs. Small, Ihr Mann ist ein richtiger Jesuit. Meine Stärke sind diese theologischen

Haarspaltereien leider nicht ... Haben Sie da nicht einen bestimmten Ausdruck dafür, Rabbi?»

«*Pilpul*», antwortete er. «Obwohl es nicht ganz dasselbe ist wie bei den Jesuiten.»

«Das mag sein. Jeder soll das tun, wozu er taugt – Schuster, bleib bei deinem Leisten ... Ich bemühe mich, meinen Leuten den einfachen Glauben beizubringen; die Raffinessen überlasse ich denen von der Ersten Garnitur ... Wenn ein Mensch glaubt, kommt alles andere von selbst – das ist meine Überzeugung. Und da wir in dieser Hinsicht wohl alle die gleichen Vorstellungen haben, betrachte ich dies als meinen bescheidenen Beitrag zum ökumenischen Gedanken.»

«Nun ...» Der Rabbi räusperte sich verlegen: «So ganz die gleichen Vorstellungen haben wir da auch wieder nicht, Father. Ihr Katholiken seid ... na – jenseitsorientiert, ja? Wir Juden hingegen geben uns mit dieser Welt zufrieden ... Sagen Sie – da gab es doch im Mittelalter einen Heiligen, der nie lachte ...»

Der Priester nickte. «‹Mein Heiland ist gekreuzigt, wie soll ich da lachen?›»

«Ja, den meine ich ... Von Ihrer Warte aus eine logische Einstellung. Ihr Katholiken strebt nach Heiligkeit. Wir dagegen begnügen uns mit gewöhnlichem Menschentum ... Nicht, daß es uns an Inbrunst fehlt, am Streben», fügte er hinzu; «wir glauben aber, daß man um so tiefer fallen kann, je höher man strebt.»

«Aber der Glaube, Rabbi! Wenn Sie an Gottes Ruhm und Erhabenheit glauben ...»

«*Wenn;* ja eben.»

«Ja, aber Rabbi ...» Der Priester war entsetzt. «Der Glaube ist doch ...»

«Von uns wird kein Glaube verlangt – nicht als unabdingbare Forderung, wie in Ihrer Religion. Ich denke, Glauben – das ist eine besondere Gabe; die einen haben sie, die anderen nicht. Unsere Anschauung entspricht im großen und ganzen der Stelle aus dem Propheten Micha: ‹Was verlangt der Herr von dir, außer daß du Seinen Pfad gehest?›»

«Ist das nicht dasselbe?»

«Nicht ganz. Man kann Seinen Pfad gehen und dennoch Zweifel an Seiner Existenz haben. Schließlich ist man nicht immer Herr über seine Gedanken. Zum Glück müssen wir, wenn wir zweifeln, keine Angst- und Schuldgefühle haben wie ihr. Und das kommt mir gesünder vor, psychologisch gesehen.»

«Und Sie, Rabbi? Glauben Sie?»

Der Rabbi mußte lächeln. «Es geht mir vermutlich wie Ihnen und wie allen Sterblichen – manchmal glaube ich, und manchmal nicht.»

Stuart erhob sich. «Ich muß gehen, Rabbi – wir fahren bald los . . . Also, bis morgen.»

«Auf Wiedersehen, Stuart.»

«Fahrt vorsichtig!» mahnte Miriam.

Der Rabbi bemerkte, daß fast alle Studenten inzwischen gegangen waren. «Ich glaube, wir sollten auch aufbrechen», meinte er, zu Father Bennett gewandt.

Professor Richardson war an den Tisch getreten und hatte es gehört. «Oh, Sie dürfen noch nicht gehen, Rabbi», sagte er. «Wir erwarten noch Lucius Rathbone . . . Ach, da ist er ja schon.» Er eilte dem Gast entgegen, um ihn zu begrüßen.

«Lucius Rathbone?»

«Der Lyriker», erklärte Father Bennett. «*Lieder aus dem Ghetto. Blaue Noten.* Er ist unser Hauspoet.»

Der Rabbi sah neugierig zur Tür und entdeckte einen langen, hellhäutigen Neger in schwarzseidener Nehru-Jacke und weißem Rollkragenpullover. Er mochte um die Vierzig sein. Um den Hals trug er an einer Silberkette ein Medaillon, mit dem er lässig spielte. Während Richardson ihn ins Zimmer führte, lächelte er da und dort Bekannten einen Gruß zu, wobei zwischen einem schmalen Schnurrbart und einem Spitzbärtchen blendendweiße Zähne sichtbar wurden. Er trug den Kopf im Nacken und sah zwischen halbgeschlossenen Lidern auf Richardson herab, der ihn vorstellte.

«Mrs. Small, Rabbi Small – Lucius Rathbone ... Rabbi Small ist diese Woche für Bob Dorfman eingesprungen, Lucius.»

«Wir müssen jetzt wirklich gehen, Professor. Unser Babysitter wartet.»

«Nur noch eine Tasse Kaffee!»

Der Rabbi ließ sich überreden. Es saßen noch etwa ein Dutzend Leute um den Tisch. Der Lyriker stand im Mittelpunkt des Gesprächs.

«Was schreiben Sie gerade Interessantes, Lucius?»

«Was halten Sie von der afro-amerikanischen Studentenliga?»

Dem Rabbi wurde klar, daß die Leute hauptsächlich gekommen waren, um den Dichter zu treffen. Der genoß es sichtlich, so umschwärmt zu werden. Seine Antworten kamen prompt; meist ironisch, oft sogar bissig und stets sehr autoritativ. Es machte ihm offensichtlich Spaß, den Fragesteller in Verlegenheit zu bringen. Wenn es ihm gelang, warf er den Kopf zurück und lachte schallend, wie um zu zeigen, daß es nicht so ernst gemeint sei. Das Spiel amüsierte ihn. Als der Rabbi auf die Uhr blickte, rief er ihm über den Tisch hinweg zu:

«Sie wollen doch nicht schon aufbrechen, Rabbi?» Es klang fast, als sei ihm das nicht recht.

«Ich fürchte, wir müssen ...»

In das Gesicht des Dichters trat ein lauernder Zug. «Mein Onkel war nämlich auch Rabbi.»

«Ach ja?» Der Rabbi merkte, daß Rathbone etwas im Schilde führte.

Rathbone begann plötzlich mit dünner Fistelstimme im Slang des Negerghettos: «Wir ham ihn so gerufen, auf alle Fälle. Prediger isser gewesen. Reverend Lucius Harper. Sie ham mich nach ihm genannt. Er hatte 'n Laden gemietet: *Temple of Zion* hat er drangeschrieben ... Mein Alter hat immer gesagt, die Sekte, die hat er bloß erfunden, um sich beim Hausbesitzer anzuschmeißen, weil das war 'n Jud, und damit der vielleicht keine Miete nimmt. Aber Rabbi Harper hat behauptet, es is Überzeugung, und das Alte Testament is genug für uns Nigger, da simmer besser mit dran ... Was halten Sie davon?»

«Aus meiner Sicht ist das natürlich richtig», sagte der Rabbi.

«Ach ja?» Er sprach wieder normal. «Wie kommt es dann, daß alle Läden in unserem Viertel Juden gehörten, die sich an uns bereicherten?»

«Ich bitte Sie, Lucius ...» Professor Richardson war bestürzt.

Das sonst so blasse Gesicht des Rabbis bekam Farbe. Gelassen sagte er: «In meiner Stadt gab es nur einen einzigen jüdischen Händler im Negerviertel. Sein Vater hatte das Geschäft gegründet, lange bevor Ihre Leute in die Gegend zogen. Und reich war er bestimmt nicht. Er konnte den Laden in dieser Nachbarschaft dann nicht mehr verkaufen, und er hatte auch nicht genug Geld, um in einer anderen Gegend ein neues Geschäft aufzumachen ... Schließlich ergab sich die Lösung von selbst: Es kam zu Krawallen im Viertel; sein Laden wurde kurz und klein geschlagen und geplündert.»

Der Neger ließ sich nicht einschüchtern. Er sah dem Rabbi starr in die Augen: «Soll ich vielleicht schockiert sein, weil meinen Leuten die Geduld gerissen ist und sie sich etwas von dem zurückgeholt haben, was ihnen ohnehin gehörte? Vierhundert Jahre lang habt ihr uns unterdrückt, geknechtet, versklavt; ihr habt unsere Traditionen zerstört und uns unserer Männlichkeit beraubt ...»

Der Rabbi erhob sich; auch Miriam stand auf. «Wir müssen wirklich gehen, Mrs. Richardson.» Und zu dem Negerdichter gewandt: «In den vierhundert Jahren, die Sie erwähnten, Mr. Rathbone, lebte mein Volk in den Ghettos Europas – in Polen, Rußland und Deutschland. Mein Großvater, der um die Jahrhundertwende aus einem kleinen russischen Städtchen nach Amerika kam, hatte noch nie im Leben einen Neger gesehen, geschweige denn versklavt, geknechtet und seiner

Männlichkeit beraubt.» Miriam stand neben ihrem Mann, der ihren Arm nahm. Er sah dem hellhäutigen Neger gerade in die zornigen Augen: «Können Sie von Ihren Vorfahren das gleiche behaupten, Mr. Rathbone?»

# II

«Ihr habt mich schön reingelegt», jammerte Irving Kallen, «du und der Doktor!»

Meyer Paff grinste. «Keine Kunst, Irving, es war die letzte Runde – da haben wir versucht, den Einsatz hochzutreiben.»

«Glaub ihm kein Wort, Irving!» sagte Dr. Edelstein, ein dicklicher, ständig lächelnder Mann. «Die normale Taktik, um den Bluffer herauszuholen.»

«Immerhin hast du gewonnen, oder?» fragte Paff.

«Nee.» Kallen reihte die kleinen Spielmarkenhäufchen aufeinander. «Laß mal sehen ... Ich verliere zweiunddreißig – nein, siebenunddreißig Cent. Gewonnen hast du, wie üblich.»

Paff sammelte die Spielmarken ein und legte sie in den Kasten zurück.

«Einfach Dusel, so was», meinte Kallen.

«Von wegen. Gewußt wie!» grinste Paff.

«Auch gut. Ich spiele lieber Bridge.»

«Wenn du Kartengefühl hast, kannst du alles spielen», warf Kermit Arons ein.

«Also gestern abend, da haben wir bei Nelson Shaffer Bridge gespielt, und ...»

«Aha, jetzt kommt's raus!» Paff schlug auf den Tisch: «Wenn du am Sabbat Karten spielst, statt in die Synagoge zu gehen, dann verlierst du beim nächstenmal haushoch – ist doch klar!»

«Na, also – siebenunddreißig Cent, das ist nicht die Welt. Und wenn man die beiden Abende zusammenzählt, hab ich ganz schön gewonnen ... Überhaupt», fügte er boshaft hinzu, «nach dem, was ich so höre, wärst du vermutlich froh, wenn du gestern abend auch in die Synagoge gegangen wärst.»

«Brennerman hat Meyer ganz schön durch den Kakao gezogen», sagte Arons, «aber eigentlich hat er uns alle gemeint.»

«Wegen der Sache mit den Plätzen?» fragte Dr. Edelstein. «Also, ich sitze genauso gern hinten. Mit der Lautsprecheranlage hört man überall gleich gut – und, ehrlich gesagt, ich bin ganz gern in der Nähe der Tür: Da kann man an den hohen Feiertagen, wenn's von früh bis abends geht, zwischendurch mal draußen frische Luft schnappen, ohne daß es gleich alle merken.»

«Und wenn sie dich eines Tages in den Gemeindesaal runterschicken? Weißt du noch? Letztes Jahr gab es zwei Gottesdienste, einen oben und einen unten im Gemeindesaal.»

«Ja, aber nur die neuen Mitglieder saßen unten. Die alten ...»

«Das ist es ja gerade: Sie wollen die Sitzordnung demokratisieren. Wenn es keine reservierten Plätze mehr gibt, muß man in den Gemeindesaal hinunter, sobald die Synagoge voll ist.»

«Ja, dann allerdings ... Das geht ein bißchen weit, finde ich.»

«Ich sitze nicht gern hinten», erklärte Kallen. «Und mein Vater, der betrachtet unsere Sitze in der ersten Reihe als so was wie Ehrenplätze ...»

«Und das viele Geld, das wir für die Plätze gezahlt haben?» empörte sich Arons. «Ich hab tausend Dollar für den Baufonds gespendet, bar auf den Tisch – damals, als Becker noch Gemeindevorsteher war. Dafür haben sie mir einen festen Synagogenplatz versprochen. Ich betrachte das als Vertrag, den ich mit der Synagoge geschlossen habe – und wenn der Tempel vertragsbrüchig wird, wer soll dann noch Verträge einhalten?»

«Ja eben!» Kallen nickte heftig. «Ich bin völlig deiner Meinung, Kerm. Wenn man nicht mal dem Tempel trauen kann ...»

«Schön und gut. Aber was können wir tun?»

«Ich will dir sagen, was wir tun können, Meyer», verkündete Kallen: «Ich gehöre schließlich noch dem Vorstand an; ich kann die Sache zur Sprache bringen und verlangen, daß entsprechende Maßnahmen ergriffen werden.»

«Und was erreichst du damit? Dann ergreifen sie Maßnahmen – das heißt, sie lassen abstimmen; und dabei kriegen Gorfinkle und seine Clique die Mehrheit.»

«Wenn sich der Vorstand nicht mehr an seine Versprechen hält, dann hat er mich aber gesehen!»

«Und wohin wirst du gehen, Irv? Nach Lynn? Oder nach Salem? Wo dich kein Mensch kennt?»

«Wißt ihr, was ich täte?» fragte Edelstein. «Ich würde bleiben; aber die könnten sich bei nächster Gelegenheit den Mund fusselig reden, bis sie auch nur einen Cent von mir zu sehen kriegten!»

«Nein, Doc.» Paff schüttelte den Kopf. «Das geht vielleicht in einer christlichen Gemeinde, aber nicht in der Synagoge. Bei uns bitten sie dich nicht um Spenden – sie fordern. Das gehört zur Tradition. Ihr kennt doch den alten Witz: Das einzige, worüber sich zwei Juden einigen können, ist die Summe, die der dritte für die Synagoge spenden soll ... Wenn du weniger gibst als im Vorjahr, dann hast du noch Glück gehabt, wenn die Leute nur glauben, deine Praxis geht schlecht. Und gar nichts geben – schlag dir das aus dem Kopf. Das schaffst du einfach nicht. Sie löchern dich so lange, bis du schließlich weich wirst.»

«Meyer hat recht.» Arons nickte. «Wißt ihr, worauf das praktisch hinausläuft? In Zukunft dürfen wir das Geld aufbringen – wir und unsere Freunde –, das die Gorfinkle-Clique dann ausgibt ... Noch nicht mal fragen werden sie uns vorher – ihr werdet sehen!»

«Kern hat recht», sagte Paff. «Ihr seid euch doch darüber

im klaren, daß die Sache mit der neuen Sitzordnung dem Vorstand nie vorgelegt worden ist?»

«Du meinst, es war nur so eine Idee von Ted Brennerman? Ja, aber dann ... Das geht doch nicht, verdammt noch mal! So eine Änderung gehört doch vor den Vorstand!» schimpfte Kallen.

Paff zuckte die Achseln. «Oh, sie werden's in der Versammlung pro forma erwähnen, damit alles seine Richtigkeit hat; dann wird eine Weile diskutiert, plötzlich stellt einer den Antrag, Abstimmung – und schwupps ...» Er schnippte mit den Fingern: «... schon ist die Sache erledigt. Und von jetzt an wird es mit allem so gehen, da könnt ihr Gift drauf nehmen.»

«Nach dieser Methode werden sie auch bei diesem Sozialfonds vorgehen: Sie reißen sich alle möglichen Gelder unter den Nagel, und dann machen sie damit, was sie wollen. Wir geben, sie geben aus – klare Arbeitsteilung.»

«Nu mal langsam!» bremste Kallen. «Wieviel können sie schon zusammenschnorren? Fünfhundert Dollar? Tausend? Was ist das schon! Mein Vater erzählt, daß es früher in jeder Synagoge einen Fonds gab, den der Gemeindevorsteher verwaltete und über den er frei verfügen konnte, wenn zum Beispiel ein Fremder in die Stadt kam und keinen Schlafplatz hatte oder kein Geld für eine warme Mahlzeit ...»

«Das ist Wohltätigkeit», wandte Paff ein. «Das ist was anderes. Aber diese Gelder sind für politische Zwecke bestimmt, wenn's nach Brennerman geht. Außerdem kommt es mir nicht auf die Höhe der Summe an; mir geht's um das Prinzip.»

«Schön und gut. Aber sie haben die Vorstandswahl gewonnen, und jetzt sind sie dran. Wir müssen uns eben vor der nächsten Wahl am Riemen reißen, wenn wir sie wieder loswerden wollen.»

«Macht euch nichts vor», sagte Paff. «Die werden wir nicht wieder los. Die bleiben ... Die Gorfinkles haben eine völlig andere Einstellung zu diesen Dingen. Sie betrachten die Tempelorganisation als so was Ähnliches wie eine Aktiengesellschaft ... Als Wasserman damals Vorsteher wurde, oder auch noch Becker und Mort Schwartz – die haben sich Leute in den Vorstand geholt, von denen zu erwarten war, daß sie gute Arbeit leisten. Aber Gorfinkle und sein Anhang, das sind alles leitende Angestellte in großen Firmen, die werden praktizieren, was sie da gelernt haben: Wer die Aktienmehrheit hat, der besetzt erst einmal sämtliche Direktorensessel mit seinen Leuten ... In Zukunft wird niemand in den Synagogenvorstand berufen werden, der nicht Gorfinkles Ansichten teilt – da könnt ihr Gift drauf nehmen!»

«Immerhin könnten wir morgen bei der Vorstandssitzung Krach schlagen», schlug Arons vor. «Vielleicht kriegen wir genug Leute zusammen, die uns unterstützen.»

«Geht nicht», brummte Paff in seinem tiefen Baß.

«Warum nicht?»

«Was, um Gottes willen, sollen die Leute denn unterstützen? Einen Antrag von uns, daß wir weiterhin reservierte Plätze in den vorderen Reihen kriegen? Also, weißt du!»

«Na ja ...»

«Vielleicht werden uns nach dem, was morgen passiert, doch ein paar Leute unterstützen», meinte Kallen.

«Wieso? Was soll denn morgen passieren?» fragte Paff.

«Ich war doch gestern abend bei Nel Shaffer, ja? Hab ich ja schon erzählt ... Nel und ich, wir sind befreundet, aber er hockt eigentlich mehr mit Leuten aus Gorfinkles Clique zusammen, mit Bill Jacobs und Hymie Stern. Na ja, und Nel hat so einiges angedeutet ... Demnach bin ich ziemlich sicher, daß Gorfinkle morgen die Neubesetzung der Ausschüsse bekanntgeben wird. Und einige seiner Kandidaten werden uns ganz und gar nicht in den Kram passen – und uns nicht allein.»

«Zum Beispiel?» fragte Edelstein.

«Zum Beispiel Roger Epstein als Präsident der Ritualkommission», antwortete Kallen.

«Der Ritual ...» Edelstein schnappte nach Luft. «Nein! Das traut er sich nicht!»

«Warum nicht? Epstein ist sein bester Freund. Und auch die beiden Familien ...»

«Aber ausgerechnet die Ritualkommission!» protestierte Edelstein. «Der Mann kann doch kein Wort Hebräisch! Wenn der Rabbi nicht die Seitenzahl ausrufen würde, wüßte er nicht einmal, welches Gebet dran ist. Er gehört zum erstenmal in seinem Leben einer Gemeinde an. Er stammt aus einer Familie von Freidenkern, von ... von Radikalen! Und seine Frau ... sie ist Nichtjüdin!»

«Mit ihrem Übertritt ist sie Jüdin geworden», erinnerte Paff. «Das ist das Gesetz ... Aber diese Sache wollen wir gar nicht aufrühren. Es ist auch so ein Affront der Gemeinde gegenüber, Epstein zu ernennen – und ich sag das nicht, weil er mich ersetzen soll.»

«Sobald er es verkündet, machen wir Stunk», schlug Arons vor.

«Nein!» sagte Paff mit Nachdruck. «Ich hab da eine Idee, Leute ... Wenn Gorfinkle morgen in der Sitzung die neuen Ausschüsse bekanntgibt, sagen wir kein Wort. Wir mucksen uns nicht.»

Alle sahen ihn an.

«Ja – aber was nutzt uns ...» begann Edelstein.

«Verlaßt euch auf mich. Ich hab eine Idee ... Tut mir leid, aber ich kann im Moment noch nicht mehr sagen. Hört auf mich. Wir wollen erst mal sehen, was morgen passiert. Wenn ich den Mund halte, schweigt ihr auch – okay?» Er blickte in die Runde. «Hab ich euch jemals im Stich gelassen?»

# 12

«Aber warum ausgerechnet die Ritualkommission?» fragte Roger Epstein, als die Frauen in der Küche verschwunden waren.

Die Gorfinkles besuchten die Epsteins mindestens einmal in der Woche, meistens am Samstagabend. Sie waren eng befreundet. Man ging zusammen ins Kino, spielte Bridge oder plauderte auch nur, wie an diesem Samstagabend.

«Warum nicht?» gab Ben Gorfinkle zurück.

«Na, du weißt doch, aus welchem Milieu ich stamme ... Was passiert, wenn der Rabbi Einspruch erhebt?»

«Kann er nicht.» Gorfinkle grinste. «Er ist morgen gar nicht da.»

Epstein war ein kleiner, gedrungener Mann. Sein Schädel war kahl bis auf eine einzige Haarsträhne, an der er immer herumzupfte, wenn er aufgeregt war. Jetzt zupfte er daran. «Na und? Dann schlägt er Krach, sobald er zurück ist. Und zu Recht.»

«O nein», widersprach Gorfinkle. «Die Ernennung von Kommissionen und Kommissionspräsidenten ist die Aufgabe des Vorstehers. Eine rein administrative Angelegenheit.»

«Aber hier geht es um die Ritualkommission, und die ist für die Gebetsordnung zuständig. Ich finde, das geht auch den Rabbi was an. Außerdem, was weiß ich schon über Ritualfragen? Na, und dann – vergiß nicht, daß Samantha ...»

«Ach, geh, Roger – Unsinn! Was hat denn deine Frau damit zu tun? Und besondere Kenntnisse brauchst du auch nicht. Glaubst du etwa, Paff wußte über Ritualfragen Bescheid, ehe er das Amt übernahm? Dafür ist der Rabbi da ... Wie ich es sehe, hat die Ritualkommission etwa die gleiche Funktion gegenüber der Gemeinde wie etwa die Schulkommission gegenüber den Bürgern. Man muß nicht Pädagoge sein, um in der Schulkommission zu sitzen. Wozu gibt es Schulräte, Direktoren und Lehrer? In Kommissionen braucht man Leute mit gesundem Menschenverstand, die um das allgemeine Wohl besorgt sind ... Und so ist es auch mit der Ritualkommission. Es gibt eine bestimmte Gebetsreihenfolge, die im Gebetbuch festgelegt ist. Für besondere Fragen haben wir den Rabbi. Und für alles andere bist du die richtige Person.»

Epstein war immer noch nicht überzeugt. «Aber warum gerade ich?»

«Nun, die Ritualkommission verteilt die Ehrenämter bei den Gottesdiensten, vor allem an den Feiertagen. Das ist eine sehr wichtige Aufgabe, und da brauche ich jemand, auf den ich mich verlassen kann. Dazu bist du Künstler ...»

«Graphiker», bemerkte Epstein mit einer abschätzigen Handbewegung.

«Künstler!» beharrte Gorfinkle. «Der Gottesdienst muß auch dem Auge etwas bieten, und da ist ein Künstler eben der richtige Mann.»

«Also ...»

«Der Kaffee kommt gleich!» rief Samantha aus der Küche. Sie erschien in der Tür. «Wie wär's mit englischem Teegebäck?»

Sie war ein gutes Stück größer als ihr Mann. Mit ihrem blonden Haar, den blauen Augen und breiten Backenknochen sah sie aus wie eine Wikingerin.

«Für mich nur Kaffee, Sam», sagte ihr Mann. «Zuviel Kalorien.»

«Sei doch nicht so, Liebling. Heute abend darfst du. Du warst doch die ganze Woche brav.»

«Also gut – aber du bist schuld!»

«Du nimmst doch auch Gebäck, Ben?»

«Und ob.»

«Machst du Kaffee, Mammi?» rief ihre Tochter Didi von oben herunter. Einen Augenblick später kam sie ins Zimmer gestürmt: ein schlankes, elfenhaftes Geschöpf; das Haar trug sie in der Mitte gescheitelt und in zwei Zöpfen geflochten. Sie begrüßte die Gäste ihrer Eltern.

«Warst du die ganze Zeit schon da?» fragte Gorfinkle. «Was hast du denn gemacht?»

«Telefoniert», sagte ihre Mutter, noch ehe sie antworten konnte. «Was denn sonst?»

«Also, Mammi!» protestierte Didi. Dann, zu den Gorfinkles: «Wir organisieren am Montagabend ein Picknick am Strand. Wann kommt Stu nach Hause?»

«Vermutlich Sonntag gegen Mittag», antwortete Gorfinkle.

«Hoffentlich hat er noch nichts vor. Es sollen alle dabei sein, auch die Jungen, die auswärts studieren. Ich denke, bis morgen sind alle da. Darum haben wir den Montag gewählt.»

«Wo soll das Picknick denn stattfinden, Liebling?» fragte die Mutter.

«Drüben an Tarlow's Point.»

«Montag? Da habt ihr nicht mehr viel Zeit für große Vorbereitungen. Hast du alle benachrichtigt?»

«Nein, nur Bill Jacobs, Sue Arons und Adam Sussman. Die meisten kommen erst heute abend spät oder morgen im Laufe des Tages zurück. Wir sehen uns ohnehin morgen nachmittag beim Rabbi.»

«Warum?» fragte Gorfinkle. «Hat er euch eingeladen?»

«Nicht so richtig. Aber das ist immer so: Die älteren Kinder schauen am ersten Feriensonntag bei ihm rein. Jeder kommt und geht, wie er Lust hat; man erzählt, wie's in der Schule war und an der Universität und so.»

«Hm ... interessant.» Gorfinkle fand es wirklich interessant. «Wie kommt das? Ich meine, woher stammt diese ... eh ... Tradition?»

«Früher hat er manchmal die Abschlußklassen bei sich zu Hause unterrichtet. Da hat sich's halt eingebürgert, daß man von Zeit zu Zeit zu ihm geht – einfach so.»

«Sag mal ... Ist er bei euch jungen Leuten beliebt? Mögen ihn alle?»

Sie überlegte. Die Frage schien einiges Nachdenken zu erfordern. «Er ist nicht gerade amüsant», meinte sie zögernd, «aber . . . Er schmeißt sich nicht an, verstehen Sie? Und . . .»

«Ja?»

«Er nimmt einen für voll», sagte sie schließlich. Sie hatte jetzt die richtigen Worte gefunden. «Er redet mit einem wie mit einem Erwachsenen.»

# 13

Sofort nach der Rückkehr rief der Rabbi bei Wasserman an, der eben von der Vorstandssitzung zurückkam.

«Mr. Wasserman? Rabbi Small. Tut mir leid, ich hab's nicht früher geschafft. Die Leute vom College haben gestern abend für mich eine Party gegeben. Ganz unerwartet.»

«Na ja – so was gibt's. Wenn's eine Party für Sie war, da mußten Sie natürlich hingehen.»

«Erzählen Sie . . . Wie war die Sitzung? Hat's was Besonderes gegeben?»

«Es war, wie ich's erwartet hatte. Gorfinkle hat die Besetzung der Kommissionen bekanntgegeben.»

«Tatsächlich? Und wer sitzt drin?»

«Wenn's ihm darum ging, tüchtige Leute zu nehmen, dann hat er die richtigen. Aber wenn er vorhat, einen Streit vom Zaun zu brechen, dann hat er auch die richtigen.»

«Ist es wirklich so schlimm? Was sagt denn Paff dazu? War er dabei?»

«Ja. Aber er hat den Mund nicht aufgemacht. Edelstein auch nicht, Kallen nicht – keiner. Wahrscheinlich geben sie nach. Eine Zeitlang werden wir wohl Ruhe haben. Wer weiß, wie lange.»

Dem Rabbi war die Sache nicht geheuer. «Wie meinen Sie das – den Mund nicht aufgemacht . . . Hatten sie überhaupt

Gelegenheit zum Sprechen? Gab es Zeit für eine Diskussion?»

«Oh, mehr als genug. Aber sie haben nicht diskutiert – kein Einwand, keine Widerrede. Nichts.»

«Hm ...» Der Rabbi zögerte. «Das gefällt mir nicht», sagte er schließlich.

«Warum nicht?» fragte Wasserman. «Erinnern Sie sich, was ich Ihnen damals gesagt hab? Es ist wie mit der Ehe. Solange es nicht zu einem offenen Bruch kommt, ist noch alles zu retten.»

«Ja – aber wenn die beiden überhaupt nicht mehr miteinander reden? Wenn der Mann die Frau beschimpft, und sie antwortet nicht einmal – das kann bedeuten, daß sie ihren Entschluß bereits gefaßt hat ... Ich finde, Paff hätte reagieren müssen. Und daß die andern auch geschwiegen haben ... Nein, das gefällt mir ganz und gar nicht.»

«Meinen Sie, die haben was vor? Na ja – möglich wär's. Nach dem, was Freitagabend im Gottesdienst passiert ist ...»

## 14

«Also, Meyer», sagte Dr. Edelstein zu Paff, der den Wagen durch den dichten Verkehr manövrierte, «wie geht's jetzt weiter? Wir haben getan, was du gesagt hast. Wir haben den Mund gehalten. Gorfinkle konnte ungestört Roger Epstein zum Präsidenten der Ritualkommission ernennen und Ted Brennerman zum Präsidenten der Sitzkommission ... Es war sozusagen das Ausrufungszeichen hinter seiner Predigt am Freitag. Und jetzt will ich endlich wissen, was du eigentlich vorhast!»

Nach der Vorstandssitzung hatte Paff darauf bestanden, daß Edelstein, Kallen und Arons in seinen Wagen stiegen. «Ich verspreche euch, in einer halben Stunde sind wir wieder da; rechtzeitig zum Mittagessen. Ich will euch nur was zeigen.»

Vor Hillson House hielt er an. Während der ganzen Fahrt hatte er kein Wort gesprochen, auf keine Frage geantwortet; er hatte nur vielsagend vor sich hin gelächelt.

«Da wären wir!» sagte er.

Die drei wechselten fragende Blicke. «Was soll das, Meyer? Spinnst du?»

Paff sah Edelstein an, dann wandte er sich zu Kallen und Arons im Rücksitz. «Herrschaften, vor euch liegt das Grundstück für die neue Synagoge. Erstklassige Lage, direkt am Meer ... Du hast gestern gesagt, du würdest aus der Gemeinde austreten, Irving; ich habe dich daraufhin gefragt, wo du dann in Zukunft in die Synagoge gehen willst ... Bitte schön – hier!»

Alle schwiegen, doch Paff schien das keineswegs aus der Fassung zu bringen. Sein Baß dröhnte: «Wir haben alle noch und noch Geld in die Synagoge gesteckt. Sollen wir uns jetzt von diesen Grünschnäbeln rumschubsen lassen?»

«Du meinst, wir sollen *hier* eine neue Synagoge bauen? Da, wo diese Bruchbude jetzt steht?» brachte Edelstein schließlich heraus. Er sprach aus, was die beiden anderen dachten.

«Nein. Ich meine, daß diese Bruchbude, wie du dich ausdrückst, unsere neue Synagoge werden soll. Sie ist hundertfünfzig Jahre alt, zugegeben. Aber solide. Damals konnte man noch bauen ... Es wird natürlich einiges kosten, bis sie wieder instand gesetzt ist.»

«Einiges?» rief Arons. «Ein Vermögen kostet das!»

«Na und? Ich bin zu spät im Leben zu Geld gekommen, um noch meine Gewohnheiten zu ändern. Meine Frau liegt mir ständig in den Ohren, ich soll Maßanzüge tragen und was weiß ich noch alles ... Wozu denn? Kleider interessieren mich einen Dreck. Und beim Pokern spiel ich um Pennies. Aber es macht mir genausoviel Spaß, neunzig Cent zu gewinnen, wie neunzig Dollar. Und Irving ist genauso sauer, wenn er zweiunddreißig Cent verliert.»

«Siebenunddreißig.»

«Richtig – siebenunddreißig ... Versteht ihr, was ich meine? Keinem von uns würde es einfallen, um höhere Einsätze zu spielen, als er's sich leisten kann, und deshalb ist es egal, ob wir um Dollars spielen oder um Cents – der Spaß ist der gleiche ... Früher, da hab ich mir alle drei, vier Jahre einen neuen Wagen geleistet; jetzt steig ich alle zwei Jahre um, und jedesmal versucht Al Becker, mir einen Lincoln anzudrehen. ‹Jemand wie Sie›, sagte er, ‹sollte einen *großen* Wagen fahren ...› Jemand wie ich? Lächerlich! Wer bin ich denn? Ein junger Flegel, der es nötig hat, einen großen Schlitten zu fahren, um irgendwelchen Flittchen zu imponieren? Für mich ist ein Wagen ein Transportmittel, aus ... Aber die Synagoge – das ist was anderes. Ich hab von Anfang an mitgemacht. Als Jake Wasserman den Tempel gründete, hab ich ihn unterstützt. Ich habe schwer geblecht, wann immer es nötig war. Sollen wir jetzt brav dasitzen und zuschauen, wie Gorfinkle und seine Clique uns das alles unterm Hintern wegholen? Sollen wir uns weiter anschnorren lassen, damit die dann einen großen Bogen spucken können? Nee, Leute. Wir machen uns selbständig. Konkurrenz hebt das Geschäft, sage ich!»

«Aber das Geld ...»

«Geld? Was ist Geld? Für Sachen, die mich nicht interessieren, geb ich keines aus. Wenn ich auch nichts ausgeben will für etwas, das mir am Herzen liegt – wofür soll ich's dann ausgeben?»

«Also, was hast du im Sinn?» fragte Edelstein.

«Sie verlangen achtzigtausend ...»

«Achtzigtausend? Für den Schuppen?»

«Die Lage, Irv! Direkt am Strand ... Und das Grundstück auf der andern Seite der Straße gehört dazu. Das gibt einen schönen Parkplatz ... Glaub mir, es ist eine gute Investition – auch kaufmännisch betrachtet.»

«Du meinst, wir sollen die Klitsche kaufen – einfach so, mit unserem privaten Geld?»

«Wir und andere; ich denke da an ein paar Leute. Wir gründen eine Gesellschaft und kaufen den Platz. Dann verkaufen wir ihn der neuen Gemeinde zum Selbstkostenpreis und lassen uns Wechsel geben für unser Geld. Inzwischen können wir die Summe von der Steuer absetzen. Sobald die neue Gemeinde die Gelder aufgebracht hat, zahlt sie uns zurück, und wir sind nicht nur aus der Sache raus, sondern haben auch noch ein gutes Werk getan ...» Vertraulich fügte er hinzu: «Wißt ihr, eigentlich hatte ich vor, das Grundstück selbst zu kaufen.»

«Wie – noch eine Kegelbahn ...?»

«Ja. Aber keine gewöhnliche. Kombiniert mit einem Restaurant und einem Tanzlokal; vielleicht auch einem Billardsalon – das ist neuerdings sehr populär ... Na ja. Jedenfalls, als wir uns gestern abend unterhielten, ist mir aber plötzlich aufgegangen, was am Freitagabend eigentlich passiert ist.»

«Teds Predigt?»

«Die hat eigentlich nur das Faß zum Überlaufen gebracht ... Ich hatte den ganzen Tag nichts als Ärger gehabt – so ein Tag, an dem alles schiefgeht; ihr kennt das doch auch ... Und als wir dann beisammensaßen, da dachte ich auf einmal, hast du das eigentlich nötig – *noch* ein Geschäft? In deinem Alter? Und dann stellte ich mir dieses Haus als Synagoge vor ... Heute baut man oft alte Häuser in Synagogen um – und glaubt mir, die meisten sind lange nicht so schön wie dieses hier! Wir könnten Träger einziehen und im Parterre ein paar Wände einreißen; das wäre der Synagogenraum, und da gehen spielend hundert Menschen rein ... Wir brauchen nur noch eine neue Heizung – ja, und vielleicht noch neue sanitäre Anlagen. Das ist alles. Der Kasten ist solide gebaut ... Im ersten und zweiten Stock könnten wir Schulräume einrichten.»

«Na, ich weiß nicht ...» Kallen schüttelte den Kopf. «Ein vergammeltes altes Haus, enge Schlafzimmer als Klassenräume, eine Synagoge, die immer aussehen wird wie eine mißglückte Wohn-Eßzimmer-Kombination – da kannst du anstellen, was du willst ... Wie in Salem: Dort haben sie vor zehn Jahren mit fünfzig Mitgliedern angefangen; heute sind es immer noch fünfzig, und sie kriegen das Geld für einen Neubau einfach nicht zusammen.»

«Stimmt, Irv. Aber das ist nicht dasselbe. Unser Haus liegt am Meer.»

«Na und?»

«Ich zeig's euch mal.» Er führte sie den Pfad zum Strand hinunter. Unterwegs redete er weiter auf sie ein:

«Warum tritt man einer Gemeinde bei? Manche Leute tun es sicher aus gesellschaftlichem Ehrgeiz; sie wollen eine Rolle spielen. Aber dem Vorstand anzugehören, haben die meisten keine Lust. Sie wissen, daß das ein teurer Spaß ist – Vorstandsmitglieder werden geschröpft ... Nein, die Mehrzahl will einfach einen Synagogenplatz für die Hohen Feiertage und eine Religionsschule für die Kinder. Aber das bringt eine Gemeinde nicht weiter. Die Hohen Feiertage, das sind nur drei Tage im Jahr. Und der tägliche Gottesdienst? In der ganzen Gegend gibt es keine einzige Synagoge, in der man sicher sein kann, daß jeden Tag zehn Leute für ein *Minjan* zusammenkommen. Und wie viele kommen schon an Freitagabenden? Fünfzig? Fünfundsiebzig? Dafür langt dieses Haus hier allemal ...»

Er hielt inne, um den anderen Gelegenheit zu geben, die Aussicht auf das Meer zu genießen. Dann fuhr er fort: «Nein – was die Leute wirklich lockt, ist ein Ort, wo man *Bar-Mizwah* und Hochzeiten feiern kann. Bis jetzt konnten wir für derartige Anlässe nur den Gemeindesaal im Souterrain anbieten. Und jetzt vergleicht das mal mit dem hier ...» Er führte sie zur Ufermauer. «Stellt euch das im Sommer vor – und die meisten Hochzeiten finden doch im Sommer statt: Terrasse, Blick aufs Meer ... Wenn jemand seine Tochter verheiratet, kostet ihn die Hochzeitsfeier einen Haufen Geld, so oder so. Die Frau und die Tochter wollen eben, daß es ‹schick› wird – dem Mann liegt vielleicht nicht soviel daran, aber den Damen um so mehr. Sie schauen sich also den Gemeindesaal an – dann kommen sie zu uns. Wir zeigen ihnen, was wir zu bieten haben: eine Hochzeitsfeier in einer prachtvollen alten Villa am Meer, bei schönem Wetter im Freien ... Wißt ihr übrigens, daß eine orthodoxe Hochzeitsfeier im Freien stattfindet? Was hat also mehr Chancen – die alte Synagoge oder unser Haus? Wetten, daß alle zu uns kommen? Auch was die Mitgliedschaft angeht ... Wir könnten es uns sogar leisten, wählerisch zu sein. Wir brauchen noch lange nicht jeden zu akzeptieren. Die Leute müßten erst einen Antrag stellen ...»

«Und wenn wieder dasselbe passiert, Meyer?» fragte Edelstein. «Wenn uns die neuen Mitglieder mit der Zeit zahlenmäßig über den Kopf wachsen und uns verdrängen wollen?»

«Hab ich mir auch schon überlegt. Dem kann man leicht vorbeugen: Wir beschränken die Zahl der Vorstandsmitglieder und halten in den Statuten fest, daß die Gründungsmitglieder automatisch dem Vorstand angehören. Kein Problem. Überhaupt, ich möchte in den ersten zwei, drei Jahren noch gar nicht so viele Leute haben ... Ich hab die Nase voll von diesen Schuhverkäufern, Versicherungsagenten und Handelsvertretern, von diesen kleinkarierten Gorfinkles. Ich finde, der neuen Gemeinde sollten erst mal Leute wie wir angehören – Leute, die man nicht erst auf den Kopf stellen und schütteln muß, bis ein paar Dollars rausfallen.»

«Wie sieht der Kasten eigentlich innen aus?» fragte Kallen.

«Endlich ein vernünftiges Wort!» Paff wußte, daß er gewonnen hatte. «Habt ihr das Kutscherhaus vorn neben der Einfahrt gesehen? Gehört auch dazu. Ein mieser alter Yankee wohnt da – ist so was wie ein Hausmeister. Er hat den Schlüssel.»

Er ging voraus und klingelte an der Tür. «Auch für dieses Haus hab ich schon meine Ideen», erklärte er. «Ein Ankleideraum für die Braut, wie wär das? Vielleicht mit dem Hauptgebäude durch einen überdeckten Gang verbunden? Oder zusätzliche Klassenräume? Oder vielleicht ein Clublokal für die jungen Leute, mit Ping-Pong-Tischen und Turngeräten?»

«Niemand zu Hause», meinte Arons, als sich nichts rührte.

«Wißt ihr was?» schlug Paff vor. «Ich laß mir den Schlüssel vom Makler geben, und wir treffen uns morgen abend hier. Sagen wir, halb neun?»

«Einverstanden.»

«Ja, das paßt mir auch.»

«Okay ...» Arons fiel noch etwas ein: «Sag mal, Meyer – du hattest die Idee doch schon gestern abend?»

«Ja. Warum?»

«Warum sollten wir dann heute morgen in der Versammlung unbedingt die Klappe halten? Ich bin überzeugt, daß viele auf unserer Seite gewesen wären, wenn wir angefangen hätten, Krach zu schlagen.»

Paff schüttelte energisch den Kopf. «Ganz falsch, Kerm ... Vor vielen Jahren gab es in Chelsea einen kleinen Krämerladen, da kaufte meine Mutter, sie ruhe in Frieden, immer ein. Er gehörte zwei Brüdern, Moe und Abe Berg. Eines Tages zerstritten sich die beiden, und Abe machte einen eigenen Laden am anderen Ende der Straße auf. Obwohl nun der neue Laden bedeutend näher lag, kaufte meine Mutter weiter bei Moe ein. Als mein Vater selig dann mal fragte: ‹Warum kaufst du nicht in dem neuen Laden›, da sagte sie: ‹Was fällt dir ein? Damit alle glauben, ich geh in den neuen Laden, weil ich meine, Moe ist im Unrecht und Abe im Recht? Wo ich davon überzeugt bin, daß Moe im Recht ist?› Seht ihr, wir dürfen die Leute nicht zwingen, Stellung zu nehmen. Sonst müssen sie sich entscheiden, wer recht und wer unrecht hat; und wer sich einmal gegen uns entschieden hat, der kommt nicht mehr – und wenn wir einen niedrigeren Jahresbeitrag verlangen.»

«Einverstanden», sagte Kallen. «Aber es wäre doch ganz gut, wenn wir ein paar von den angesehenen Gemeindemitgliedern herüberziehen könnten. Wenn Wasserman und Bekker zu uns kämen ...»

«Wasserman? Niemals!» meinte der Arzt.

«Ich weiß, was ihn überzeugen würde», sagte Arons langsam.

«So? Was denn?»

«Wenn der Rabbi auf unserer Seite wäre.»

Alle sahen ihn an.

«Ich glaube kaum, daß der Rabbi zu uns kommt», sagte Paff. «Und ich bin auch nicht so sicher, ob wir ihn haben wollen. Er ist ziemlich ... na, eigenwillig.»

«Er ist beliebt bei den jungen Leuten», beharrte Arons. «Sie haben ihn gern. Und heutzutage führen die Kinder das große Wort. Sie gehen zwar nicht gern in den Religionsunterricht, aber ... Na ja. Jedenfalls, wenn wir den Rabbi hätten, auf den die Kinder schwören, dann würden die Eltern auch zu uns kommen – und wenn auch nur, damit die Kinder in die Schule gehen und ein bißchen Hebräisch lernen.»

«Das ist ein Argument», gab Paff zu. «Nur werde ich ihn nie im Leben rumkriegen.»

«Wetten, daß Wasserman es könnte?»

«Jetzt drehen wir uns im Kreis», stellte Paff fest. «Wir haben davon gesprochen, daß wir Wasserman rumkriegen könnten, wenn wir erst den Rabbi haben!»

«Wie steht's mit Becker?» fragte Kallen.

«Der macht bestimmt mit! Und er würde auch versuchen, den Rabbi zu überzeugen. Und wenn wir den Rabbi haben, dann haben wir auch Wasserman.»

«Ja ...» überlegte Paff, «ja, so könnte es gehen ... Wißt ihr was? Morgen rück ich Becker mal auf die Bude.» Er zwinkerte: «Ich bin mal wieder dran mit einem neuen Wagen ... Vielleicht nehm ich diesmal doch einen Lincoln.»

# 15

Miriam steckte den Kopf ins Arbeitszimmer ihres Mannes: «Mr. Carter ist da.»

«Mr. Carter?»

«Ja, der Tischler. Er soll die Fenster richten und die Fliegengitter einsetzen.»

Carter, ein massiver, vierschrötiger Mann, stand im Türrahmen. Er hielt den schweren Werkzeugkasten in der knochigen Pranke wie eine leere Aktentasche. Eine schwarze Haarsträhne fiel ihm in die fliehende Stirn. Sein Gesicht war braun und wie gegerbt von der Arbeit im Freien.

«Ich hab mit der Dame auf heute früh abgemacht», erklärte er, «aber das Haus war zu und keiner daheim ... Heute hab ich nicht mehr viel Zeit, aber ich fang schon mal an und mach morgen fertig. Oder am Dienstag.»

«Das tut mir leid; wir sind aufgehalten worden. Wir sind erst vor einer Stunde angekommen.» Der Rabbi runzelte die Stirn. «Offen gesagt, Mr. Carter, es wäre mir lieber, wenn Sie nicht ausgerechnet am Sonntag hier arbeiten würden. Es ist immerhin Ihr Sabbat.»

«Nee, Rabbi, ist es nicht. Nicht für mich. Und die meisten wissen das; Sie brauchen sich keine Gedanken darüber zu machen, was die Leute denken werden.»

«Nanu?» Der Rabbi lächelte. «Sind Sie hier der Dorf-Atheist, oder was?»

«Nein, ich bin kein Atheist. Ich geh nicht in die Kirche, aber Atheist bin ich keiner. Mein Sabbat fällt auf den gleichen Tag wie Ihrer.»

«Sind Sie also Adventist?»

«Auch nicht, nein. Obwohl, vieles von dem, was die glauben, halte ich für richtig ... Ich halte den Sabbat an dem Tag, den mir der Herr befohlen hat.»

«Der Herr hat es Ihnen befohlen? Wie meinen Sie das?»

«Tja, also ... Es ist ein bißchen schwer zu erklären, ja?

Wissen Sie, Er hat es nicht so richtig mit Worten gesagt. Aber wenn man's in Worten ausdrücken würde, dann hieße es ungefähr so: ‹Raphael, Ich hab sechs Tage gearbeitet, um die Welt zu erschaffen, und dann hab Ich geruht. Und das war gut so. Und was für Mich gut ist, ist auch für dich gut, weil Ich dich nach Meinem Ebenbild geschaffen habe. Ich will, daß du sechs Tage in der Woche arbeitest, und am siebenten ruhst du dich dann aus. Das ist die richtige Einteilung. Und beides ist gleich wichtig, das Arbeiten und das Ausruhen.›»

Der Rabbi musterte ihn mißtrauisch. Wollte der Mann ihn veräppeln? Aber das Gesicht des Tischlers war offen und arglos.

«Und wann war das?» fragte der Rabbi vorsichtig. Er kam nicht recht dahinter, mit wem er es da eigentlich zu tun hatte.

«Sie meinen, wann mir der Herr das befohlen hat?»

«Ja. Wann hat er zu Ihnen gesprochen?»

«Sie sind gut ...» Der Tischler lachte. «Das tut Er doch dauernd. Na ja – manchmal öfter, manchmal weniger oft. Manchmal fast tagtäglich, und dann vergehen Wochen, ohne daß ich was höre ... Als es das erste Mal so lange stillblieb, da hab ich mir richtig Sorgen gemacht. Ich hab versucht, mit Ihm in Verbindung zu kommen; ich hab gebetet, Ihn gefragt: ‹Hat Dein Diener etwas getan, was Dir mißfällt?› – Nichts. Keine Antwort ... Erst am nächsten Tag wieder. Er hat gesagt, ich soll mir keine Sorgen machen, auch wenn ich nichts von Ihm höre; Er spricht nur dann zu mir, wenn Er mir was wirklich Wichtiges zu sagen hat. Und wenn Er schweigt, dann heißt das, es ist alles in Ordnung ... Wie ich's mir nachher überlegte, mußte ich tatsächlich zugeben, daß es mir in letzter Zeit gutgegangen war – kein Ärger, keine Probleme, alles schön glatt – der normale Trab, wie man so sagt.»

Unter dem Reden hatte er mit der Arbeit begonnen. Er kratzte den alten Kitt aus den Fensterrahmen, dann nahm er frischen aus einer Dose und knetete ihn in der Hand. Als er aufblickte, fielen dem Rabbi die scharfen, klarblauen Augen in dem dunkelgegerbten Gesicht auf.

«Es war kurz nach unserer Hochzeitsreise zu den Niagarafällen, Rabbi; meine Frau und ich machten die Runde bei ihren Verwandten – wissen Sie, um mich vorzuführen, wie man so sagt ... Und dann hab ich sie bei meinen Leuten vorgeführt; das war damals so Sitte ... Wir besuchten auch ihre Tante Dorset und Onkel Abner in Lynnfield drüben. Es waren noch mehr Verwandte dort, lauter Vettern und Basen. Wir sitzen also in der Stube und reden so, und Tante Dorset reicht die Obstschale rum, da hör ich plötzlich eine Stimme: ‹Erhebe dich, auf daß Ich zu dir spreche!› Ich steh also auf, und die Stimme liest mir die Schöpfungsgeschichte vor ... Das Komische an der Sache ist, daß ich vorher noch nie auch nur eine Zeile aus der Bibel gelesen hatte; aber nach dem Besuch bei Tante Dorset konnte ich das ganze erste Kapitel Genesis auswendig.»

«Und was sagte Ihre Frau dazu? Und die Verwandten?»

«Sie erzählten mir nachher, ich bin einfach so dagestanden und hab eine ganze Weile keinen Ton gesagt. Sie wollten schon den Doktor holen.»

«Und dann?»

«Am nächsten Tag genau dasselbe. Ich war mitten in der Arbeit, da hör ich wieder ein Kapitel. Und so ging das weiter – jeden Tag ein Kapitel. Bis ich durch alle fünf Bücher Moses durch war.»

«Und dann?»

Carter schüttelte den Kopf. «Nachher bekam ich nur Botschaften, wenn ich sie brauchte.»

Er verschmierte eine Fuge mit Kitt – schnell, geschickt, fachgerecht.

«Wie meinen Sie das – wenn Sie sie brauchten?»

«Na, zum Beispiel ...» Er betrachtete sein Werk prüfend; dann wandte er sich einer anderen Stelle zu. «... zum Beispiel damals, als die Stadtverwaltung darüber abstimmen ließ, ob dem Trinkwasser Fluor beigegeben werden soll ...

Die Sache hat mich sehr beschäftigt. An sich hielt ich's für Blödsinn; ich glaub nicht an so chemisches Zeug ... Ich meine, daß man so was künstlich dem Körper zuführen soll. Aber meine Frau hat damals gerade unser Jüngstes erwartet, und da hab ich mal mit dem Doktor drüber gesprochen. Er war sehr dafür, und da kamen mir Zweifel ... Ist ja klar – er als gebildeter Mann und von allen respektiert ... Und dann erhielt ich eine Botschaft, und ich wußte, daß ich recht gehabt hatte ...» Er schloß das Fenster und wandte sich dem Rabbi zu: «Schauen Sie mich an, Rabbi: Ich bin achtundfünfzig; ich war noch nie im Leben krank. Ich hab noch alle Zähne, und ich brauch keine Brille ... Das kommt davon, weil ich richtig lebe. Ich esse kein Fleisch und keine Süßigkeiten. Ich trink weder Tee noch Kaffee, noch Alkohol.»

«Daß Sie kein Fleisch essen sollten, war das auch eine Botschaft? Das entspricht nämlich nicht den Speisegesetzen der Bibel.»

«Darüber läßt sich streiten, Rabbi. Er erwartet eben, daß der Mensch seinen Verstand braucht ...» Er prüfte den Fensterriegel. «Es steht doch geschrieben: ‹Du sollst nicht töten.› Und es steht auch geschrieben, daß man keinen Teil von einem lebendigen Tier essen darf. Mit anderen Worten – man darf kein Fleisch essen ... Ich weiß, in der Bibel ist gesagt, welche Tiersorten man essen darf – alle Wiederkäuer mit gespaltenen Hufen. Aber ich denk mir, das ist für die große Masse, für die vielen, die nicht fest sind im Glauben und sich immer noch nach den Fleischtöpfen Ägyptens sehnen. Die kommen irgendwie nicht los davon, und darum erlaubt Er ihnen, gewisse Tiersorten zu essen. Aber es ist doch klar, daß es Ihm lieber wäre, wenn überhaupt kein Fleisch gegessen würde.»

«Ich verstehe.»

«Ja, und dann bekam ich auch noch eine Botschaft, als ich weder ein noch aus wußte wegen meines ältesten Jungen ...»

Der Rabbi wollte wissen, wie viele Kinder Mr. Carter hatte.

«Fünf. Drei Jungen und zwei Mädchen. Moses ist mein Ältester... Vielleicht haben Sie schon von ihm gehört? Moose Carter; sie nennen ihn Moose, Elch, weil er so ein Mordsbrocken ist. War der beste Footballspieler hier an der Highschool. Siebenundsechzig Colleges haben sich um den Jungen gerissen, Rabbi – siebenundsechzig!»

Der Rabbi war beeindruckt. «War er ein guter Schüler?»

«Nee. Konnte bloß Football spielen... Die Trainer sind seinetwegen hierhergekommen, um ihn anzuwerben. Die tollsten Angebote haben sie ihm gemacht. Einer hat ihm sogar Mädchen angeboten.»

«Mädchen?»

«Ehrenwort... Er hat gesagt, in seinem College stehen die Mädchen Schlange, um einen so gutaussehenden Footballstar zu heiraten. Und dann hat er so gezwinkert und zu Moose gesagt: ‹Du brauchst sie ja nicht unbedingt zu heiraten...› Den hab ich vielleicht rausgeschmissen! Also ich, ich wollte den Jungen ja überhaupt nicht aufs College schicken, und schon gar nicht auf so eins. Ich wollte, daß er arbeiten geht. Aber schließlich hat er doch eins der Angebote angenommen. An einem College in Alabama... Seine Mutter hat das durchgesetzt.»

«Und dann? Wie ist es weitergegangen?»

Der Tischler schüttelte den Kopf. «Bis Weihnachten war er dort. Bis die Footballsaison zu Ende war; dann wollten sie nichts mehr von ihm wissen. Er hatte sich am Knie verletzt, da konnten sie ihn nicht mehr brauchen. Und wie gesagt, er war ein schlechter Schüler... Jetzt ist er wieder daheim. Über drei Monate hockt er schon rum, und noch keine volle Woche hat er gearbeitet. Manchmal hilft er abends in Lynn an der Kegelbahn aus, oder er nimmt von Zeit zu Zeit auch mal 'n Aushilfsjob an. So verdient er sich ein bißchen Taschengeld. Meine Frau schiebt ihm sicher zwischendurch ein paar Dollar zu. Er ist ihr Liebling – der Älteste...» Wieder schüttelte er den Kopf. «Ich hab ihm vorgeschlagen, bei mir das Handwerk zu lernen. Aber er sagt, da schaut kein Geld raus. Heutzutage gibt's nur eins, um Geld zu verdienen, sagt er, man muß sein eigener Herr sein. Sportmanager will er werden ... Ich sag Ihnen, Rabbi, dieses College hat meinen Jungen verdorben. Wenn meine Frau nicht wäre, ich hätt ihn schon aus dem Haus gejagt.»

Er richtete sich auf und sah sich im Zimmer um. «So, hier hätten wir's ... Hat ein bißchen länger gedauert, als ich dachte. Heute werd ich nicht mehr fertig mit den anderen Räumen – aber keine Angst; wenn ich was angefangen hab, mach ich's auch zu Ende.»

«Richten Sie sich's ein, wie's am besten paßt», sagte der Rabbi und sah ihm zu, wie er seine Werkzeuge sorgfältig in der Kiste verstaute. «Ich erwarte heute nachmittag ohnehin den Besuch von ein paar jungen Leuten.»

«Dann komm ich also morgen oder Dienstag, je nachdem.»

«Schön, Mr. Carter. Wann immer Sie Zeit haben.»

## 16

«Dann hat er gesagt: ‹Ich werde jetzt Listen mit den Namen der neuen Kommissionsmitglieder verteilen; nehmen Sie sie mit nach Hause und studieren Sie sie in aller Ruhe. In der nächsten Sitzung – das ist in drei Wochen – wollen wir dann über die Vorschläge abstimmen und sie definitiv bestätigen.›» Malcolm Marks hatte unwillkürlich den Tonfall des Gemeindevorstehers imitiert; jetzt sprach er normal weiter. «Er verteilt also diesen vervielfältigten Wisch, und ich beobachte Meyer Paff. Er liest die Liste; sein Zeigefinger wandert über die Seite, und dann kommt er zur Ritualkommission und liest den Namen Epstein ... Also, ich habe gedacht, jetzt trifft ihn der Schlag!»

«Warum denn?» fragte seine Frau. «Es muß ihm doch klar

gewesen sein, daß ihn Ben Gorfinkle nicht wieder vorschlagen würde.»

«Natürlich.» Marks machte aus seiner Ungeduld kein Hehl. «Aber ausgerechnet Roger Epstein!»

Das Telefon schrillte. «Ich geh schon!» rief ihre Tochter Betty aus dem Nebenzimmer. Und einen Augenblick später: «Es ist für mich.»

«Was gibt's denn an Roger Epstein auszusetzen?»

«Gar nichts, als Mensch. Im Gegenteil; er ist ein richtiger Idealist – so einer, der immer die Sorgen der ganzen Welt auf seinen Schultern trägt ... Aber hier geht's um die Ritualkommission! Bei jedem anderen Ausschuß hätte kein Mensch etwas gegen Roger einzuwenden. Aber für die Ritualkommission genügt es noch nicht einmal, genaugenommen, daß einer religiös ist, den Sabbat hält und *koscher* ißt; er muß sich überdies auch in rituellen Fragen auskennen – er muß sozusagen ein zweiter Rabbi sein ... Zugegeben, wir haben nicht viele von der Sorte. Höchstens Jake Wasserman; sonst fällt mir im Moment keiner ein.»

«Na, aber wenn ohnehin keiner die Voraussetzungen erfüllt, dann kann's doch ebensogut Roger Epstein sein.»

«Es ist ja nicht so, daß keiner dazu fähig ist. Ich meine nur, wenn man schon keinen hat, der wirklich für das Amt geeignet ist, sollte man einen nehmen, der zumindest nach außen hin okay ist. Meyer Paff ist nicht gerade ein Gelehrter, aber wenigstens führt er ein *koscheres* Haus.»

«Bah! Nur weil seine Schwiegermutter bei ihnen wohnt, und die würde keinen Bissen essen, wenn sie nicht zweierlei Geschirr hätten für Milch und Fleisch ... Er kann die Frau schließlich nicht verhungern lassen, oder?»

«Genau das versuch ich dir ja die ganze Zeit klarzumachen! Es kommt nicht so sehr drauf an, ob einer wirklich dran glaubt; Hauptsache, er hält sich dran ... Das meine ich mit ‹nach außen hin›.»

«Also gut. Und was ist dann passiert?» fragte seine Frau.

«Wann passiert?»

«Na ja, als Paff sah, daß Roger Epstein zum Präsidenten der Ritualkommission ernannt war. Was ist da geschehen? Was hat er gemacht? Was hat er gesagt?»

«Nichts!» verkündete ihr Mann triumphierend.

Sie war verblüfft. «Was soll also das ganze Theater? Warum regst du dich so auf?»

«Begreifst du denn nicht? Paff hatte schon immer das große Wort in der Gemeinde. Er war nie Gemeindevorsteher, aber immer so eine Art von grauer Eminenz ... Ted Brennerman hat ihn ja am Freitagabend in aller Öffentlichkeit fertiggemacht – und da soll keiner erzählen, daß Gorfinkle das nicht vorher gewußt hat! Na ja; Paff soll Ted gleich nach dem Gottesdienst auf die Hörner genommen haben ... Das war die erste Runde: eins zu eins. Paff hat kein Blatt vor den Mund genommen; er ist viel schärfer geworden als vorher Ted. Dafür waren nur wenige Leute dabei, während Ted vor versammelter Gemeinde mit ihm Schlitten gefahren ist. – Also gut; zweite Runde: Gorfinkle kuscht nicht; im Gegenteil, er fordert Paff heraus: Wehr dich, Paff, wenn du dich traust; *ich* kneif den Schwanz nicht ein – nun gerade nicht! Ich mach sogar meinen Freund Epstein zum Vorsitzenden der Ritualkommission, zu *deinem* Nachfolger ... Ich weiß, daß er nach Ansicht vieler Leute nicht besonders geeignet ist, und normalerweise hätte ich ihn niemals gewählt. Aber jetzt tu ich's aus Daffke – nur um dir zu zeigen, wer hier der Boss ist ... Friß oder stirb!»

«Und er hat's natürlich gefressen?»

«Meyer Paff? Der nicht! So leicht gibt der nicht auf. Der bereitet sich auf die nächste Runde vor. Nach der Vorstandssitzung hieß es, er mobilisiert seinen Anhang; er will aufs Ganze gehen ... Es heißt sogar», flüsterte er vertraulich, «daß er aus der Gemeinde austreten und eine eigene Synagoge gründen will.»

«Nur weil Roger Epstein die Ritualkommission bekommt? Na hör mal!»

«Deswegen und wegen einiger anderer Dinge.» Er fühlte

sich in die Defensive gedrängt. «Es hat schon seit langem geschwelt.»

Sie sah ihn an. «Und wo stehst du in der Sache?»

«Das ist's ja gerade. Ich sitze zwischen Stuhl und Bank ... Ich wurde seinerzeit von Schwartz ernannt, und meine Amtszeit läuft noch ein Jahr. Mit Ben Gorfinkle, Roger Epstein und den übrigen komm ich ganz gut aus. Andererseits bin ich auch mit Meyer Paffs Clique befreundet. Schließlich rufen wir Dr. Edelstein, wenn, Gott behüte, jemand bei uns krank ist ... Es steht ganz bei mir, auf welchen Gaul ich setze. Vermutlich werden jetzt beide Seiten versuchen, mich zu keilen.»

Seine Tochter Betty stürmte ins Zimmer. Sie war von kleinem Wuchs, wie ihre Eltern; das lange blonde Haar war seitlich gescheitelt und fiel ihr über die Schultern. Am Haaransatz schimmerte es schwarz durch; eine frische Tönung war wieder fällig. Ihre unschuldigen dunklen Augen wirkten dank Lidschatten und dunklem Lidstrich altklug. Der Pullover spannte sich über kessen Brüsten, und beim Gehen wiegte sie sich herausfordernd in den Hüften.

Die Mutter sah sie fragend an.

«Morgen abend gibt's ein Picknick draußen an Tarlow's Point», berichtete sie. «Didi Epstein wollte wissen, ob ich mitkomme.»

Marks schoß seiner Frau einen vielsagenden Blick zu, den sie geflissentlich übersah. «Hast du zugesagt, Liebling?»

«Ja. Sie sagt, Stu Gorfinkle holt mich ab. So gegen fünf.»

«Wer ist sonst noch dabei?» fragte Mrs. Marks.

«Sue Arons und Gladys Shulman und Bill Jacobs und wahrscheinlich auch Adam Sussman – weißt du, alle College-Studenten, die für die Ferien nach Hause kommen.»

«Das wird sicher nett», meinte ihre Mutter, «so viele alte Freunde wiederzusehen ...»

«Siehst du, es geht schon los», triumphierte ihr Mann, nachdem Betty gegangen war.

«Was geht los?»

«Sie schmeißen sich an ... Solange Betty in die High School

ging, haben sie sich einen Dreck um sie gekümmert – diese Didi Epstein und der junge Gorfinkle taten immer, als wären sie was Besseres.»

«Unsinn! Sie war letztes Jahr auch zu Didi Epsteins Examensfeier eingeladen.»

«Da war die ganze Klasse eingeladen.»

«Aber sie haben sich auch schon vorher um sie bemüht – als sie ins College aufgenommen wurde ... Sie hat in ihrem kleinen Finger mehr Grips, als die anderen alle zusammen in ihren Köpfen, und das spüren sie natürlich. Stu Gorfinkle ist erst überall abgewiesen worden, bis ihn dann endlich dieses College in Massachusetts genommen hat. Und Didi hat mit Ach und Krach die Kunstgewerbeschule in Boston geschafft. Und dieser Grünschnabel Sussman ... Ich weiß noch, wie seine Mutter bei einem Mittagessen des Frauenvereins geprahlt hat, ihr Sohn habe sich in Harvard, Yale und Columbia beworben – und wo ist er gelandet? In einem miesen kleinen College in Ohio, von dem noch kein Mensch gehört hat!»

«Na schön. Aber denk dran, was ich gesagt habe!»

«Gut, gut, aber ich bin todsicher, daß ...»

Das Telefon klingelte. «Für dich, Dad!» rief Betty.

«Wer ist denn dran?»

«Mr. Paff.»

Marks schenkte seiner Frau ein triumphierendes Lächeln und ging zum Apparat.

# 17

Am Sonntagabend gab es bei den Gorfinkles gewöhnlich nur einen kleinen Imbiß. Heute aber war Stuart zu Hause, und Mrs. Gorfinkle wäre sich wie eine Rabenmutter vorgekommen, wenn sie ihm kein warmes Abendbrot aufgetischt hätte.

Als er heimkam und sich erkundigte, was es gebe, sagte sie darum: «Wie wär's mit Hamburger Steaks? Ich kann auch noch Pommes frites machen.»

«Ist recht. Mir ist alles recht.»

«Ich hätte zur Abwechslung auch mal Lust auf ein Hamburger Steak», sagte sein Vater. «Und ein Cola dazu, ja?»

«Und ich Milch», wünschte Stu.

«Milch? Zu Fleisch?»

«Machst du auf *koscher*, seit du Gemeindevorsteher bist?» spöttelte Stu.

«Nein, aber in meinem eigenen Haus stört es mich, wenn beides zusammen gegessen wird.»

«Ach so? Und im Restaurant macht's dir nichts aus? Wo ist da die Logik?»

Gorfinkle ärgerte sich, aber er nahm sich zusammen. «Die Speisegewohnheiten der Leute sind nie logisch, Stu. Deine Mutter zum Beispiel kocht nie Fleisch mit Butter. Als Kind wäre mir schon beim Gedanken daran übel geworden. Aber wenn ich auswärts esse, streiche ich immer Butter aufs Brot, auch beim Fleischgang.»

Als seine Frau ausgerechnet in diesem Moment mit einem Krug Milch hereinkam, wäre ihm beinahe der Kragen geplatzt. Wie immer, wenn er verärgert oder böse war, verzerrten sich seine Mundwinkel zu einem verkrampften, humorlosen Lächeln. Seine Untergebenen in der Fabrik kannten dieses Lächeln nur zu gut.

«Er ist so mager», entschuldigte sie sich, während sie Stus Glas füllte.

«Wo warst du eigentlich den ganzen Nachmittag?» fuhr Gorfinkle seinen Sohn an.

«Beim Rabbi. Wir waren alle da. Er erwartet das zu Anfang der Ferien.»

«Und worüber hat er gesprochen? Offenbar nicht über Speisegesetze?» Er konnte sich die Bemerkung nicht verkneifen.

«Nein ... Ach, nur so. Wir erzählen dann von der Schule. Didi Epstein hat ihm unter die Nase gerieben, daß sie in der

Kunstgewerbeschule oft ein ‹Bildnis oder ein Gleichnis› malen muß.»

«Diese Didi!» sagte Mrs. Gorfinkle mißbilligend. «Hat er sie zurechtgestaucht?»

«Nein. Er hat gesagt, solange sie ihre Produkte nicht anbetet, ist es ihm egal ...» Stu grinste. «Für einen Rabbiner hat er überhaupt ganz schön liberale Ansichten. Ihr hättet ihn in Binkerton hören sollen, auf dieser Party, die sie für ihn gegeben haben.»

«Oh?» sagte seine Mutter.

«Father Bennett war auch da, der Leiter des Newman-Clubs – das ist so was wie der *Hillel*-Club, aber für Katholiken ... Er saß an unserem Tisch, und der Rabbi hat ihn so ein bißchen aufgezogen – über religiöse Fragen natürlich. Der Priester pflaumt zurück und fragt den Rabbi, ob er eigentlich richtig glaubt, ja? Sagt doch der Rabbi: ‹Es geht mir wahrscheinlich so wie Ihnen – manchmal glaub ich, und manchmal nicht ...› Gut, was?»

«Ich finde, solche Reden gehören sich nicht für einen Rabbi», empörte sich Mrs. Gorfinkle.

«Warum nicht?»

«Na, das mindeste, was man von einem Rabbi verlangen kann, das ist doch wohl, daß er die ganze Zeit glaubt!»

«Ach was! Glaubst du vielleicht die ganze Zeit? Oder Dad?»

«Moment mal!» fuhr sein Vater dazwischen. «Ich glaube nicht die ganze Zeit und deine Mutter vermutlich auch nicht – aber wir sind auch keine Rabbiner! Was deine Mutter meint, ist, daß er als Rabbi die Pflicht hat zu glauben ... Er kann von mir aus mit dem Geistlichen so reden, wenn sie unter sich sind. Dann können sie fachsimpeln, soviel sie wollen. Schließlich sind sie ja gewissermaßen von derselben Branche. Aber vor dir und den anderen jungen Leuten dort hätte er nicht so sprechen dürfen.»

«Warum nicht?» fragte Stuart.

«Weil du nicht reif genug bist, um das zu ...»

«Und was jetzt hier in unserer Gemeinde passiert – bin ich da auch nicht reif genug, um das zu verstehen?»

«Was passiert denn in der Gemeinde, wenn ich fragen darf?» erkundigte sich Gorfinkle.

«Die Gemeinde spaltet sich», platzte Stu heraus; «das passiert!»

«Hat das der Rabbi gesagt?» Gorfinkle sprach beherrscht. «Hat er etwas von einer Spaltung erwähnt?»

«Das nicht. Aber er schien durchaus nicht überrascht, als Sue Arons danach fragte.»

«Ich verstehe ... Und was hat er geantwortet?»

«Wenn du's genau wissen willst», erklärte Stuart aggressiv, «er hat gesagt, es gibt keinerlei Anlaß für eine Spaltung, und wenn es doch dazu kommt, sind beide Parteien gleichermaßen daran schuld.»

Gorfinkle trommelte auf die Tischplatte. «Ich verstehe», sagte er wieder. «Und hat er angedeutet, wie er sich im Falle einer solchen ... hm ... Spaltung verhalten wird?»

«Ja. Beide Seiten können ihn mal.»

«Beide Seiten ... *was*?»

«Mein Gott – er hat's natürlich nicht wörtlich so gesagt!» Stu fand seinen Vater zum Verzweifeln – alles nahm er wörtlich ... «Er stellt sein Amt zur Verfügung, hat er gesagt, wenn es zu einer Spaltung kommt.»

«Das hätte er nicht sagen dürfen!» Das verkrampfte Lächeln spielte wieder um Gorfinkles Mund. «Nicht zu euch Kindern.»

Stu merkte, daß sein Vater jetzt sehr sehr ärgerlich war, aber die Unterstellung, ihn und seine Freunde gehe das alles nichts an, wurmte ihn. «Was soll das heißen – euch Kindern?»

«Ich meine, daß er euch beeinflussen wollte. Und dazu hat er kein Recht.»

«Ist es nicht eben die Aufgabe des Rabbiners, Leute zu beeinflussen. Besonders junge Leute?»

«Es gibt eine legitime Beeinflussung, und es gibt eine Beeinflussung, die ganz und gar unverantwortlich ist», gab sein

Vater zurück. «Wenn der Rabbi von der Kanzel über unsere Religion und Tradition predigt, so ist das legitim. Dafür wird er bezahlt. Aber er hat kein Recht, sich in die Gemeindepolitik einzumischen. Wenn er die eine Partei der andern vorzieht, so darf er es nicht zeigen. Und wenn er unreifen Halbwüchsigen seine Ansichten aufdrängt – Kindern, die keine Ahnung haben, worum es geht –, dann ist es unverantwortlich ... Ich werde mal ein Wörtchen mit ihm reden!»

«Augenblick mal!» Stu war plötzlich beunruhigt. «Das kannst du doch nicht machen!»

«So? Und warum nicht?»

«Weil er dann sofort weiß, woher du das hast.»

«Na und? Was glaubst du denn, warum er euch das alles erzählt hat? Doch nur, damit ihr's euren Eltern wiedererzählt!»

«Das stimmt nicht! So ist er nicht. Er ist aufrichtig.»

«Aufrichtig? Er hat keine Lust, seinen Job loszuwerden – das ist alles.»

Stu knallte das angebissene Brötchen auf den Tisch, stieß den Stuhl zurück und stand auf. Er war weiß vor Wut. «Ach, mach doch von mir aus alles kaputt ... Für dich ist die Gemeindearbeit doch nur ein Hobby, mit dem du angeben kannst! Aber wenn sich einer für die Sache einsetzt, weil sie sein Lebensinhalt ist – den willst du dann fertigmachen ...»

«Iß doch weiter, Stu!» bat die Mutter.

«Setz dich!» fuhr ihn der Vater an. «Du weißt ja nicht, was du redest.»

Stu wandte sich zur Tür.

«Wo gehst du denn hin, Stu?» rief ihm die Mutter nach.

«Fort!»

Einen Augenblick später fiel die Haustür krachend zu.

«Warum mußt du immer mit ihm streiten?» jammerte Mrs. Gorfinkle.

«Weil er ein Idiot ist.» Auch Gorfinkle stand auf.

«Wohin ... Was hast du vor?»

«Telefonieren.»

Aber als er die Hand nach dem Hörer ausstreckte, klingelte das Telefon.

Es war Ted Brennerman. «Ben? Du, paß mal auf ... Das Gerücht geht um, daß Paff und seine Clique anfangen, Leute zu mobilisieren.»

«Um gegen meine personellen Entscheidungen zu stimmen? Klar tun sie das. Was hast denn du erwartet?»

«Nein, Ben – sie wollen uns nicht überstimmen. Sie spielen nicht mehr mit. Sie wollen eine neue Gemeinde gründen.»

«Hm, hm ... Von wem hast du das gehört?»

«Von Malcolm Marks. Paff hat ihn angerufen.»

«Und ich bin dahintergekommen, daß der Rabbi den jungen Leuten so allerhand erzählt, damit sie ihre Eltern unter Druck setzen ... Allmählich wird mir so Verschiedenes klar ... Hör zu: Wir müssen uns unbedingt treffen – noch heute abend. Hast du eine Liste der Vorstandsmitglieder? Du weißt doch, auf wen wir uns hundertprozentig verlassen können – ruf sie an! Nimm die von A bis M; den Rest übernehme ich ... Wir treffen uns bei mir, so gegen zehn.»

## 18

Moose Carter holte ein paar karierte Socken aus der Kommodenschublade. Obgleich es Montag war und schon auf Mittag ging, war er noch nicht angezogen. Er hockte sich auf den Bettrand, streifte achtlos die Socken über und konzentrierte sich auf das vordringlichste Problem – Geld. Im Nebenzimmer, das wußte er, lag seine Schwester Sharon auf dem Bett und las. Sie las immer.

«He, Sharon!» rief er durch die Wand. «Hast du ein paar Dollar für mich?»

«Nein.»

Er hatte es nicht anders erwartet; immerhin, einen Versuch war es wert ... Er lehnte sich an die Wand und sagte eindringlich: «Weißt du, ich hab da 'n Job in Aussicht. Aber er ist in Boston, und ich muß ...»

Er hörte ihr Bett quietschen, dann schlug eine Tür zu. Weg war sie.

«Luder!» knurrte er.

Er hob die Matratze hoch und zog die grauen Flanellhosen hervor, die er über Nacht daruntergelegt hatte. Während er sie anzog, wog er die Chancen ab, die sich ihm im Zimmer seines Bruders Peter boten. Peter trug Zeitungen aus und hatte immer Geld – bloß, er verborgte es nicht. Nicht ums Verrecken ... Er war jetzt nicht zu Hause; aber er dachte sich immer die unwahrscheinlichsten Verstecke aus, und wenn Sharon ihn jetzt in Peters Zimmer herumsuchen hörte, würde sie ihn verpetzen ... Er verdrängte rasch die Erinnerung an seinen letzten Anleiheversuch, den sein Vater sehr mißbilligt hatte – unter Zuhilfenahme einer anderthalbzölligen Latte.

Unten ging die Haustür – die Mutter! Sie würde ihm etwas geben ... Er gab den Gedanken an einen Abstecher in das Zimmer seines Bruders endgültig auf und suchte aus dem dünnen Stapel das gelbe Hemd heraus. Der schwarze Schlips, bereits geknotet, mußte nur noch zurechtgerückt werden. Dann zog er die Sportjacke an, zwängte die Füße in die Slipper und rannte die Treppe hinunter.

Sie stand in der Küche und packte die Einkaufstasche aus. «Ein Mädchen?» fragte sie mißmutig mit einem Blick auf seinen Aufzug. «Schon so früh?»

Er lächelte strahlend – es war ein ansteckendes Lächeln. «Mädchen sind für den Abend, Ma, das solltest du wissen. Nein, ich muß in die Stadt.»

«In die Stadt?»

«Hm, hm. Nach Boston. Hab da 'n Job in Aussicht. Prima. Sache ... Wird wahrscheinlich spät heut abend.»

«Vater mag es nicht, wenn du zum Abendbrot nicht da bist.»

«Ich weiß, Ma, aber ich komm per Anhalter zurück.»

«Heißt das, daß du kein Geld für den Bus hast?»

«Nee. Bloß noch zehn Cent. Wirklich wahr. Der alte Begg schuldet mir noch was – ich hab da was vorlegen müssen für Material neulich, wie ich gearbeitet habe bei ihm. Ich hab ganz vergessen, mir's zurückgeben zu lassen.»

«Und deinen Lohn hast du auch noch nicht gekriegt?»

«Nein. Er zahlt mich immer am Freitag aus.»

«Und dieser Mr. Paff von der Kegelbahn?»

«Von dem krieg ich heute abend Geld.»

«Wie sieht das aus – ein Junge wie du und per Anhalter!» tadelte sie. «Wann suchst du dir endlich eine feste Arbeit?»

«Als Tischler, hm? Wie Pa? Danke für Obst! Ich hab mich immerhin durchgeschlagen, seit ich wieder daheim bin, oder? Jeder kann mal pleite sein. Und wenn die Sache heute klappt, dann bin ich aus allem raus.»

«Was für eine Sache?» fragte sie.

«So 'ne Art Kundenwerbung ... Jemand, den ich vom College her kenne. Er kommt rauf in den Norden und will hier 'n großen Laden aufziehen.»

«Und du gehst da hin ohne einen Penny in der Tasche?»

«Ich werd ihm nicht auf die Nase binden, daß ich blank bin», knurrte er.

«Das merkt er trotzdem. Man sieht's dir ja am Gesicht an», sagte sie. «Ich hab's auch sofort gemerkt ...» Sie fummelte in der Schürzentasche herum und zog einen Geldbeutel hervor. «Da, nimm – zwei Dollar. Mehr kann ich dir nicht geben, aber wenigstens reicht's für den Bus hin und zurück.» Sie streckte ihm die zerknitterten Scheine entgegen. «Aber weh dir, wenn du jetzt nicht rechtzeitig zum Abendbrot da bist!»

«Du weißt doch, wie das ist, Ma. Vielleicht will er noch was Geschäftliches besprechen, oder er lädt mich zum Abendessen ein. Da kann ich doch nicht gut sagen, tut mir leid, aber Mammi und Pappi haben gesagt, ich muß zu Tisch zu Hause sein!»

«Wenn du merkst, daß es später wird, rufst du gefälligst an. Du kannst dich ja entschuldigen und sagen, du mußt eine Verabredung absagen. Und dann rufst du an. Wenn das ein seriöser Geschäftsmann ist, wird's ihm nur Eindruck machen.»

«Okay, Ma. Du hast sicher recht ... Danke für das Geld; du kriegst's am Freitag zurück.»

Er nahm seinen hellen Regenmantel aus dem Schrank im Flur, schlug den Kragen hoch und musterte sich im Korridorspiegel. Er war zufrieden mit dem Anblick – ein College-Boy, wie einem Herrenmagazin entsprungen. Im Spiegel sah er, wie ihn seine Mutter stolz beobachtete. Er zwinkerte seinem Spiegelbild zu, dann ging er.

«Bis bald», rief er noch über die Schulter.

## 19

Didi legte die Hand über die Muschel: «Es ist dieser farbige Junge aus meiner Klasse, von dem ich dir mal erzählt habe – Alan Jenkins. Er ist in Lynn und möchte mal vorbeischaun ... Was soll ich ihm sagen?»

«Lad ihn ein, wenn du Lust hast», sagte Mrs. Epstein sachlich. «Hat er einen Wagen?»

«Er hat ein Motorrad. Aber ich muß doch zum Picknick ...»

«Frag ihn doch, ob er mitkommen mag.»

«Glaubst du, ich kann ihn so einfach mitbringen?»

«Warum nicht? Wie ist er denn?»

«Och ... Er ist etwas älter als die anderen; er hat vorher ein paar Jahre gearbeitet. Wahnsinnig begabt. Und nett und unkompliziert – nicht so ... Na, du weißt schon – nicht so verbiestert, wie sie manchmal sind. Bei uns in der Schule werden da keine Unterschiede gemacht, verstehst du – schließlich ist es eine Kunstakademie. Wir betrachten ihn eben als unseresgleichen, verstehst du.»

«Dann . . .» Mrs. Epstein zuckte die Achseln.

Didi nahm die Hand von der Muschel: «Alan? Tut mir leid; ich mußte dich warten lassen . . . Hör zu, ich hab da eine Verabredung mit ein paar ehemaligen Mitschülern – Picknick am Strand. Kommst du mit? . . . Wir sind etwa sechs bis acht . . . Klappt es? Fein. – Ach, du, da fällt mir ein – ich hab unserem Rabbi versprochen, das Bild rüberzubringen, das ich zuletzt . . . Ja, Moses mit den Gesetzestafeln. Könntest du mich dort abholen? . . . Nein, wir bleiben schon nicht kleben . . . Also gut, paß auf: du fährst die Küstenstraße entlang aus Lynn raus und immer weiter bis zur ersten Ampel . . .»

Alan ließ den Motor kurz hochdrehen und stellte ihn ab. Didi, in langer weißer Hose, kletterte vom Mitfahrersitz herunter, und er schob das Motorrad die Einfahrt hinauf.

«Netter Kerl, euer Rabbi», meinte Alan. «Komisch – ich hatte einen alten Knacker mit langem Bart erwartet. Ich dachte immer, alle Rabbiner haben lange Bärte.»

«Nein . . .» Didi fing an zu kichern: «Bloß die Jungs bei uns in der Schule haben welche.»

«Ich hatte schon Angst, er würde daherreden wie ein Prediger – weißt du, vom lieben Gott und so . . .»

«Rabbiner sind nicht in erster Linie Prediger, sie sind eher Lehrer», sagte sie. «Und ihre eigentliche Aufgabe ist es, das Gesetz auszulegen und anzuwenden – so hat er's uns jedenfalls mal erklärt.»

Mrs. Epstein begrüßte sie im Wohnzimmer. «Zum erstenmal in Barnard's Crossing, Mr. Jenkins? Didi hat mir schon viel von Ihnen erzählt.» Er war ein gutaussehender Junge von dunklem Kaffeebraun. Die bläulichen Lippen waren verhältnismäßig schmal, die Nase gerade und wohlgeformt. Sein

Haar war kurz geschoren, und sie stellte befriedigt fest, daß er nicht versucht hatte, es zu entkräuseln. Er war mittelgroß und breitschultrig.

«Ja, *ma'am*. Ich war aber schon öfters in der Gegend. Ich hab einen Bekannten in Lynn, der von Zeit zu Zeit mal ein Bild von mir verkauft . . .»

«Ein Kunsthändler? Ich wußte gar nicht, daß es in Lynn eine Kunsthandlung gibt . . .» Sie bot ihm einen Stuhl an.

«Er ist kein Kunsthändler; er hat einen Buchladen und verkauft auch Glückwunschkarten, Geschenkartikel und solches Zeug. Wenn er Platz hat, hängt er meine Bilder auf, und wenn er eins verkauft hat, rechnen wir ab.»

«Verkaufen Sie viel auf diese Weise?»

Er lachte; ein herzliches, offenes Lachen: «Nicht genug, um mich zur Ruhe zu setzen . . . Ich will morgen früh nach New York, und da dachte ich, frag mal nach, ob er ein bißchen Reisegeld hat für dich – aber es war Essig.»

«Was malen Sie denn so, Mr. Jenkins?»

«Oh, Alan malt ganz tolle abstrakte . . .»

Draußen erklang eine Autohupe. «Das ist Stu. Komm, Alan», rief Didi.

«Nimm eine Jacke mit, Liebling. Es wird sicher kühl dort draußen.»

«Nicht nötig.»

«Also dann – amüsiert euch gut! Auf Wiedersehen, Mr. Jenkins. Und viel Glück mit Ihren Bildern.»

## 20

Moose fand die Straße im südlichen Boston, und je länger er sich zwischen überquellenden Mülleimern und Rudeln kreischender Kinder seinen Weg bahnte, um so weniger gefiel ihm seine Umgebung. Gewiß, es mußte einmal eine gute Gegend gewesen sein; die Fahrbahnen waren durch einen breiten Grünstreifen getrennt, auf dem in regelmäßigen Abständen Holzbänke zum Sitzen einluden. Aber der Rasen war ungepflegt, und unter den Bänken häuften sich Papierabfälle, Konservenbüchsen und Flaschen. Sandsteinhäuser säumten den breiten Gehsteig; Treppen mit schmiedeeisernen Geländern führten zu geschnitzten Haustüren, aber nur Schraubenlöcher zeigten, wo einmal Klopfer und Klinken aus Messing oder Schmiedeeisen gesessen haben mochten, und am Holzwerk blätterte die Farbe ab und gab den Blick frei auf eine bunte Palette noch älterer Anstriche. Hohe, schmale Fenster ließen einstige Eleganz repräsentativer Räume ahnen, die dahinter lagen. Heute waren die Scheiben blind, zerbrochen oder auch durch verwittertes Sperrholz ersetzt. Gehsteige und Hauswände waren mit Kreide bekritzelt.

Endlich fand Moose die gesuchte Hausnummer. An Stelle des Klingelbretts ringelte sich ein Knäuel von Drähten aus einem Loch in der Wand. Als sich auf sein Klopfen niemand meldete, stieß er die Tür auf. Sie wurde durch eine stramm gespannte Spiralfeder zugehalten und schlug krachend zu, als er sie losließ. Der Lärm lockte eine schlampige Alte in den Flur hinaus. Sie musterte ihn mißtrauisch.

«Ich suche Mr. Wilcox», sagte Moose.

«Oberster Stock, letzte Klingel», knurrte sie und verschwand hinter einer Tür.

Moose entdeckte eine Reihe Briefkästen und drückte die Klingel unter dem Namen.

«Hallo!» tönte es prompt durch die Gegensprechanlage.

«Ich bin Moose Carter, Mr. Wilcox», rief er ins Mikrophon. «Wir haben miteinander telefoniert.»

«Kommen Sie rauf.»

Angesichts des Raumes, in den er trat, verflüchtigte sich sein anfängliches Unbehagen. Ein großes, elegant eingerichtetes Zimmer; Teppiche, Ölgemälde in schweren Goldrahmen, Polstersessel; gegenüber dem Atelierfenster, das den Blick auf die benachbarten Hausdächer freigab, ein großes Sofa. Hinter dem Mahagonischreibtisch saß Mr. Wilcox auf einem modernen, mit schwarzem Leder gepolsterten Stahlsessel.

Moose hatte sich den Mann eigentlich ganz anders vorgestellt. Flanellhosen, Tweedjacke – er erinnerte eher an einen der jungen Professoren, die er am College kennengelernt hatte. Das braune, an den Schläfen angegraute Haar war kurz geschnitten.

«Nicht schlecht, die Aussicht», sagte Moose und trat ans Fenster.

«Ich mag sie auch», bestätigte Wilcox. «Am liebsten sitze ich auf dem Sofa und blicke über die Dächer ... Sehr entspannend.»

«Hübsch hier, wirklich. Hätte ich nicht ...» Moose hielt inne.

«... erwartet? Nach der Straße zu urteilen, ja? Viele dieser Häuser werden jetzt aufgekauft und instand gesetzt, so wie dieses hier.» Er lächelte – ein angenehmes Lächeln: «Eine Art Slum-Sanierung auf privater Basis, wenn man so will. Diese Wohnung hat einem Freund von mir gehört – einem Maler. Er hatte einen langjährigen Mietvertrag und baute sie als Studio aus; daher das Atelierfenster. Dann ging er nach Europa ... Die Lage ist recht angenehm hier.»

«Ist das Ihr Büro, Mr. Wilcox?»

Der andere sah ihn forschend an. «Gott – einiges Geschäftliche erledige ich auch von hier aus», sagte er ausweichend. Dann bot er Moose auf dem Sofa Platz an und setzte sich zu ihm.

«Also, Sie wollen bei uns mitarbeiten?»

«Gern, Sir.»

«Nun, die Ware, die wir vertreiben, ist hier in der Stadt nicht schwer zu bekommen; und es gibt viele Leute, Kleinhändler, die das Zeug direkt bei Hinz und Kunz kaufen. Wahrscheinlich verdienen sie ganz ordentlich. Aber wir arbeiten anders. Wir sind eine Organisation. Auf den ersten Blick sind die Betriebskosten höher, aber unsere Leute finden, es macht sich letzten Endes bezahlt. Wer bei uns kauft, kriegt garantiert prima Ware für sein Geld. Bei uns wird nicht irgendwelcher Dreck beigemischt – das gibt nur Scherereien. Wer bei uns Hasch verlangt, der kriegt Hasch und sonst nichts. Es gibt ja schließlich so was wie Geschäftsmoral ...

Eine Organisation hat ihre Vorteile», fuhr Wilcox fort. «Wir halten die Konkurrenz in Schach. Wenn da mal jemand in der Gegend aufkreuzt und das Zeug an Freunde abgibt, zum Selbstkostenpreis womöglich – da kümmern wir uns nicht darum. Aber wenn ein Berufshändler in Ihrem Gebiet auftaucht, dann greifen wir ein. Es kann auch mal vorkommen, daß Sie in Schwierigkeiten geraten – auch da helfen wir, soweit es möglich ist ... Wir sind an Ihnen interessiert, weil die jungen Leute Sie kennen; weil Sie auf freundschaftlicher Basis arbeiten können – das ist immer gut.»

Moose zögerte. «Ist aber nicht schon ...»

Wilcox nickte. «Richtig. In dem Bezirk arbeitet schon jemand. Aber wir sind mit den Ergebnissen nicht sehr zufrieden. Außerdem könnte man argumentieren, daß die Sache einer einzigen Person mit der Zeit über den Kopf wächst ...» Er überlegte. «Ja, das klingt ganz überzeugend: Um den Bezirk richtig abzugrasen, ist einer zuwenig. Gehen Sie also zu ihm und bestellen Sie ihm von uns, daß Sie in Zukunft mit ihm zusammenarbeiten, und zwar auf der Basis halbe-halbe ... Halt – seinen augenblicklichen Vorrat hat er natürlich vorausbezahlt: Bieten Sie ihm an, den Rest gegen prozentuale Beteiligung abstoßen zu helfen. Fünfundzwanzig Prozent, würde ich sagen. Das scheint mir fair. Ein Viertel für die alte Ware und halbe–halbe für die neue ... Mal sehen, wie sich's einspielt; vielleicht entschließen wir uns eines Tages zu einer ... eh, Neuregelung.»

«Neuregelung?»

Wilcox spitzte den Mund. «Na ja, wenn alles glatt geht, wie ich hoffe, gibt's keinen Grund, weshalb Sie nicht eines Tages den Laden allein schmeißen sollten; wir könnten ihm ja einen anderen Bezirk geben. Das ist so üblich ... Ja, wir geben ihm einfach einen anderen Bezirk.» Wilcox öffnete eine Zigarettendose auf dem Salontisch und bot Moose eine Zigarette an.

«Wann soll ich anfangen?» fragte Moose, während er die Zigarette anzündete.

«Warum nicht gleich? Morgen, übermorgen, heute abend noch – wie es Ihnen paßt.»

«Und wann reden Sie mit ihm? Ich meine, wann soll er's erfahren?»

Wilcox lächelte. «Ich dachte, das erledigen Sie.»

«Ich? Aber wenn er mir nicht glaubt?»

«Tja ... Ich rechne eigentlich damit, daß es Ihnen gelingt, ihm die Sache plausibel zu machen ... Eine Art Test, ja? Sehen Sie, eine Organisation wie die unsere muß mit wenig Personal auskommen; jeder, der bei uns arbeitet, ist auf sich allein gestellt, und es geht einfach nicht, daß unsere Leute wegen jeder Kleinigkeit die Zentrale anrufen ... Sie wissen, was Sie zu tun haben. Sie schaffen das schon.» Sein Blick wanderte über Mooses breite Schultern: «Sie haben so etwas Überzeugendes ... Aber falls er uns anrufen sollte, sagen wir ihm natürlich, was los ist.»

«Selbstverständlich, Mr. Wilcox. Ich verstehe. Nur ... ich möchte Ihnen noch sagen, wie dankbar ich Ihnen bin für die Chance. Ich werde mir die größte Mühe geben ...»

Wilcox lächelte spöttisch.

«Ehrlich, Sir, ich ...»

Wilcox schnitt ihm mit einer Handbewegung das Wort ab. «Jeder sieht zu, daß er nicht zu kurz kommt. Das ist einkalkuliert. Aber übertreiben Sie's nicht ...» Er griff nach seiner Brieftasche. «Brauchen Sie einen Spesenvorschuß?»

«Danke, ich komm schon zurecht.»

Wilcox blätterte in einem Bündel Banknoten und zog zwei neue Zwanziger heraus. «Hier – als Vorschuß ... Augenblick noch.» Er ging aus dem Zimmer und kam gleich wieder mit einem Tabaksbeutel aus Plastik, den er Moose zuwarf. «Da –

das ist eine Unze; betrachten Sie's als Werbemuster. Kostet Sie nichts. Aber dann nur noch gegen bar – kapiert?»

«Klar. Also nochmals vielen Dank!»

Wilcox holte die Zigarettendose und drückte einen versteckt angebrachten Knopf. Die obere Lage Zigaretten glitt zur Seite und legte eine zweite Schicht frei. Es waren offensichtlich Selbstgedrehte. «Mögen Sie?»

«Das ist aber Klasse!»

Wilcox lächelte. «Ein kleiner Trick. Aber die Bullen fallen auf so etwas schon lange nicht mehr rein.»

Moose nahm eine Zigarette aus der Dose, roch daran und rollte sie zwischen den Fingern.

«Rauchen Sie sie lieber nicht hier. Aber Sie können sich ein paar davon mitnehmen ... Haben Sie ein Zigarettenetui? Moment mal ...» Er wühlte in der Schreibtischschublade und förderte ein flaches versilbertes Zigarettenetui zutage. Er schob einige Zigaretten unter das Gummiband. «Da, nehmen Sie!» Aber als Moose nach dem Etui greifen wollte, fiel Wilcox noch etwas ein. Er nahm einige von den gewöhnlichen Zigaretten und verteilte sie zwischen den anderen. «Jetzt haben Sie ein hübsches Sortiment», sagte er.

## 21

Der Strand war steinig und der spärliche Sand grob wie Kies, aber man war ungestört auf dieser einsamen Halbinsel, die bei Flut – und augenblicklich war Flut – auf drei Seiten von Wasser umschlossen war. Dürre Kiefernäste boten reichlich Brennmaterial; außerdem wurde viel Treibholz angeschwemmt, da die Landzunge in die Strömung hinausragte.

Bill Jacobs, der in den letzten zwei Sommern als Lagerleiter gearbeitet hatte, übernahm automatisch das Kommando: «Stellt Bier und Cola zum Kühlen ins Wasser! Die Jungen suchen große Steine für die Feuerstelle, die Mädchen sammeln Holz!»

Alle liefen geschäftig auseinander. Bill baute aus großen Steinblöcken die kreisförmige Feuerstelle, und als die Jungen mit ihrer Arbeit fertig waren, halfen sie den Mädchen beim Holzsuchen. Bald hatten sie einen großen Haufen zusammengetragen. «Halt!» rief Bill. «Jetzt reicht's.»

«Ich hab Lust auf ein Bier!» stöhnte Adam.

«Ja, ich auch», meinte Stu. Er schaute auf die Uhr. «Verflucht, ich muß um halb sieben weg, um meine Alten rasch nach Lynn zu fahren. Ich komm aber anschließend wieder her.»

«Ausgerechnet, wenn wir kochen!» protestierte Didi. «Du verpaßt das Essen.»

«Nichts zu machen. War die einzige Möglichkeit, den Wagen zu kriegen ... Was ist nun eigentlich mit dem Bier?»

«Wann machen wir das Feuer an, Bill?»

«Sobald es dunkel ist und wir alle Hunger haben. ... Hat schon jemand Hunger?»

«Nein, nein, warten wir noch.»

Das Meer war ruhig, fast unnatürlich ruhig. Leise schwappend schlugen kleine Wellen gegen die Ufermauer. In der Ferne kreischten Möwen. Sonst war alles still. Es lag etwas in der Luft, das jedes laute Wort erstickte. Sie saßen paarweise beisammen, flüsterten leise miteinander und warteten auf die Dunkelheit.

Adam Sussman hatte den Kopf in den Schoß seiner Freundin gebettet; durch sein Beispiel ermutigt, rückten auch die andern Pärchen näher zusammen. Plötzlich richtete sich Sussman auf und rief halblaut: «Wir kriegen Besuch ...» Er deutete auf eine einsame Gestalt, die sich ihnen näherte. «Der hat uns gerade noch gefehlt!»

«Moose Carter», sagte Stu.

«Der Tröster der einsamen Mädchen», murmelte Didi.

«Hallo, Moose!» Bill Jacobs winkte ihm lässig zu.

«'n Abend allerseits ... Hallo, Bill, Stu ... Didi, Sue ...

Ja, gibt's dich auch noch, Betty Baby?» Dann entdeckte er Jenkins. «Mensch, ich werd verrückt – 'n richtiges Bürgerrechtlerpicknick, hm?»

«Nimm dir 'ne Büchse Bier und red keinen Stuß», sagte Bill Jacobs kurz.

«Sehr wohl, ich bin so frei . . .» Er riß den Deckel einer Bierdose auf. «Habt ihr das schon mal gesehen?» fragte er, warf den Kopf in den Nacken und ließ das Bier die Kehle hinuntergurgeln, ohne daß sich der Adamsapfel bewegte.

«Alan Jenkins – Moose Carter», stellte Jacobs vor.

Keiner machte Anstalten, dem anderen die Hand zu schütteln. Beide murmelten etwas, das wie «Hallo!» klang.

«Nimm dir noch ein Bier», sagte Jacobs.

«Ich sag nicht nein . . . Rückt mal zusammen!» Er bemerkte, daß Stu zur Seite rutschte, um ihm neben Jenkins Platz zu machen. «Nee, laß man; ich setz mich lieber dort rüber», sagte er, «zu Betty, meiner alten Liebe. Ich bin nicht gern im Abteil für Farbige.»

Didi spürte, wie sich Stus Hand unter der ihren zusammenballte. Sie blickte auf ihre Armbanduhr. «Es ist halb sieben. Wenn du deine Eltern abholen willst, mußt du los.»

«Vielleicht sollte ich besser in der Gegend bleiben», knurrte er.

«Nein, geh ruhig», flüsterte sie. «Ich komm schon klar.»

Kaum war Stu gegangen, da fielen die ersten Tropfen.

## 22

Wenn Ben Gorfinkle vor den jungen Leuten von der Führungsreserve seiner Firma über Fragen der Personalpolitik zu sprechen hatte, pflegte er sein Referat mit einer Betrachtung über den widerborstigen Untergebenen zu beenden:

*Wenn Sie's mit einem Untergebenen zu tun haben, der aus der Reihe tanzt, geben Sie ihm zuerst einmal die Chance, seinen guten Willen zu zeigen – auch wenn Sie alle Trümpfe in der Hand haben und ihn einfach feuern könnten. Wenn er nämlich etwas taugt und sich daraufhin zusammenreißt, haben Sie der Firma einen guten Mann erhalten. Wenn Sie ihn aber feuern, müssen Sie ihn ersetzen. Und wer sagt, ob Ihnen der Neue nicht genausoviel Scherereien machen wird? Auf alle Fälle ist eine Aussprache immer das beste.*

Am Montag rief Gorfinkle gleich nach Feierabend den Rabbi an. «Können wir uns nicht mal zusammensetzen, Rabbi? Wir haben uns noch nie in Ruhe unterhalten, seit ich Gemeindevorsteher bin. Ich meine, es gibt eine ganze Menge zu besprechen.»

«Selbstverständlich. Wann immer Sie wollen.»

*Meist ist es gut, die Aussprache möglichst langfristig anzusetzen – soll er ruhig ein wenig zappeln. In manchen Fällen ist es jedoch vorteilhafter, den Mann sofort zu bestellen, damit er möglichst unvorbereitet ist. Das hängt ganz von den Umständen ab.*

«Wie wär's heute abend?»

«Um sieben muß ich zum *Minjan.*»

«Und ich habe eine Verabredung zum Abendessen ... Wie sieht's denn vorher aus?»

«Vorher paßt es mir.»

«Fein. Es ist nur ... Stu hat nämlich meinen Wagen ...»

«Ich kann ja zu Ihnen kommen.»

*Schaffen Sie eine freundschaftliche Atmosphäre. Er soll sich wohl fühlen in seiner Haut ...* Gorfinkle führte den Rabbi ins Wohnzimmer und bot ihm einen Sessel an. *Ermutigen Sie ihn zum Sprechen, aber halten Sie ihn stets in der Defensive ...* Er lächelte wohlwollend:

«Sagen Sie, Rabbi, was ist Ihrer Meinung nach Ziel und Zweck des Tempels, und welches sind die Aufgaben des Rabbiners?»

Der Rabbi lächelte; er erkannte den Eröffnungszug und wich aus. «Ich bin seit sechs Jahren hier tätig. Sie haben mich wohl nicht so dringend gerufen, wo Sie selbst unter Zeitdruck sind, damit ich hier wiederhole, was ich seit eh und je predige. Sicher haben Sie mir noch etwas anderes zu sagen.»

Gorfinkle nickte zustimmend. Er schwieg einen Augenblick, dann sagte er: «Wissen Sie, Rabbi, ich glaube, Sie begreifen nicht richtig, worum es in einer Gemeinde geht. Ich denke, kein Rabbiner begreift das so ganz. Ihr seid da alle viel zu engagiert; ihr habt nicht den nötigen Abstand.»

«Ach ja? Nun, vielleicht können Sie es mir erklären.»

*Geben Sie sich ehrlich und offen, Ihr Partner soll das Gefühl haben, daß Sie nichts zu verbergen suchen.*

Gorfinkle ignorierte die Ironie. «Sie betrachten die Gemeinde als eine Vereinigung, die von einigen frommen Leuten gegründet wird und dann mit der Zeit religiös Interessierte anzieht . . .» Er schüttelte den Kopf: «Es gibt hier vielleicht einen einzigen wirklich frommen Mann, nämlich Wasserman; alle andern sind an der Synagoge lediglich als Organisation interessiert. Wenn eine solche Organisation erst erfolgreich ist – und dazu braucht es viel Zeit und Arbeit –, dann braucht man ganz andere Leute an der Spitze, weil die alte Leitung allmählich zu einem Hemmschuh wird. Manchmal kommen sich die Gründungsmitglieder so wichtig vor, daß man mit ihnen nicht mehr auskommen kann; sie führen sich verdammt selbstherrlich auf, nur weil sie von Anfang an mit dabei waren – und damit bürsten sie alle später Dazugekommenen gegen den Strich . . . Genau das ist auch bei uns passiert, und in gewissem Sinn bin ich deswegen zum Vorsteher gewählt worden . . . Aber das ist nicht alles: Eine Organisation auf die Beine zu stellen, ist eine Sache; sie am Leben zu erhalten, eine ganz andere. Für das erste braucht man einen ganz anderen Typ als für das zweite.»

«Immerhin braucht man in beiden Fällen Juden», bemerkte der Rabbi.

«Das ist nicht der springende Punkt, Rabbi.»

«Ach ja? In einer jüdischen Gemeinde?»

«Allerdings.» Gorfinkle nickte. «Sie wissen, daß es in unserer Gemeinde zwei ... na – Fraktionen gibt: die meine und die von Meyer Paff. Paff geht es aber bei all seiner orthodoxen Einstellung gar nicht so sehr um Judentum oder Religion ganz allgemein ... Glauben Sie, daß die Leute Gemeindearbeit leisten, weil sie religiös sind? Oder daß Religion für sie wichtig ist?» Er schüttelte heftig den Kopf. «Nein, Rabbi. Sie sind lediglich an der Synagoge als Organisation interessiert, das ist alles.

Sehen Sie mal – jeder will doch etwas sein – jemand sein, ja? Man ist zur Schule gegangen, dann aufs College, man hat immer davon geträumt, mal ein großes Tier zu werden, eine Rolle zu spielen ... Und wie geht's dann weiter? Man nimmt 'ne Stelle an oder macht ein kleines Geschäft auf und denkt sich, endlich geht's voran. Aber mit fünfunddreißig wird einem so langsam klar, daß man weder Präsident der Vereinigten Staaten wird noch General, noch Nobelpreisträger; man merkt allmählich, daß sich da nicht mehr viel ändern wird: morgens auf zur Arbeit, abends heimkommen und schlafen, damit man am nächsten Tag wieder arbeiten kann ... Und das bleibt dann so, bis man stirbt. Ein harter Brokken, sich damit abzufinden, besonders in einer Gesellschaft wie der unseren, wo der Erfolg zählt und sonst nichts. Was tun die Leute also? Sie werfen sich irgendeiner Organisation in die Arme; sie werden fanatische Vereinsmeier. In einer Yankee-Stadt wie Barnard's Crossing ist es für unsereinen sehr schwer, in der Kommunalpolitik Erfolg zu haben – für Nichtjuden übrigens auch, wenn sie neu zugezogen sind. Aber die Synagoge, das ist was anderes; da kann jeder von uns beweisen, was er kann. Man muß nur ein bißchen aktiv sein, dann fällt einem mit der Zeit automatisch ein Amt zu – und wenn es nur der Vorsitz in irgendeinem Ausschuß ist, man wird doch gelegentlich mal in der Zeitung erwähnt ... Sie meinen, das sei lächerlich? Täuschen Sie sich nicht! Darauf kommt es den Leuten an – genau darauf.

Aber zurück zu Paff. Als er noch ein Amt hatte, war er ein wichtiger Mann. Damit ist es jetzt vorbei – und das wurmt ihn, Rabbi!»

«Wenn es ihm nur darum ginge», wandte der Rabbi ein, «hätte er dann so große Summen gespendet? Hätte er dann seine ganze freie Zeit der Gemeindearbeit geopfert?»

Gorfinkle zuckte die Achseln. «Was für Sie eine große Summe ist, Rabbi, das ist doch für Meyer Paff ein Pappenstiel! Der Mensch ist ein Gewohnheitstier. Auch wenn man zu Geld kommt, kann man seinen Lebensstil nicht plötzlich ändern. Man kauft sich einen größeren Wagen, man läßt sich ein paar Maßanzüge schneidern ... Aber was ist das schon, wenn einer wirklich *viel* Geld hat? Gar nichts ist das! Was tut man also? Man kauft eine Villa und läßt sie von einem Innenarchitekten einrichten; man kauft teure Bilder – nicht etwa, weil man plötzlich Sinn für Kunst entwickelt hätte – o nein; man will den andern nur beweisen, daß man *erfolgreich* ist: Mit ihrem Respekt – oder auch mit ihrem Neid – wächst dann das Selbstbewußtsein ... Die einen protzen mit Besitz, die andern lassen sich mit eleganten Frauen sehen – und der Typ Meyer Paff spendet Geld für wohltätige Zwecke.»

«Und Sie?» fragte der Rabbi.

*Wenn der andere Sie herausfordert, so zögern Sie nicht, eigene Unzulänglichkeiten zuzugeben. Es verbessert die Atmosphäre.*

Gorfinkle zog die Achseln hoch. «Zugegeben, ich bin auch nicht viel anders.» Er grinste: «Sie können sogar sagen, ich bin ein klassisches Beispiel ... Ich habe mich an der TH auf Elektronik spezialisiert. Als ich mein Studium abschloß, war das Gebiet noch relativ neu. Ich war einer der besten Studenten meines Kurses und dachte, mit dreißig bist du Chef irgendeines großen Unternehmens ... Dann kam der Krieg; ich wurde eingezogen und verlor wertvolle Jahre. Na ja, das ging mir nicht allein so. Aber später merkte ich dann, daß es bei den Beförderungen nicht immer auf die beruflichen Fähigkeiten ankommt. Und obendrein war ich Jude – es gibt

Dinge, die einer Karriere förderlicher sind. Hinzu kam noch, daß mittlerweile so ungefähr jeder zweite in meinem Fach den Doktor macht ... Lauter studierte Nichtskönner, aber die sind gefragt. Andererseits, wenn man Frau und Kind hat, kann man nicht noch mal eben ein paar Semester einschieben. Was tut man also? Man wechselt die Stelle in der Hoffnung, vielleicht klappt's woanders – was natürlich Quatsch ist. In dieser Branche muß man mit dreißig oben sein, oder man schafft's nicht mehr ... Mit meinen fünfundvierzig Jahren bin ich jetzt Abteilungsleiter, und sehr viel weiter werde ich's bis zur Pensionierung wohl nicht bringen ...» Er zuckte die Achseln. «Als ich anfing, mich um die Synagogenarbeit zu kümmern, da tat ich es, weil ich glaubte, ich könnte es besser machen als andere – ehrlich! Und bis zu einem gewissen Grad gilt das auch heute noch. Aber im großen und ganzen ...» Wieder das Achselzucken: «Ich geb's zu; ich bin wie die andern. Ich möchte einfach eine Rolle spielen, Einfluß haben, jemand sein.»

«Sie geben sich da sehr zynisch», warf der Rabbi ein. «Übersehen Sie dabei nicht etwas ganz Wesentliches? Das soll ja Zynikern manchmal passieren ... Sie behaupten, daß die einen mit Luxusvillen protzen und die andern mit Geldspenden; das sei der einzige Unterschied, sagen Sie. Schön – wir leben im Zeitalter der Psychologie; wir bilden uns ein, die Beweggründe für unsere Handlungen zu durchschauen ... Tun wir das aber wirklich? Und selbst wenn – ich finde, letzten Endes kann man solche Dinge nur vom Resultat her beurteilen. Und da ist mir ein Mann, der mit Wohltätigkeit protzt, lieber als ein anderer, der nur eben protzt ... Sie haben eine sehr zynische Einstellung zur Synagoge, Mr. Gorfinkle. Aber wissen Sie, Zynismus ist nichts anderes als enttäuschter Idealismus. Wir Juden betrachten uns als ein Volk von Priestern. Um unserem Ideal treu zu bleiben, dürften wir eigentlich nichts tun als philosophieren und beten ... Es ist auch versucht worden, früher, in den polnischen und russischen Ghettos. Aber jemand mußte wohl oder übel arbeiten, und das waren dann notgedrungen die Frauen. Ich muß sagen, diese Einstellung liegt mir nicht. Ich finde überhaupt, man bewältigt das Leben nicht, indem man ihm ausweicht. Unsere Religion ist eine praktische Religion; *Parnassah,* Lebensunterhalt ist für uns so wichtig wie beten, und die Welt, in der wir leben, ist so wichtig wie die Synagoge.»

*Sagt er etwas, das sich einigermaßen mit Ihrem Standpunkt vereinen läßt, so lassen Sie ihn das wissen – notfalls, indem Sie seine Worte etwas zurechtbiegen. Sie ermöglichen ihm damit unter Umständen einen ehrenvollen Rückzug ohne Gesichtsverlust.*

«Wenn Sie so denken», warf Gorfinkle rasch ein, «warum kritisieren Sie dann eigentlich unser Programm, Rabbi? Wir wollen den Leuten ja gerade klarmachen, daß die Synagoge nicht im luftleeren Raum existieren kann, daß sie in dieser Welt angesiedelt ist und Aufgaben in ihr hat.»

«Ich habe gar nichts gegen Ihr Programm, wenn ich es auch für richtiger hielte, die Entscheidung über diese Dinge dem einzelnen zu überlassen. Mich stört nur, daß Sie die Gegenpartei damit vor den Kopf stoßen – und zwar in einem Maß, daß sie aus der Gemeinde auszutreten droht ... Fairerweise: die andere Seite hat sich genauso unvernünftig benommen. Auf den Vorstandssitzungen ist seit Monaten nicht mehr sachlich diskutiert worden. Wenn die einen etwas vorschlugen, waren die andern prinzipiell dagegen und umgekehrt. Den Belastungen, die solche Spannungen mit sich bringen, ist keine Gemeinde auf die Dauer gewachsen. Und jetzt hat Ihre Gruppe offenbar auch noch die letzten Hemmungen abgelegt. Brennermans Predigt ...»

«Was ist mit Brennermans Predigt?»

«Er hatte kein Recht, die Kanzel auf solche Weise zu mißbrauchen.»

«Moment mal, Rabbi. Im Gegensatz zu Ihnen habe ich die Rede im Wortlaut gehört, und im großen und ganzen bin ich Brennermans Ansicht.» Gorfinkle lächelte sein verkrampftes, humorloses Lächeln.

«Dann sind Sie gleichermaßen schuldig, Mr. Gorfinkle.»

«Na hören Sie mal! Sie vergessen, daß ich Vorsteher der Gemeinde . . .»

«Ganz recht, Mr. Gorfinkle: Sie sind Vorsteher der Gemeinde – der Gemeindeorganisation, wie Sie betonen. Aber die Kanzel gehört dem Rabbi.»

«Das war mir nicht bekannt, Rabbi», sagte Gorfinkle liebenswürdig. «Ist das ein jüdisches Gesetz, oder wie?»

«Es ist ein Gebot des Anstands! Ich übernehme ja auch nicht einfach den Unterricht in irgendeiner Religionsklasse, ohne vorher das Einverständnis des zuständigen Lehrers einzuholen – obwohl die gesamte religiöse Unterweisung dem Rabbi untersteht.»

«Also gut . . .» *Manchmal lohnt es sich, in unwichtigeren Punkten nachzugeben.* «Ted hat vielleicht ein bißchen übers Ziel hinausgeschossen. Er ist immer gleich Feuer und Flamme, und manchmal geht ihm eben der Gaul durch.»

«Da ist noch etwas . . . Sie haben gestern auf der Vorstandssitzung Roger Epstein zum Vorsitzenden der Ritualkommission nominiert?»

«Was haben Sie gegen Roger Epstein?» brauste Gorfinkle auf.

«Persönlich gar nichts. Aber bis er hierherzog, wußte er kaum, wie eine Synagoge von innen aussieht. Und jetzt soll er als Vorsitzender der Ritualkommission über die Gebetsordnung mitentscheiden? Da ist es doch begreiflich, daß Paff und seine Freunde darin einen Affront sehen – konservativ, wie sie sind!»

«Langsam, Rabbi – langsam! Ich habe Roger gewählt, weil die Ritualkommission die wichtigste ist und er mein bester Freund . . . Es ist doch völlig gleichgültig, ob er die Gebetsordnung kennt oder nicht – da können Sie sich ja darum kümmern, gemeinsam mit dem Kantor meinetwegen. Aber der Vorsitzende der Ritualkommission vergibt an den Feiertagen die gottesdienstlichen Ehrenämter, und auf die wird allgemein großer Wert gelegt – und solange Meyer Paff das

Amt hatte, hat er immer politisches Kapital daraus geschlagen ... Übrigens, wenn wir schon von unkorrektem Verhalten sprechen, Rabbi: Finden Sie es korrekt, eine Gruppe von Kindern einzuladen, darunter auch meinen Sohn, um vor ihnen vom Standpunkt der Gegenpartei aus über diese Dinge zu referieren? Ist das etwa nicht ein Mißbrauch Ihres Privilegs?»

«Kinder? Für uns gilt der Dreizehnjährige bereits als Mitglied der Männergemeinde. Er kann zur Thoralesung aufgerufen werden; er darf sogar vorbeten ... Sind aufgeweckte achtzehn- und neunzehnjährige College-Studenten nicht reif genug, um zu verstehen, was sich in ihrer Gemeinde abspielt?»

«Das klingt nach einem talmudischen Dreh, Rabbi; lassen Sie mich damit in Frieden. Ich betrachte das als Einmischung in die Gemeindepolitik, und ich wünsche, daß das aufhört.»

Der Rabbi lächelte. «Mit andern Worten, ich soll aufhören, zu den jungen Leuten zu sprechen?»

«Sie sollen aufhören, ihnen von den Problemen der Gemeinde zu erzählen. Und dies ist keine Bitte, sondern eine Anordnung.»

«Das geht nicht, Mr. Gorfinkle. Ich bin der Rabbi, und ich entscheide, was ich den Mitgliedern der Gemeinde sagen will und was nicht.»

*Wenn die Diskussion einen Punkt erreicht, wo kein Kompromiß mehr möglich ist, reden Sie nicht mehr um den Brei herum. Machen Sie kurzen Prozeß.*

Gorfinkle nickte. «Sie haben mir zur Genüge bewiesen, daß Sie auf Paffs Seite sind. Das erstaunt mich keineswegs; wir hatten es ohnehin vermutet ... Unsere Gruppe hatte gestern abend eine Sitzung; und wir haben im Vorstand eine klare Mehrheit, wie Sie wissen ... Man hat mir aufgetragen, mit Ihnen zu sprechen – in der Hoffnung, Sie zur Einsicht zu bringen. Deshalb habe ich heute abend diese Aussprache herbeigeführt. Wenn ich nun meinen Freunden von dem Verlauf unseres Gesprächs berichte, wird man vermutlich beschließen, Ihnen den Rücktritt nahezulegen.

Natürlich können Sie dagegen angehen – aber wir wissen beide, daß es nicht sinnvoll wäre: Ein Rabbiner, der um seinen Posten kämpft und verliert, verbaut sich die Chance, je wieder eine andere Anstellung zu bekommen. Und Sie werden verlieren, das versichere ich Ihnen. Nach der nächsten Sitzung sind Sie nicht mehr Rabbi unserer Gemeinde.» Gorfinkle stand auf – das Gespräch war zu Ende.

Auch der Rabbi erhob sich. «Ich habe mein Rabbinerdiplom nicht von Ihnen erhalten», sagte er, «und Sie können es mir nicht entziehen. Ich bin der Rabbi der Juden von Barnard's Crossing; die Synagoge bezahlt mich, aber sie hat mich nicht gekauft. Im übrigen, ein Rabbi braucht keine Synagoge, um seine Aufgaben zu erfüllen.»

Draußen ertönte ein lautes, anhaltendes Hupen.

«Das ist Stu ...» Gorfinkle zuckte die Achseln. «Tut mir leid, Rabbi», sagte er im Konversationston, «ich muß jetzt weg.»

## 23

Wilcox saß mit offenem Kragen und gelockerter Krawatte im Lehnstuhl, die Beine auf einen Schemel hochgelagert. Er war mit sich und der Welt zufrieden. Er spürte es schon – es würde wieder ein berauschender Trip werden, jenseits von Zeit und Raum ... Er hörte deutlich den langsamen, gleichmäßigen Gang der Zahnräder in seiner Armbanduhr. Und dann das Klingeln an der Tür. Wie Begleitmusik. Ein dunkles, drängendes Läuten. Er stand auf, um zu öffnen – ein abenteuerliches Unterfangen, bei dem jeder einzelne Körperteil seine Funktion hatte; es erinnerte ihn an ein kompliziertes Truppenmanöver – oder nein ... an ein Ballett, bei dem Arme, Beine, Hände und Finger selbständige Rollen hatten, einer vorgegebenen Choreographie gehorchen mußten. Die Tür öffnen, den Besucher einlassen, zum Sessel zurückgehen – das alles schien Stunden zu dauern; dennoch ermüdete ihn die unerhörte Kraftanstrengung überhaupt nicht.

Die Gestalt auf dem Stuhl gegenüber wuchs, wurde größer und größer wie ein Ballon beim Aufblasen. Dann schrumpfte sie wieder, wurde klein, immer kleiner, um plötzlich wieder anzuschwellen. Aber es war nicht beängstigend: es war eher komisch, sobald man dahinterkam, daß es sich bei dem seltsamen Phänomen um den alltäglichen Vorgang des Atmens handelte. Heftiges, stoßweises Atmen augenscheinlich; was aber nicht unlogisch erschien, wenn man eiliges Treppensteigen voraussetzte. Schweißtropfen glitzerten auf der Stirn: Wilcox sah sie alle gleichzeitig und beobachtete doch jeden einzelnen auf dem Weg vom Haaransatz zur ersten bremsenden Stirnfalte, die sich füllte, überlief ... die zweite Stirnfalte ... Dann verschwanden die Tropfen im struppigen Dschungel der Augenbrauen. Die Person sagte etwas; er verstand es genau, aber es war zu lächerlich, zu albern, um überhaupt darauf einzugehen. Den Wagen um die Ecke parken oder so was. Idiotisch. Wen interessiert das? Schwierigkeiten beim Finden der Türklingel, so. Und man muß eine Frau fragen, welche Klingel die richtige ist oder so ähnlich. Na und? Aber das komische Würstchen ist ärgerlich, das merkt man irgendwie. Man merkt es nicht nur, man spürt es. Auf der Haut spürt man es. Wie Brandung. Wie Wellen. Wellen der Abneigung. Unangenehm. Es soll aufhören ... Wilcox sprach zu dem Gast, aber seine Stimme klang von weit her. Er setzte dem albernen Geschöpf alles ganz genau auseinander, und das alberne Geschöpf verstand ihn offenbar auch, denn es erhob sich, stand ... Nicht sehr hell auf der Platte, trotzdem; extrem niedriger Intelligenzquotient ... Immer noch dieses heftige Atmen. Nimmt sogar zu ... Komisch. Na endlich – Aufbruch! Aber die Tür ist doch dort – warum kommt der Ballon ... Ja, jetzt sieht's wieder aus wie ein Ballon ... Warum kommt der Ballon immer näher? Ach so – will sich verabschieden, der Ballon. Jetzt ganz nah. Soll ich aufstehen? Und so groß. Riesengroß. Monströs ... Was will das Monstrum mit meiner Krawatte? Vielleicht verabschiedet man sich neuerdings, indem man ... Aber warum ... Nein, nicht würgen. Es tut weh. Der Druck soll aufhören sehr weh Schmerz Luft warum eigentlich die Zahnräder in der Uhr sind so laut Kirchenglocken es dröhnt und dröhnt dröhnt rot ganz hell es

## 24

Mr. Carters Blick wanderte langsam um den Abendbrottisch und blieb an dem leeren Platz zu seiner Rechten hängen. Seine Frau saß am unteren Ende des Tisches, die Kinder zu beiden Seiten; die beiden Jungen rechts, die beiden Mädchen links. Alle saßen sehr aufrecht, die Hände auf der Tischkante gefaltet, und warteten, daß er das Tischgebet spreche.

«Wo ist Moses?» fragte er.

«Er ist noch nicht zu Hause», murmelte seine Frau. «Er ist nach Boston gefahren, um sich für einen Job zu bewerben ... Sicher ißt er unterwegs etwas. Er hat gesagt, es kann später werden.»

«Hast du ihm nicht gesagt, daß er zum Abendbrot da zu sein hat? Er sollte es allmählich wissen. Wenn er aufgehalten wird, kann er anrufen. Wir haben schließlich das Telefon.»

«Bitte, Pa!» beschwor sie ihn. «Warum hackst du dauernd auf dem Jungen rum? Vielleicht war gerade kein Telefon in der Nähe. Oder er hat angerufen, und bei uns war besetzt. Die Mädchen hängen ja dauernd am ...»

«Ich dulde es nicht, daß man in diesem Haus kommt und geht, wie es einem paßt. Wir sind eine Familie, und wir bleiben eine Familie. Das verlangt die Moral. Wenn jeder plötzlich tut, was er will, fällt die Familie auseinander. Das Mahl ist ein Sakrament, und jeder in diesem Haus hat daran teilzunehmen.»

«Vielleicht wurde er von dem Gewitter überrascht», meinte seine Frau, «und hat gewartet, bis es vorbei war; als er merkte, daß es spät wurde, hat er sicher irgendwo einen Happen gegessen und ist dann direkt zur Kegelbahn gegangen ... Ach übrigens – da fällt mir ein: Er hat irgendwas gesagt, daß er montags früher da sein muß ...»

«Genug!» sagte ihr Mann. «Wir warten nicht länger. Ich spreche jetzt das Tischgebet. Wer später kommt, kriegt kein Essen. In meinem Haus ißt keiner, ohne vorher den Segen gehört zu haben.» Er blickte in die Runde.

Alle Köpfe waren andächtig gesenkt.

Er faltete die Hände und schloß die Augen. Eine volle Minute lang verharrte er so; dann hob er den Kopf: «Herr, wir danken Dir für Deine Gnade, und daß Du uns Nahrung gibst, den Körper zu stärken, auf daß wir Deine Arbeit verrichten. Wir haben Deine Gebote befolgt; unser Mahl enthält nicht das Fleisch eines Deiner Geschöpfe, nur die Früchte Deiner Erde. Wenn wir gesündigt haben, so ist es, weil wir schwach und gedankenlos sind. Vergib uns, o Herr, und urteile gnädig über uns ...» Dann murmelte er: «Ich danke Dir, Gott; ich bin Dein Diener, und ich werde gehorchen.»

Er öffnete die Augen und blickte um sich. «Nun wollen wir essen.»

Schweigend aßen sie; jeder war darauf bedacht, möglichst bald vom Tisch aufstehen zu können. Mr. Carter starrte mißmutig und stumm auf seinen Teller. Als dann endlich abgetragen war, drückten sich die jungen Leute leise aus dem Zimmer.

Mr. Carter blieb sitzen, während seine Frau und die Mädchen in der Küche das Geschirr wuschen. Schließlich trat seine Frau ins Zimmer.

«Es gießt immer noch in Strömen, Pa», sagte sie. «Vielleicht sollte Michael den Wagen nehmen und sich in der Stadt nach Moose umsehen ...»

Er sah sie an, und sie hatte Mühe, seinem Blick standzuhalten.

«Ich werde selbst nach ihm suchen», erklärte er.

«Ach, laß nur ... Ich bin wohl ein bißchen überängstlich. Er wird sicher bald ...»

Das Telefon klingelte.

«Das ist er!» rief Mrs. Carter.

Sharon ging zum Telefon. «Es ist die Kegelbahn», rief sie gleich darauf. «Sie wollen wissen, wo Moose steckt. Er ist nicht zur Arbeit gekommen.»

Mr. Carter zog den Regenmantel an und stapfte aus dem Haus. In der Garage wählte er eine anderthalbzöllige Latte aus dem Vorrat, der dort gestapelt lag, und ließ sie ein paarmal prüfend durch die Luft sausen.

## 25

Der Rabbi ließ sich Zeit; er wollte Ordnung in seine Gedanken bringen, ehe er zu Hause ankam. Was sollte er Miriam sagen? Oder vielmehr, wie würde er es ihr sagen? Ziellos fuhr er durch die Stadt. Der Regen prasselte gegen die Windschutzscheibe; die Scheibenwischer schafften es kaum. Von Zeit zu Zeit erhellten zuckende Blitze den finsteren Himmel, unmittelbar gefolgt vom Krachen des Donners. Es war unheimlich und zugleich faszinierend; es war eben das richtige für den augenblicklichen Gemütszustand des Rabbis.

Er hätte sich gern mit jemand ausgesprochen, bevor er Miriam unter die Augen trat; es fiel ihm aber niemand ein, dem er sich anvertrauen mochte. Da war höchstens – er mußte unwillkürlich lächeln – Hugh Lanigan, der Polizeichef von

Barnard's Crossing, ein umgänglicher, rotgesichtiger Ire, mit dem ihn seit Jahren etwas verband, was einer Freundschaft recht nahekam ... Vermutlich, weil keiner vom andern profitieren kann, dachte er sarkastisch. Natürlich, da war auch noch Jacob Wasserman; er nahm in der Gemeinde so etwas wie die Stellung eines Alterspräsidenten ein und war über kleinliche Streitigkeiten erhaben. Er hatte sich immer gut mit ihm verstanden, und der Rabbi schätzte die Einsicht und das gesunde Urteil des Alten. Einer plötzlichen Eingebung folgend, fuhr er zu Wassermans Haus.

Als Mrs. Wasserman ihn erkannte, faßte sie ihn in ihrer mütterlichen Art am Arm und zog ihn ins Haus. «Kommen Sie, Rabbi, kommen Sie ... Das macht doch nichts; die Teppiche trocknen schon wieder!» beruhigte sie ihn, als er kaum von dem Abtreter wegzubekommen war.

«Wer ist da?» rief ihr Mann. «Der Rabbi? Kommen Sie rein, Rabbi ... Kommen Sie! Es muß was Ernstes sein, wenn Sie bei dem Wetter ... Aber es ist schön, Sie wieder mal zu sehen! In letzter Zeit ... Wissen Sie, ich kann nicht mehr so gut zum *Minjan* kommen; ich geh kaum noch aus dem Haus ... Becker ist auch da. Er hat mit uns zu Abend gegessen ... Wenn Sie mich unter vier Augen sprechen wollen, kann er meiner Frau in der Küche Gesellschaft leisten – ich bin nicht eifersüchtig. Aber wenn's um Gemeindeangelegenheiten geht, kann er vielleicht auch dabeibleiben ...»

«Keine schlechte Idee», sagte der Rabbi.

Der Alte führte ihn ins Wohnzimmer. «Wir haben Besuch bekommen, Becker», verkündete er. Und zu seiner Frau: «Bring doch dem Rabbi eine Tasse Tee!»

«Ich komme eben von Gorfinkle», berichtete der Rabbi und erzählte ausführlich, was vorgefallen war. Er hatte erwartet, die Nachricht würde wie eine Bombe einschlagen, doch die beiden nahmen sie erstaunlich gelassen auf.

«Er hat also gedroht, Ihren Vertrag im Herbst nicht zu verlängern?» wiederholte Becker, als wolle er sich vergewissern, daß er alles richtig mitbekommen hatte.

«Nein. Er will beantragen, ihn vorzeitig zu beenden.»

«Das geht doch nicht! Vertrag ist Vertrag ... Außerdem muß der Vorstand erst darüber abstimmen.»

«Na und?» Wasserman zuckte die Achseln. «Da Gorfinkle die Mehrheit hinter sich hat, macht es keinen Unterschied, ob die Sache vor den Vorstand kommt oder nicht ... Sie werden den Rabbi auszahlen. Ganz einfach.»

Der Rabbi erwartete, daß Becker auffahren würde, aber er sah nur Wasserman an und fragte: «Sagen wir's ihm?»

Wieder zuckte der alte Mann die Achseln. «Warum nicht?»

«Es ist schon komisch», begann Becker, «daß Sie ausgerechnet heute abend kommen, Rabbi ... Meyer Paff war heute bei mir. Es sieht so aus, als ob sich die Gemeinde spalten würde, und Paff wollte Wasserman und mich für seine Partei gewinnen.»

«Und? Haben Sie ihm zugesagt?»

«Für uns ist es kein Problem, Rabbi. Als ehemalige Gemeindevorsteher gehören wir automatisch dem Vorstand an. Einer andern Gemeinde beizutreten, bedeutet für uns lediglich, auch dort den Mitgliedbeitrag zu zahlen. Als ich Vorsteher war, war ich gleichzeitig Mitglied in Lynn, und Jacob ist sogar in Lynn und Salem eingeschrieben ... Aber dann kam das Gespräch auf Sie, Rabbi. Paff hat mich beauftragt zu fragen, ob Sie sich seiner neuen Gemeinde anschließen würden. Mit einem langfristigen Vertrag und höherem Gehalt. Jacob und ich sprachen gerade darüber, als Sie kamen.»

Der Rabbi sah Wasserman prüfend an; als der Alte keine Miene verzog, wandte er sich an Becker: «Ich hätte gar nicht gedacht, daß ich bei Mr. Paff so hoch im Kurs stehe.»

«Rabbi, ich will Ihnen nichts vormachen. Natürlich erkennt Paff an, was Sie hier geleistet haben; vor allem aber hofft er, daß Sie viele Mitglieder nachziehen werden ... Nun, das kann Ihnen ja schließlich egal sein: Sie verbessern sich nur bei der Sache.»

«Sind Sie davon so überzeugt, Mr. Becker?»

«Sie würden sich um dreitausend Dollar im Jahr verbessern, wenn Sie's genau wissen wollen. Und da fragen Sie noch? Erkundigen Sie sich doch mal bei Ihrer Frau – die muß täglich einkaufen!»

Der Rabbi ging nicht darauf ein. «Wie die Dinge liegen, Mr. Becker, bin ich der Rabbi der Juden von Barnard's Crossing», sagte er. «Ich bin für alle da, nicht für eine bestimmte Gruppe. Und so fasse ich auch meine Aufgabe auf. Ein Rabbi ist nicht einfach Teil des Synagogenmobiliars.»

«Aber der Kantor ...»

«Das ist etwas anderes. Ein Kantor braucht eine Synagoge oder zumindest eine Versammlung, um sein Amt auszuüben. Er kann sich doch nicht selber vorsingen. Ein Rabbi hingegen ... Sehen Sie, wenn die Gemeinde hier wächst, wird wahrscheinlich eines Tages ohnehin eine zweite Gemeinde für die weniger Strenggläubigen entstehen, und ein Teil der Leute wird sich ihr anschließen. Natürlich werden sie auch einen eigenen Rabbi nehmen ... Aber das ist eine Spaltung aus Anschauungsgründen und somit gerechtfertigt. Der neue Rabbi wird der Rabbi der liberalen Juden von Barnard's Crossing sein, während ich der Rabbi der konservativen Juden bleiben werde.»

«Aber in jeder Gemeinde gibt es solche Spaltungen!» wandte Becker ein.

«Gewiß. Wenn nicht aus ideologischen Gründen, so aus geographischen – etwa, wenn eine Anzahl Leute in ein anderes Viertel umzieht, das weit von der Synagoge entfernt ist: Da es verboten ist, am Sabbat zu fahren, baut man eine neue Synagoge in der Nähe des neuen Wohnviertels. Das ist auch ein akzeptabler Grund ... Aber die Trennung, die ihr plant, beruht weder auf ideologischen noch geographischen Gründen. Hier soll ganz einfach eine Art Konkurrenzunternehmen aufgezogen werden, und Sie finden, ich würde mich gut machen im Schaufenster des neuen Ladens ... Nein, danke! Unter den Umständen würde ich meine jetzige Stelle auch aufgeben. Eine Synagoge ist kein Geschäft, das die Konkurrenz braucht, um in Schwung zu bleiben – und wenn Sie die Sache so anpacken, dann zwingen Sie Gorfinkle und seine Gruppe, genau das gleiche zu tun: Kommt in unsere Synagoge – wir haben eine Klimaanlage und gepolsterte Sitze. Unser Kantor singt schöner, und unser Rabbi hält kürzere und flottere Predigten. Feiert eure Feste in unseren Räumlichkeiten – bei uns gibt's Rabattmarken!»

«Also, hören Sie, Rabbi ...»

«Mr. Paff braucht mich nicht. Eine Synagoge braucht keinen Rabbi, und ein Rabbi braucht keine Synagoge. Vorbeten und predigen sind nicht die wichtigsten Aufgaben des Rabbiners. Vorbeten kann jeder dreizehnjährige Junge, und Predigten sind für die meisten Leute nur eine willkommene Unterbrechung der Eintönigkeit des Gottesdienstes ... Nein, Mr. Becker, ich habe nicht die Absicht, als zusätzliche Attraktion in Ihre Synagoge hinüberzuwechseln.»

«Und wenn es Gorfinkle gelingt, Sie vor die Tür zu setzen?»

Der Rabbi warf Wasserman einen fragenden Blick zu.

Der Greis breitete die Hände aus. «In dieser Welt muß man zuerst fürs tägliche Brot sorgen, Rabbi. Paff bietet Ihnen eine Stelle an, mit mehr Gehalt sogar. Vielleicht sind die Bedingungen nicht ideal, schön ... Wo sind sie schon ideal? Aber es ist doch eine Stelle!»

Der Rabbi biß sich auf die Lippen. Er hatte angenommen, wenigstens Wasserman werde ihn verstehen ... «Ist Barnard's Crossing etwa der einzige Ort in der Welt, wo ich mein Brot verdienen kann? Nein, Mr. Wasserman; wenn es zu einer Spaltung kommt, werde ich hier keinen Vertrag annehmen – weder von Paff noch von Gorfinkle. Dann werde ich Barnard's Crossing verlassen.»

# 26

Der Regen hatte nachgelassen; ein leichter Nebel lag über der Straße. Stuart Gorfinkle war von Lynn, wo er seine Eltern abgesetzt hatte, auf dem Rückweg nach Tarlow's Point.

Ein wenig beunruhigt fragte er sich, ob die andern wohl irgendwo Unterschlupf gefunden hatten. Ob das Gewitter hier auch so heftig gewesen war wie auf dem Weg nach Lynn? Unter diesen Gedanken erreichte er die Halbinsel und stellte den Wagen ab.

Der Strand lag verlassen. Leere Bierdosen, zurückgelassene Zellophantüten und sonstige Abfälle deuteten auf fluchtartigen Aufbruch hin.

Dann bemerkte er den Pfeil auf dem Baumstamm. Langsam stieg er zum Haus hinauf, legte das Ohr an die Tür und horchte ... Nichts. Er ging um das Gebäude herum zum Haupteingang und horchte abermals; dann klopfte er zaghaft an die Tür ... Diesmal glaubte er, Geräusche zu hören.

Er klopfte lauter und rief: «Ich bin's – Stu ... Seid ihr da drin?»

Gleich darauf wurde die Tür geöffnet, und seine Freunde drängten sich um ihn.

«Na, euch kann man ja suchen!»

«Wir dachten, du kommst nicht mehr ... Wir haben mit Lippenstift einen Pfeil gemalt. Hast du ihn gesehen?»

«Wie seid ihr da reingekommen?» fragte Stu. «War das Haus offen?»

«Nein; wir sind durch ein Hinterfenster eingestiegen.»

«Dann verschwinden wir lieber hier», meinte Stu. «Der Streifenwagen kommt hier vorbei. Sie kontrollieren die leeren Häuser. Sie haben eine Liste.»

Als sie alle dicht gedrängt im Wagen saßen und Stu auf den Anlasser drückte, rief Adam Sussman plötzlich:

«Und Moose? Was machen wir mit ihm?»

«Was ist mit Moose?» fragte Stu.

«Er ist noch im Haus. Er hat einen sitzen. Wir haben ihn auf eine Couch gepackt.»

«Nehmen wir ihn lieber mit. Wir können ihn doch nicht einfach dalassen.»

«Mitnehmen? Wie denn? Kein Platz. Und in seinem Zustand ...»

«Er war schließlich nicht eingeladen.»

«Aber er hat uns immerhin gezeigt, wie man ins Haus kommt, als das Gewitter losging.»

«Nun macht doch schon! Ich will heim ...» begann eines der Mädchen zu jammern. «Meine Eltern werden sich zu Tode ängstigen.»

«Fahr schon los, Stu», sagte Bill Jacobs. «Wir können ihn ja später abholen.»

Stu und Bill Jacobs luden Didi als letzte ab; Alan Jenkins fuhr mit, weil er sein Motorrad bei den Epsteins in die Garage gestellt hatte. Das Haus war dunkel. Auf dem Küchentisch lag ein Zettel:

*Sind im Kino. Gehen anschließend*
*vielleicht noch einen Kaffee trinken.*

*Gruß,*
*Mama*

«Kaffee gefällig?» fragte Didi.

«Ich könnte was Warmes vertragen», sagte Jacobs.

«Eigentlich sollte ich losfahren», meinte Jenkins. «Aber ... Na ja.»

«Was machen wir mit Moose?» fragte Stu.

«Der läuft uns nicht davon!» grinste Jacobs. «In dem Zustand, in dem er ist ...»

«Habt ihr gesehen, wie er das Zeug runtergegossen hat?» Stu schüttelte den Kopf. «Trotzdem ist es komisch, daß er von Bier k.o. geht. Ich hätte gedacht, er kann mehr vertragen.»

«Das kommt nicht vom Bier», erklärte Bill Jacobs, «obwohl er einige intus hatte. Im Haus nachher, da hat er 'ne Flasche Scotch gefunden und sich damit produziert – wie vorher mit dem Bier: Kopf zurück und rein in die Kehle ... Die Flasche war im Nu halb leer.»

«Eine halbe Flasche?» staunte Stu. «Und dann? Dann ist er umgekippt? Na, kein Wunder. Und was habt ihr mit ihm gemacht? Auf dem Boden liegenlassen?»

«Natürlich nicht!» Jacobs war empört. «Wir haben ihn auf 'ne Couch gelegt.»

«Na ja ... Vom Boden kann man nicht runterfallen», verteidigte sich Stu.

Jenkins lachte.

Jacobs sagte grimmig: «Wir haben schon dafür gesorgt, daß er nicht runterfällt.»

«Wir haben ihn in eine Plastikfolie gewickelt», erklärte Jenkins. «Lag überall rum, das Zeug. Zum Möbelabdecken.»

«Und ringsum festgesteckt», fügte Jacobs befriedigt hinzu. «Wie man's bei kleinen Kindern macht.»

Didi brachte den Kaffee. Sie tranken ihn schweigend. Jeder hing seinen eigenen Gedanken nach.

Plötzlich fuhr Stu auf. «He – wie kommen wir wieder ins Haus? Ich hab keine Lust, durchs Fenster zu klettern. Du hast die Tür zugeschlagen, Bill!»

«Keine Angst», sagte Jacobs. «Ich hab vorher den Hebel umgelegt – das Schloß schnappt nicht ein. Du brauchst nur aufzuklinken.»

Jenkins stellte seine Tasse ab und stand träge auf. «Ich hau ab. Muß morgen in aller Herrgottsfrühe aufstehn.»

«Und Moose? Stu fährt den Wagen; wenn der Bursche anfängt und spielt verrückt, weiß ich nicht, ob ich mit ihm fertig werde ... Kannst du nicht mitkommen?»

Jenkins schüttelte lächelnd den Kopf. «Da bist du an der falschen Adresse. Von mir aus kann er dort liegenbleiben, bis er Moos ansetzt.»

Als das Motorgeräusch der schweren Maschine in der Ferne erstarb, fragte Stu: «Warum ist er so sauer auf ihn?»

«Ach, Moose hat ihn den ganzen Abend durch den Kakao gezogen», sagte Didi. «Ich kann Alan verstehen.»

«Rausholen muß ihn da jemand», knurrte Jacobs. Er sah zum Fenster hinaus. «Und es gießt wieder in Strömen.»

Sie saßen plaudernd herum und warteten, daß der Regen nachließ.

Von Zeit zu Zeit ging einer zum Fenster und blickte auf die regennasse Straße.

Plötzlich durchzuckte ein Blitz den Himmel, unmittelbar gefolgt von krachendem Donner, und das Zimmer lag im Dunkeln.

«Muß wohl einen Transformator erwischt haben», sagte Jacobs, während er die stockfinstere Straße hinunterblickte. «Oder die Verteilerstation; die ganze Straße ist dunkel.»

«Hast du Kerzen, Didi?» fragte Stu.

«Ich ... Ja, ich glaube.»

Didis Stimme klang ängstlich. Er fühlte, wie ihre Hand die seine suchte. Er legte den Arm um sie.

«Wißt ihr was? Statt hier im Dunkeln herumzuhocken, könnten wir doch losfahren und Moose holen. So ein Wolkenbruch dauert ja nicht ewig.»

## 27

Mr. Morehead erging sich in tausend Entschuldigungen. «Glauben Sie mir, Mr. Paff, wenn ich nicht meine Frau abholen müßte ...»

«Aber ich bin mit meinen Partnern bei der Villa draußen verabredet. Sie hätten mir das vorher sagen können.»

«Ich hab sie erst morgen erwartet, Mr. Paff. Nun ruft sie

plötzlich aus New York an, vom Flughafen ... Wissen Sie was? Sie brauchen mich ja gar nicht. Holen Sie einfach den Schlüssel bei ...»

«Schicken Sie mich nicht wieder zu diesem Begg! Er wird mir wieder erzählen, daß er seinen albernen Laden nicht allein lassen kann. Und den Schlüssel rückt er auch nicht raus, weil ich offenbar so aussehe, als würde ich Möbel klauen.»

Morehead grinste. «Begg ist eben ein sturer alter Yankee ... Wissen Sie was? Ich könnte den Schlüssel irgendwo in Lynn für Sie hinterlegen.»

«In Lynn? Das ginge ... Ich habe dort ohnehin in der Kegelbahn noch was zu erledigen.»

«Fein. Kennen Sie den Drugstore an der Ecke, wo mein Büro ist? Ich werde den Schlüssel dort lassen. Sie können ihn da abholen.»

«In Ordnung ... Geben Sie auf alle Fälle meinen Namen an und beschreiben Sie den Leuten, wie ich aussehe, damit es kein Theater gibt ... Es darf keine Panne geben. Verstehen Sie?»

«Keine Sorge, Mr. Paff. Und nehmen Sie sich ruhig Zeit. Sie können das Haus in aller Ruhe anschauen. Aber bitte machen Sie überall das Licht aus, ja? Und schließen Sie ab, wenn Sie gehen.»

Der Manager der Lynner Kegelbahn sagte als erstes: «Ihre Frau hat gerade telefoniert, Mr. Paff. Sie sollen einen Mr. Kermit Arons anrufen.»

Arons war zerknirscht. «Also, Meyer, mir ist was Saublödes passiert. Es ist wegen der Verabredung heute abend ... Ich hatte ganz verschwitzt, daß meine Schwägerin Hochzeitstag hat. Sie schmeißt eine Riesenparty, und wenn ich da nicht hingehe, hab ich spätestens übermorgen Gift in der Suppe ... Tut mir wahnsinnig leid, aber das wird bei mir nichts heute abend.»

«Kerm, Mann – wir müssen rasch handeln! Wir können das nicht auf die lange Bank schieben.»

«Dann beschließt doch allein. Ich versteh sowieso nichts von Häusern und so. Wenn ihr mir alle sagt, es ist in Ordnung, dann soll mir's recht sein.»

Kaum hatte er aufgelegt, da wollte der Manager etwas von ihm.

«Moose fehlt schon wieder, Mr. Paff. Ich hab bei ihm angerufen, aber zu Hause war er auch nicht. Und ich hab noch keinen Bissen gegessen.»

«Gehen Sie rasch was essen. Ich paß solange hier auf und kümmere mich um eine Aushilfe.»

«Und wenn Moose noch aufkreuzt?»

«Wenn er kommt, solange ich noch da bin, schmeiß ich ihn gleich raus. Andernfalls morgen ... Los, gehn Sie schon essen; ich hab noch eine Verabredung.»

«Geht in Ordnung, Mr. Paff ... Ach, übrigens – ich kenne da einen Burschen, der gern hier arbeiten würde. Sehr zuverlässig ...»

«Ja, ja ... Wir sprechen später darüber. Haun Sie schon ab!»

Während er zur Tür ging, rief ihm Paff nach: «Sagen Sie – war die Polizei wieder da?»

«Nee ... Machen Sie sich keine Gedanken, Mr. Paff. Mit denen werd ich schon fertig.»

«Ja, eben: Ich lege keinen Wert darauf, daß Sie ‹mit denen fertig werden›. Ich wünsche nicht, daß Sie da eine Lippe riskieren – klar?»

«In Ordnung. Mr. Paff.» Draußen war er.

Gleich darauf klingelte das Telefon: Dr. Edelstein.

«Meyer, deine Frau hat mir diese Nummer gegeben ... Ich hab gerade einen Anruf bekommen. Muß zu einem Eilfall. Dringende Sache ... Tut mir leid.»

«So was Blödes! Kerm Arons hat auch abgesagt – seine Schwägerin hat Hochzeitstag. Und jetzt kommst du ...»

«Es geht um ein Menschenleben, Meyer.»

Meyer Paff saß in seinem Wagen unter der Straßenlaterne gegenüber von Hillson House und wartete. Er beschloß, Irving Kallen noch fünf Minuten zu geben und dann loszufahren.

Es ist leichter, von den Leuten Geld zu kriegen als Zeit, dachte er verärgert. Er fühlte sich unbehaglich. Es goß in Strömen, so daß er die Fenster schließen mußte, und im Wageninnern war es heiß und stickig. Er hätte im Haus warten können – der Schlüssel steckte in seiner Tasche. Aber Begg hatte ja gesagt, es sei schon einige Male eingebrochen worden, und er hatte keine Lust, allein hineinzugehen. Hinter der dichten Hecke sah das Haus finster und bedrohlich aus, und Donner und Blitz machten die Sache auch nicht besser ...

Er blickte auf die Uhr – jetzt wartete er schon fast eine halbe Stunde. Er startete den Motor und fuhr davon.

## 28

«... Nein, *ma'am* – das Elektrizitätswerk; die sind zuständig. Aber Sie können sich die Mühe sparen; die wissen schon Bescheid. Stromausfall im ganzen Viertel ... Ja, das Gewitter ...»

Sergeant Hanks wandte sich an Smith vom Streifendienst, der mit aufgeknöpfter Jacke dasaß und Kaffeepause machte. «Das reinste Irrenhaus! Das war der ... na, vielleicht der hundertste Anruf war das! Das E-Werk ist besetzt, und da rufen die Leute eben bei uns an.»

Smith grinste verständnisvoll, doch der Sergeant war schon wieder am Apparat.

«Polizeiwache Barnard's Crossing, Sergeant Hanks ... Ja, Mr. Begg ... Ja, der Streifenwagen kontrolliert das Haus regelmäßig ... Nein, wurde nichts gemeldet ... Was? Das Licht brannte? ... Komisch, die ganze Gegend hat doch Stromausfall. Haben Sie Licht? Ach so, vorher, als es noch brannte ... Nein, Mr. Begg, ich habe mich nicht mit meiner Freundin unterhalten – erstens bin ich verheiratet, und zweitens ist hier seit einer Stunde dauernd besetzt, weil alle Leute hier anrufen wegen diesem Kurzschluß ... Ja, ich schick den Streifenwagen vorbei ...» Hanks legte auf und schwang sich in seinem Drehstuhl herum. «Armleuchter!»

«Begg? Na! Den kennt doch jeder», stimmte Smith zu. «Hab ich dir schon mal erzählt, wie er ...»

«Ich geb's auf alle Fälle mal an den Streifenwagen durch», unterbrach ihn der Sergeant. «Diesem Begg sähe es ähnlich, daß er auf die Uhr schaut und kontrolliert, wie lange wir ... Hallo, Bob? Hier Hanks. Wart ihr schon an Tarlow's Point draußen? Ach so ... Könnt ihr mal hinfahren? Der alte Begg behauptet, da hat Licht gebrannt im Haus ... Nee, gerade vor dem Kurzschluß ... In Ordnung. Ende.»

## 29

Didi saß zwischen den beiden Jungen auf dem Vordersitz. Die Scheibenwischer kämpften mühsam gegen den strömenden Regen an.

«Den Jenkins beneide ich nicht», sagte Stu; «bei dem Wetter auf dem Motorrad ...»

«Er kann sich ja irgendwo unterstellen, bis der Regen nachläßt», meinte Jacobs.

Dann hielten sie vor der Hillson-Villa. Stu holte eine Taschenlampe aus dem Handschuhfach und knipste sie an.

«Nanu?» sagte Jacobs, als der Lichtstrahl den Vordereingang traf. «Die Tür steht ja offen!»

«Vielleicht ist Moose inzwischen aufgewacht und gegangen», meinte Stu hoffnungsvoll.

«Wir müssen trotzdem nachsehen. Gib mir die Lampe.»

Bill lief die Stufen hinauf, gefolgt von Stu. Er stieß die Eingangstür auf und leuchtete den Raum ab. Dann ging er voraus zum Arbeitszimmer, wo sie Moose deponiert hatten. Auf der Schwelle blieb er stehen und richtete den Lichtkegel auf die Couch, auf der unter einer silbrig glitzernden Plastikhülle eine Gestalt lag.

«Den habt ihr aber gründlich verpackt ...» Stu kicherte nervös. «Warum habt ihr auch den Kopf zugedeckt?»

Jacobs stand schon neben der Couch. «So haben wir ihn nicht ... Na los – hilf mir doch!»

Die Gestalt war ganz und gar verhüllt. Ein Zipfel der Folie war über den Kopf geschlagen und fest in die Falten gestopft, die das Material auf Höhe des Halses gebildet hatte.

Mit einem Ruck legte Jacobs den Kopf frei, zerrte weiter, schälte Rumpf und Beine aus der Umhüllung. Das Gesicht war eigentümlich blaß. Jacobs befühlte Stirn und Wangen ... Eiskalt. Er gab Stu die Taschenlampe und begann Mooses Hände zu massieren. Dann ließ er sie angewidert fallen.

«Was ist los?» Stu flüsterte unwillkürlich.

«Du, ich glaube, der ist tot ...» Er schob die Hand unter das Hemd, um den Herzschlag zu fühlen.

«So kannst du das nicht feststellen», belehrte ihn Stu. «Man muß ihm einen Spiegel vor die Lippen halten, und ...»

«Wo soll ich denn einen Spiegel hernehmen?» fauchte Bill. «Vielleicht geht's mit der Taschenlampe, mit der Scheibe über der Birne ...»

Stu hielt ihm die Lampe hin, aber Bill nahm sie nicht.

«Ich hau ab», sagte er. «Komm ... Nichts wie weg!» Sie gingen aus dem Zimmer, schritten schneller aus, begannen zu rennen, nahmen die Stufen vor der Haustür mit einem Satz und hetzten zum Wagen.

«Wo habt ihr Moose?» fragte Didi und rückte beiseite, um Stu hinter dem Lenkrad Platz zu machen.

«Ist doch ganz egal.» Stu ließ den Motor anspringen. Aber er kam nicht mehr dazu, loszufahren.

Ein Wagen raste auf sie zu; Scheinwerfer blendeten. Reifen quietschten, als das Fahrzeug schliddernd bremste und quer vor ihnen zum Stehen kam. Gleich darauf wurde die Vordertür auf der Fahrerseite aufgerissen; Stu starrte in eine Pistolenmündung, hinter der undeutlich eine Polizeiuniform zu erkennen war.

«Los – alle raus!» kommandierte eine Stimme.

# 30

Ben Gorfinkles Schwager, Harvey Kanter, war zehn Jahre älter als er. Im Privatleben war er Atheist und in seinen Ansichten radikal und respektlos; in der Öffentlichkeit gab er sich als Chefredakteur der Lynner *Times-Herald* konservativ und trat als zäher Verteidiger der bestehenden gesellschaftlichen Verhältnisse auf. In seinen Leitartikeln trat er für Gesetz und Ordnung, Buchzensur und Schulgebet ein und polemisierte gegen Hippies, Studentenrevolten und Gefängnisreformen. Er war ein hochgewachsener, schlaksiger Mann, dessen graue Haare immer so aussahen, als sei er zu ungeduldig, sie zu kämmen. Alles an ihm wirkte ungeduldig. Er war das reinste Nervenbündel. Keinen Augenblick konnte er ruhig sitzen; er war fahrig und nervös, sprang immer wieder auf und wanderte im Zimmer auf und ab, und wenn er einmal saß, rutschte er auf dem Stuhlrand hin und her.

Seinen Schwager nahm er nie ganz ernst, und seine Frau behandelte Mrs. Gorfinkle, ihre jüngere Schwester, immer ein bißchen von oben herab. Trotzdem nahmen die Gorfinkles ihre Einladungen immer an, teils aus purer Gewohnheit, teils weil Ben Gorfinkle an den Diskussionen mit seinem Schwager ein perverses Vergnügen fand.

Nach dem Essen saßen die beiden Männer im Wohnzimmer, während die Frauen den Tisch abräumten und das Geschirr spülten. Kanter biß das Ende einer Zigarre ab, zündete sie umständlich an und sagte schließlich:

«Ach, übrigens – dieser Tage habe ich euren Rabbi kennengelernt ... Hab ich dir das schon erzählt?»

«Nein», antwortete Gorfinkle vorsichtig. «Wann denn?»

«Vor ungefähr einer Woche. Er war bei einer Veranstaltung der Handelskammer als Gastredner eingeladen.»

«Nanu? Ich dachte, du gehst da nie hin?»

«Jemand von der Redaktion mußte schließlich, und es ergab sich irgendwie, daß es an mir hängenblieb ... Gar nicht übel, der Mann.»

«Worüber hat er gesprochen?»

«Gott – so das Übliche ... Die Stellung der Synagoge in der heutigen Welt. In den letzten sechs Monaten hab ich sicher ein Dutzend Geistliche aller möglichen Bekenntnisse anhören müssen. Alle sprachen sie unweigerlich über die Stellung der Kirche – in diesem Fall der Synagoge – in der heutigen Welt ... Ich denke mir, sie reden so viel darüber, weil sie insgeheim nicht viel von der Sache halten. Na ja. Aber was euer Rabbi gesagt hat, das klang eigentlich ganz vernünftig.»

«So? Was hat er denn gesagt?»

«Es lief auf die Feststellung hinaus, daß unsere zivilisierte Welt heute endlich dieselben Ziele verfolgt, die die jüdische Religion seit Jahrtausenden predigt – soziale Gerechtigkeit, Bürgerrechte, Rechte der Frau – na, und so weiter. Mit anderen Worten, er meint, nach ein paar tausend Jahren kommt die jüdische Religion allmählich in Mode.»

«Sehr interessant ... Zufällig habe ich mich vorhin mit ihm mehr oder weniger über dasselbe Thema unterhalten. Allerdings vertrat er mir gegenüber eine ganz andere Meinung. Manche Leute haben anscheinend die Begabung, so oder so zu argumentieren – je nach Bedarf.»

«Ich hatte eigentlich nicht den Eindruck, daß er von dieser Sorte ist», meinte Kanter. «Worum ging es denn?»

«Ach, unser Problem in der Gemeinde ... Es haben sich

zwei Gruppen gebildet, zwei Fraktionen, könnte man sagen – meine und die, na, Opposition, angeführt von Meyer Paff ... Du kennst ihn.»

«Ja, ich kenne ihn.»

«Unsere Gruppe möchte erreichen, daß sich die Synagoge politisch engagiert – Bürgerrechtsbewegung und so, ja? Paffs Gruppe findet jedoch, der Tempel sei ein Ort, wo man an den Feiertagen und an Freitagabenden betet; weiter nichts. Nun bin ich dahintergekommen, daß sich der Rabbi mehr oder weniger öffentlich für Paff eingesetzt hat. Na, und da hab ich ihm halt die Leviten gelesen.»

«Und? Wie ist es ausgegangen?»

«Ich habe ihm klipp und klar zu verstehen gegeben, daß wir das nicht dulden werden – und wir sind eindeutig in der Mehrheit.» Er beugte sich im Sessel vor: «Weißt du, was er gemacht hat? Er hat die jungen Leute aufgehetzt. Er hat ihnen erklärt, wir seien im Unrecht. Die Jungen mögen ihn gern, und das versucht er auszunutzen. Damit sie dann die Eltern beeinflussen, verstehst du?»

«Aha ... Und wie hat er's geschluckt?»

«Aufs hohe Roß hat er sich gesetzt! Er ist der Rabbi, hat er gesagt, und niemand hat ihm Vorschriften zu machen. Was er sagen darf und was nicht, darüber entscheidet er allein.»

«Und jetzt? Wie geht's nun weiter?»

Gorfinkle stellte befriedigt fest, daß sein Schwager ausnahmsweise einmal interessiert war; er lächelte. «Ich habe ihm kurzerhand mitgeteilt, daß die Mehrheit des Vorstandes entschlossen ist, ihm auf der nächsten Sitzung die Kündigung nahezulegen, falls er nicht nachgibt.»

«Ihr habt ihn also gefeuert?»

Gorfinkle spitzte die Lippen und legte den Kopf zur Seite. «Darauf läuft es hinaus, ja.»

Kanter stand auf und durchmaß das Zimmer. Schließlich blieb er vor seinem Schwager stehen. «Weiß der Himmel – ihr netten, anständigen, staatserhaltenden Bürger habt wirklich ein sagenhaftes Talent, alles erreichbare Porzellan zu zertöppern ... Da machen sie dich zum Vorsitzenden, und noch ehe der Stuhl unter deinem Hintern warm geworden ist, fängst du schon an, Leute rauszuschmeißen!»

«In einer Organisation kann nicht jeder hü oder hott sagen, wie es ihm paßt», protestierte Gorfinkle. «Wenn wir Fortschritte erzielen wollen ...»

«Fortschritte? Warum zum Henker willst du Fortschritte erzielen? Damit die Bilanz besser wird als die des Vorjahres? Das will jede Aktiengesellschaft auch. Ihr seid aber keine Aktiengesellschaft – ihr seid eine ... wie nennst du das – eine ‹Organisation›, die immerhin ein paar tausend Jahre überdauert hat!»

«Ja, aber wenn sie dynamisch bleiben soll ...»

«... dann müßt ihr auf den falschen Zug aufspringen, ja? Bürgerrechtsbewegung, Slum-Sanierung, Arbeitsbeschaffung – das trägt der feine Mann heute, und da wollt ihr natürlich mitmischen, ihr Liberalen – was? Da wollt ihr mal wieder euer Herzblut vergießen, ja? Ach, ihr seid zum Kotzen ... Seit wann bist du überhaupt so verdammt liberal? Wieviele Schwarze arbeiten eigentlich bei HEXATRONICS?»

«Ich bin nicht Personalchef.»

«Aber ich nehme an, du veranstaltest Sitzstreiks vor seinem Büro?»

«Die *Times-Herald* ist auch nicht gerade liberal», bemerkte Gorfinkle trocken, «und dort bist du der Chef.»

«Ich mache die Zeitung im Auftrag der Eigentümer, und ich mach sie so, wie sie's haben wollen – stimmt. Du kannst sagen, das ist Prostitution – okay. Die meisten Zeitungsleute prostituieren sich ... Aber wenigstens mach ich mir nichts vor. Und 'ne Nutte ist mir lieber als ein Heuchler!»

«Nun, ich habe guten Grund zur Annahme, daß Rabbi Small einer ist. Daher auch mein Beschluß», meinte Gorfinkle selbstgefällig.

«Warum? Wickelt er die Gebetsriemen falsch rum? Zieht er den Gebetsmantel verkehrt an?»

«Seit wann beschäftigst du dich so intensiv mit Rabbinern und religiösen Fragen?» spöttelte Gorfinkle.

«Ich beschäftige mich nicht mit religiösen Fragen, und euren Rabbi kenne ich kaum. Aber ich hab was dagegen, wenn anständige Leute über die Klinge springen müssen ...» Er sah seinen Schwager prüfend an: «Und die Auswirkungen auf die Gemeinde? Hast du darüber schon mal nachgedacht?»

Gorfinkle zuckte die Achseln. «Er hat so gut wie keinen Anhang. Na ja, die Jungen – schön. Aber die zählen nicht. Im übrigen, um die Gemeinde ging es mir ja gerade bei der Aussprache. Wenn du's genau wissen willst ...» Er senkte die Stimme: «Ich wollte eine Spaltung der Gemeinde verhüten! Zwei Gruppen stehen sich gegenüber: Die alte Garde – eine Minderheit, die unser Programm prinzipiell ablehnt –, und wir, die Fortschrittlichen; ob du das Wort magst oder nicht ... Und wir sind in der Mehrheit. Also müssen die andern mitmachen – oder aus der Gemeinde austreten ... Wenn sie gehen, um so besser; es sind nur zwei, drei Dutzend Leute. Wenn wir aber zulassen, daß der Rabbi so weitermacht, werden vielleicht hundert oder noch mehr weggehen. Und das wäre dann allerdings schlimm.»

«Ihr wollt also die Opposition zum Schweigen bringen?»

«Natürlich. Sollen wir ihr vielleicht noch eine Rednertribüne zur Verfügung stellen?»

«Ja. Das wäre demokratisch. Die Regierung tut das auch.»

Sie stritten laut und lange, bis die Gorfinkles schließlich aufbrachen, ohne daß es einem der beiden Männer gelungen wäre, den andern zu überzeugen. Höflich und steif verabschiedeten sie sich voneinander, wie schon so oft nach ähnlichen Diskussionen.

Kaum waren sie abgefahren – in einem Taxi –, da klingelte das Telefon. Harvey Kanter nahm ab.

«Polizeiwache Barnard's Crossing, Sergeant Hanks am Apparat ... Kann ich bitte Mr. Benjamin Gorfinkle sprechen?»

«Tut mir leid – er ist eben gegangen.»

«Wohin, Sir? Nach Hause?»

«Ich nehme an, ja ... Was ist denn los?»

«Gut. Dann können wir ihn ja dort erreichen.»

«Moment mal, Sergeant – ich bin sein Schwager, Harvey Kanter von der *Times-Herald* ... Ist ein Unfall passiert? Oder wurde bei den Gorfinkles eingebrochen?»

«Nein, Mr. Kanter, nichts Derartiges.» Und der Beamte legte auf.

Kanter hatte ein unangenehmes Gefühl in der Magengegend und überlegte, was er tun sollte.

# 31

Sergeant Herder von der Bostoner Polizei war bekannt für seine Engelsgeduld; aber die Vernehmung der alten Schlampe, die ihm gegenübersaß, stellte sie auf eine harte Probe.

«Schaun Sie mal, Madelaine – wir sind auf Ihre Mitarbeit angewiesen ... Erinnern Sie sich noch, was ich Ihnen gesagt habe? Der Mann weiß, daß Sie ihn gesehen haben, als er die Wohnung von Wilcox verließ. Darum hat er jetzt wahrscheinlich Angst, und das kann gefährlich werden ... Verstehen Sie?»

Sie nickte eifrig und glotzte ihn weiter an wie hypnotisiert.

«Was verstehen Sie?»

«Er kann gefährlich werden.»

«Gefährlich für wen?»

Sie schüttelte den Kopf. «Weiß ich nicht.»

Sergeant Herder erhob sich und ging mit raschen Schritten zum andern Ende des Zimmers. Er blieb vor der Wand stehen, starrte sie mit leerem Blick an und kam dann langsam zurück. «Er könnte versuchen, Sie umzubringen, Madelaine. So, wie er Wilcox umgebracht hat.»

«Ja, Sir.»

«Ja, Sir – was?»

«Er könnte versuchen, mich umzubringen.»

«Gut. Vergessen Sie das nicht. Wir müssen ihn kriegen, bevor er das womöglich tut. Und um ihn zu finden, müssen wir wissen, wie er aussieht ... Verstehen Sie?»

«Ich weiß doch, wie er aussieht.»

«Ich weiß, daß Sie's wissen. Aber wir müssen's auch wissen. Darum müssen Sie's uns sagen ... Wie groß war er etwa? War er groß oder klein?»

«Also ... So mittel, ja?»

«Welche Haarfarbe?»

«Er hat 'n Hut aufgehabt.»

«Na schön. Und welche Farbe hatte der Hut?»

«Na, eben wie so 'n Hut.»

«Wie ein Hut – fein. Und jetzt passen Sie mal auf, Madelaine: Mein Kollege Donovan hier, der ist ein Künstler. Er kann Bilder malen.»

«Ich weiß, was ein Künstler ist», erklärte sie mit Würde.

«Natürlich wissen Sie's. Endlich kommen wir voran ... Donovan wird Ihnen jetzt ein paar Zeichnungen vorlegen. Auf jeder ist ein anderes Gesicht. Schauen Sie sich die Bilder genau an, und sagen Sie mir dann, welches dem Mann, den Sie gesehen haben, am ähnlichsten sieht ... okay?»

Sie nickte.

«Zeig ihr eins mit Hut, Donovan!»

«Jaaa ...» Sie betrachtete die Skizze. «Also, er war mehr verknautscht, der Hut», erklärte sie schließlich.

«Und das Gesicht?»

«Ja, so hat er ausgesehn.»

«Sehr gut. Jetzt kommen wir weiter ...»

«Moment mal!» Donovan zeichnete mit raschen Strichen ein zweites Gesicht auf ein Blatt, völlig verschieden von dem ersten, und hielt es der Frau vor die Nase: «Und das Gesicht hier?»

«Ja, so hat er auch ausgesehn.»

«Vielleicht probierst du's doch besser noch mal mit den Fotos aus der Kartei», schlug Donovan vor.

Herder schüttelte müde den Kopf. «Wenn sie ihn sähe, würde sie ihn wiedererkennen, da bin ich sicher ... Sie kann ihn bloß nicht beschreiben.»

«Ich frag mich allmählich, ob sie ihn überhaupt gesehen hat.»

«Mit dem andern war's doch dasselbe Theater, mit diesem abgetakelten Footballstar, wegen dem dieser Dings – na ... Lanigan aus Barnard's Crossing angerufen hat ... Aber dann hat sie doch sein Bild unter den Fotos rausgefunden, die wir ihr vorgelegt haben ...» Er wandte sich wieder zu der Frau: «Also Madelaine: Ich werde Ihnen jetzt Bilder zeigen, Fotos ... eine ganze Menge Fotos. Wenn Sie ihn auf einem davon erkennen, sagen Sie Halt ... Kapiert?»

«Klar, Sergeant. Ich mach alles, was Sie wollen.»

# 32

Als das Telefon klingelte, war Mrs. Carter sicher, daß es Moose sein müsse. Aber dann war es eine fremde Stimme:

«Kann ich Mr. Carter sprechen, bitte?»

«Er ist ausgegangen», antwortete sie. «Soll ich ihm etwas bestellen?»

«Hier ist die Polizeiwache von Barnard's Crossing. Wissen Sie, wo Mr. Carter zu erreichen ist? Wann erwarten Sie ihn?»

«Er ist nach dem Abendessen ausgegangen», sagte sie. «Und ich weiß nicht ... Moment mal! Ich höre einen Wagen ... Vielleicht ist er's. Bleiben Sie am Apparat ...»

Sie hörte, wie jemand die Tür aufmachte. «Bist du's, Raphael?» rief sie. «Da ist ein Anruf für dich ...»

Er griff nach dem Hörer. «Ja? Carter hier ...»

«Polizeiwache Barnard's Crossing, Lieutenant Jennings. Könnten Sie bitte zu Hause bleiben, Sir? Sergeant Hanks wird gleich bei Ihnen vorbeikommen.»

«Die Polizei? Ja, aber ... Was soll denn das?»

«Sergeant Hanks wird es Ihnen gleich erklären», sagte die Stimme, und dann machte es *Klick*.

Lieutenant Jennings hatte aufgelegt.

# 33

«Schon merkwürdig, daß eure Eltern allesamt ausgegangen sind», meinte Polizeichef Lanigan. «Wann kommen sie denn nach Hause?»

Stu zuckte die Achseln.

Didi sagte: «Ich hab einen Zettel auf dem Küchentisch gefunden. Sie sind ins Kino – das ist alles, was ich weiß ... Das heißt, im *Seaside* sind sie nicht; den Film kennen sie schon ... Und hinterher wollten sie vielleicht noch irgendwo 'n Kaffee trinken.»

«Dann werden wir eben immer wieder anrufen – so lange, bis wir sie erreichen. Ihr bleibt inzwischen hier ... Macht keinen Ärger, ja?»

Er ließ die drei in seinem Büro zurück. Die beiden Jungen hockten stumm auf einer Bank an der Wand, Didi saß in einem Sessel am Fenster. Sie sah verstört aus; ihre Augen waren verschwollen. Der Schock hatte sie aus der Fassung gebracht: Erst der Tod des Jungen, mit dem sie eben noch gesprochen hatte, und dann die Festnahme ... Aber sie hatte sich wieder einigermaßen in der Gewalt; mißmutig starrte sie aus dem Fenster in die Dunkelheit hinaus.

Stu rückte näher zu Bill Jacobs. «Du, die lassen uns erst laufen, wenn unsere Alten uns hier abholen», flüsterte er. «Soll ich ihnen sagen, daß meine bei Tante Edith zu Besuch sind?»

«Du hast ihnen doch erzählt, du weißt nicht, wo sie sind», flüsterte Bill zurück.

«Nein, hab ich nicht. Er hat nur gefragt, ob wir wüßten, wann unsere Eltern heimkommen. Wo sie sind, hat er nicht gefragt.»

«Laß mal. Wir halten besser den Mund. Wenn er immer wieder anruft, und es meldet sich keiner, dann läßt er uns vielleicht laufen.»

Stu lehnte sich mißmutig zurück und trommelte nervös mit den Fingern auf der Bank. Nach einer Weile rückte er wieder zu Bill. «Du, Bill ... Sollten wir ihnen nicht sagen, wie wir Moose gefunden haben?»

«Klar. Warum nicht? *Du* bist ja aus'm Schneider», sagte Bill bitter. «Dir kann's egal sein.»

«Wie meinst du das?»

«Na ja, du warst zuerst nicht im Haus, während dem Gewitter. Und als wir wieder rein sind, war er schon tot. Aber Didi und ich ...»

«Früher oder später kommen sie bestimmt dahinter.»

«Hinter was denn? Ich hab vorhin gehört, wie sie sich unterhalten haben. Sie tippen auf Alkoholvergiftung.»

«Na ja – die haben natürlich keine Ahnung. Aber bei der Obduktion ... Ein Arzt merkt doch, ob einer an Alkoholvergiftung eingegangen ist, oder ob er erstickt worden ist!»

«Ich sag ja nicht, daß wir es verschweigen sollen», lenkte Bill ein. «Aber ich glaube, wir brauchen ihnen nichts zu sagen, ehe wir mit einem Anwalt gesprochen haben – und das dürfen sie nicht zu unseren Ungunsten auslegen», erklärte er mit einer Sicherheit, die er in Wirklichkeit nicht empfand. «Das ist Gesetz.»

«Vielleicht hast du recht ... Wenn nur endlich mein Alter käme!» murmelte Stu mutlos. «Er wird mich anschnauzen, weil ich da reingeschliddert bin. Aber wenigstens weiß er, was zu tun ist. Er wird schon dafür sorgen, daß sie uns anständig behandeln ... Was meinst du, wer es getan hat?»

Bill schüttelte den Kopf. «Ich hab die Tür nicht abgeschlossen. Jeder konnte rein.»

«Sag mal – dieser Jenkins ... Ihr habt doch erzählt, Moose

hat ihn dauernd auf die Schippe genommen, und ... Du, die lassen sich neuerdings auch nicht mehr alles gefallen.»

«Jaaa ... Und nachdem er bei Didi losgefahren war, hatte er reichlich Zeit, noch vor uns nach Tarlow's Point ...»

Sie sahen sich an, aber keiner sagte etwas.

# 34

«Was hast du anderes erwartet, David? Mr. Wasserman ist ein alter Mann und denkt praktisch. Ich weiß, wie dir zumute ist, aber manchmal muß man eben Kompromisse schließen. Du selbst hast gesagt, *Parnassah* sei wichtig, um gut zu leben ...» Sie umsorgte ihn mütterlich, brachte ihm die Hausschuhe, goß ihm heißen Tee mit viel Whisky und Zitrone ein. «Trink, Liebling», drängte sie ihn zärtlich, «das tut gut gegen die Erkältung.»

«Den Lebensunterhalt verdienen, das ist eine Notwendigkeit», entgegnete er. «Gut zu leben, viel Geld zu verdienen, das ist Luxus. Ich brauche keinen Luxus, um mich wohl zu fühlen ... Ich habe nichts dagegen; ich bin kein Asket. Aber viel Geld ist keine Lebensnotwendigkeit.»

«Aber wohin du auch gehst, gibt es mehr als eine Synagoge – außer in Provinznestern wie Barnard's Crossing. Und das bedeutet Konkurrenz.»

Er schüttelte müde den Kopf. «Du verstehst mich nicht, Miriam. Der Rabbi wird zwar von der Gemeinde bezahlt, weil das zufällig das einfachste, das sinnvollste Verfahren ist. Aber das macht ihn noch lange nicht zum Angestellten der Synagoge. Ein Richter, der vom Staat bezahlt wird, bleibt trotzdem unabhängig in seinen Entscheidungen. Und wenn das Gerichtsgebäude abbrennt, bedeutet das doch nicht, daß er dadurch plötzlich aller Pflichten und jeder Verantwortung ledig wäre ... Aber wenn sich die Gemeinde hier spalten sollte, ergäbe sich zwangsläufig eine sehr unerfreuliche Situation. Die beiden Rabbiner wären dann automatisch so etwas wie Verkaufsargumente bei der Mitgliederwerbung ... Und da mach ich nicht mit.»

«Wenn du aber immer darauf bestehst, der Rabbi sämtlicher Juden einer Gemeinde zu sein, werden wir zeitlebens in der Provinz leben müssen!»

«Nun, ich mag kleine Städte. Du nicht?»

«Jaaa ... Aber Kleinstädte bedeuten kleine Gemeinden, und kleine Gemeinden zahlen niedrige Gehälter. Hast du denn gar keinen Ehrgeiz?»

«Doch – natürlich!» Er sah sie erstaunt an. «Sonst würde ich doch nicht so viel Zeit an meine Studien hängen. Aber mein Ehrgeiz besteht darin, Rabbi zu sein und weiter nichts. Ich habe nicht die Absicht, das Rabbinat als Sprungbrett für eine besser bezahlte und angesehenere Tätigkeit zu benutzen. Es sagt mir nichts, mit viel Pomp in einer großen Gemeinde zu amtieren, wo ich mich den Menschen nicht mehr widmen kann, weil ich ständig auf Vortragsreisen bin. Das liegt mir nicht ...» Er streichelte zärtlich ihre Hand: «... und dir auch nicht. Vielleicht wärst du am Anfang stolz auf mich, wenn mein Bild in der jüdischen Presse erschiene. Aber auch daran würdest du dich bald gewöhnen. Abgesehen davon wäre ich dazu wohl kaum geeignet.»

«Manchmal muß man Kompromisse schließen, David. Sonst ...»

«Sonst was?»

«Sonst werden wir nie lange an einem Ort bleiben.»

«Wir sind immerhin schon fast sechs Jahre hier. Aber du hast recht, wir können nicht ewig umherzigeunern. Schon wegen Jonathan nicht. Und ich habe darüber nachgedacht: Ich kann hingehen, wo ich will – es gibt überall Gorfinkles und Paffs.»

«Was hast du also vor?» fragte sie leise.

Er zuckte die Achseln. «Oh, ich fahr diese Woche mal nach

New York zu Hanslick und sag ihm, daß ich eine andere Stelle suche. Vielleicht als Studentenrabbi . . .»

«David, bist du deshalb so . . .» Störrisch, hatte sie sagen wollen; sie stockte jedoch und verbesserte sich: «. . . so resolut angesichts dieser Situation?»

Er blickte sie forschend an, dann mußte er lächeln. «Katholiken haben ihren Beichtvater, Juden ihre Frauen . . . Ich mag übrigens unser System lieber.»

«Du weichst mir aus!» sagte sie streng, mußte dann aber doch lachen.

«Tu ich das? Hmmm . . . Ja, wahrscheinlich hast du recht. Und ich glaube, meine starre Haltung hängt tatsächlich damit zusammen – zum Teil wenigstens. Aber hat es dir nicht gefallen in Binkerton, die drei Tage? Weißt du, ich habe die ewigen Streitereien einfach satt. Und das geht nun schon sechs Jahre lang so . . . Ja, natürlich – mit einem bißchen Stunk hin und wieder hatte ich gerechnet, vor allem zu Anfang. Aber hier komme ich ja nicht dazu, mich meinen eigentlichen Aufgaben zu widmen! Ich bin ja dauernd damit beschäftigt, um meine Stellung zu kämpfen! Nein, Liebling: Ich bin es einfach leid!»

«Du hattest doch auch in Binkerton eine Auseinandersetzung», wandte sie ein.

«Das war etwas anderes. Eine Prinzipienfrage . . . Ich weiß nicht, vielleicht bin ich hier in die falsche Gemeinde geraten. Die Leute sind so . . . so händelsüchtig.» Er wanderte nervös im Zimmer auf und ab, die Hände in die Hosentaschen vergraben.

«Na ja, Passivität war nie eine jüdische Eigenschaft», bemerkte Miriam sanft. «Glaubst du etwa, die Söhne und Töchter in den Colleges werden anders sein als die Eltern?»

«Nein. Aber ich hoffe, daß sie über wichtigere Dinge streiten werden als . . . Na, als die Sitzordnung in der Synagoge. Überhaupt, es ist nicht nur das. Ein Rabbi ist vor allem ein Gelehrter. Und um zu studieren, braucht er Muße. Ich denke, daß ich als Studentenrabbi mehr Zeit hätte, um . . .»

«Aber hier leistest du praktische Arbeit, David! Im College würdest du nur trockene Vorlesungen halten.»

«Und wenn mir das zur Abwechslung einmal Spaß machen würde?»

«Ach, du ...» Sie biß sich auf die Lippen. «Du bist ein Traumtänzer, David. Sag mir lieber, wie das jetzt hier weitergehen soll. Wirst du den Gemeinde-*Seder* Sonntag abhalten? Hast du dir das schon überlegt?»

«Nein. Aber da du's erwähnst: Ich finde, solange ich nicht gekündigt habe oder abgewählt bin, so lange bin ich hier der Rabbi. Folglich werde ich den *Seder* abhalten ... Gorfinkles neue Ritualkommission könnte natürlich auch den Kantor bestimmen oder Brooks. Mir wäre das gleichgültig. Für einen abgeschossenen Rabbi ist es vielleicht ohnehin ein bißchen peinlich ... Der *Seder* ist ja auch im Grunde keine Gemeindeveranstaltung, sondern ein Familienfest. Sie machen's ja überhaupt nur deshalb in der Synagoge, weil viele Leute zu faul sind, zu Hause einen *Seder* abzuhalten. Oder weil sie nicht wissen, was dabei zu tun ist.»

«Und was machst du, wenn sie jemand anders bestimmen?»

«Dann bleib ich eben daheim.»

«Aber ...»

Es klingelte an der Tür.

«Wer kann denn das noch sein?» rief der Rabbi. «Es ist gleich elf.»

Miriam eilte zur Tür. «Ach – Sie, Mr. Carter? Bitte ... Treten Sie ein.»

Er ließ sich ins Zimmer führen und setzte sich behutsam auf die Vorderkante des Sessels, der ihm angeboten wurde. Er saß sehr aufrecht. «Mein Sohn ist tot», sagte er.

Der Rabbi und seine Frau sahen sich bestürzt an.

«Oh, Mr. Carter, das ist ja ...» Miriam schüttelte den Kopf. «Das ist ja entsetzlich!»

«Wie ist es passiert?» fragte der Rabbi ruhig. «Erzählen Sie. Kann ich etwas für Sie tun?»

«Vielleicht», sagte Carter. «Die Polizei hat angerufen, und

dann kam einer, mit dem mußte ich auf die Wache ... Ich hab ihn immer wieder gefragt, aber es war nicht aus ihm rauszukriegen, was eigentlich los war. Na ja – Lanigan hat's mir ja dann gleich gesagt. Er war selber da ... Ich mußte ihn identifizieren ...» Er lachte bitter auf: «Das Bild meines Jungen war letztes Jahr fast jede Woche in der Zeitung, und alle haben sie ihn gekannt. Aber ich mußte ihn identifizieren!»

«Vermutlich eine Formsache», bemerkte der Rabbi. «Das muß wohl sein.»

«Ja, wahrscheinlich.»

«Wie ist er denn gestorben? Woran, meine ich?»

«Sie haben sich da nicht so festgelegt. Sie haben nur gesagt, daß er getrunken hat, und zwar eine Menge ... Na klar, das Zeug ist Gift. Eine Intoxikation, haben sie gesagt ... Das ist lateinisch und heißt Vergiftung. Wußten Sie das?»

Der Rabbi nickte.

«Sie haben ihn im Krankenwagen gebracht», berichtete Carter weiter. «Da lag er drin, unter einer Decke. Der Kopf war vorn im Wagen, und ich mußte reinklettern ... Lanigan kommt hinterher und zieht die Decke weg. ‹Ist das Ihr Sohn?› fragt er. ‹Ja›, sag ich, ‹das ist mein Sohn› ... Dann haben sie mir erzählt, wie sie ihn gefunden haben. In der Hillson-Villa. Er lag auf der Couch und roch nach Whisky. Wenn man das Zeug so schnell trinkt, daß es der Körper nicht mehr loswerden kann, sagt Lanigan, ist es lebensgefährlich ... So muß das dann ja wohl passiert sein.»

«Sie sagten, ich könnte vielleicht helfen», erinnerte der Rabbi. «Soll ich mich nach näheren Einzelheiten erkundigen?»

«Nein.» Der Tischler schüttelte den Kopf. «Es wird schon so gewesen sein, wie Lanigan sagt. Ich wußte, daß Moose trank. Schon in der High School ...» Er verstummte. Nach einer Weile fuhr er fort: «Lanigan hat mich heimgefahren und gewartet, bis ich's meiner Frau beigebracht hatte ... Sie hat durchgedreht. Lanigan hat den Arzt geholt, und der gab ihr 'ne Spritze ... Gott wird mir verzeihen, daß ich nicht das Herz hatte, es zu verhindern.»

«Wie geht es ihr jetzt?» fragte Miriam mitfühlend.

«Sie schläft. Meine Älteste ist bei ihr.» Er rieb sich die Augen. «Ich bin dann noch mal zur Polizei, um zu fragen, wann ich die Leiche holen lassen kann, wegen der Beerdigung. Lanigan war inzwischen auch wieder da, und er hat mir gesagt, er kann noch nicht beerdigt werden, weil sie erst eine Obduktion machen müssen. Um die Todesursache mit Sicherheit festzustellen.»

«Das verlangt wohl das Gesetz», sagte der Rabbi.

«Ich will das aber nicht. Ich kenne die Todesursache. Lanigan hat's mir ja gesagt. Warum wollen sie ihn da noch aufschneiden?»

«Um ganz sicher zu sein, nehme ich an.»

«Ja, wie sicher müssen sie denn noch sein? Ich denke, sie sind sicher – Lanigan hat's doch gesagt ... Nein, ich will das nicht. Der Körper ist der Tempel des Geistes, Rabbi. Und wenn auch der Geist jetzt nicht mehr drin ist, deswegen darf man den Tempel noch lange nicht zerstören. Das kann ich nicht zulassen. Es ist gegen meinen Glauben ...» Er sah den Rabbi durchdringend an. «Verstehen Sie mich recht – ich suche keinen Streit mit der Polizei oder mit der Stadtverwaltung, aber wenn die darauf bestehen, wird es Streit geben. Ja, und ...» Er zögerte, fuhr aber gleich wieder fort: «Es heißt, daß Sie mit Lanigan befreundet sind, Rabbi. Da hab ich mir gedacht, vielleicht können Sie mal mit ihm reden.»

«Ja – aber auf welcher Rechtsgrundlage? Ich bin kein Anwalt; ich kann Sie nicht vor dem Gesetz vertreten. Warum nehmen Sie keinen Anwalt?»

Carter schüttelte den Kopf. «Ich will keinen Streit, Rabbi. Wenn die Sache vor Gericht kommt, werd ich mir schon einen Anwalt nehmen. Einstweilen geht's nur darum, ob man Lanigan überzeugen kann ... Bitte, Rabbi! Versuchen Sie's. Um meinetwillen und um meiner Frau willen!»

«Gut. Ich werde mit ihm sprechen», erklärte der Rabbi.

«Aber machen Sie sich keine großen Hoffnungen. Wie ich Lanigan kenne, würde er eine solche Bitte nicht abschlagen, wenn er nicht gute Gründe dafür hätte. Und wenn er die hat, werde auch ich nicht viel ausrichten können ... Aber wenn Sie wollen, spreche ich mit ihm.»

«Wann?» fragte Carter mit Nachdruck.

«Wann Sie wollen.»

«Dann tun Sie's gleich. Jetzt. Heute abend noch.»

## 35

«Hast du schon mit den Hillsons gesprochen?» fragte Lanigan.

«So gut wie.» Lieutenant Jennings grinste. «War aber nicht ganz einfach ... Die Haushälterin hat sich gemeldet. Mann, die hat vielleicht Haare auf den Zähnen – na! Die Mädchen schlafen schon, hat sie gesagt ... Mädchen ist gut; die jüngere von den beiden Schwestern ist Mitte Siebzig ... Ja, und sie wird sie auf keinen Fall wecken, und überhaupt, um die Tageszeit rufen anständige Leute nicht mehr an, und es ist ihr ganz egal, ob ich auf der Polizeiwache sitze oder im Pentagon.»

«Hat sie Pentagon gesagt?»

«Wörtlich. Und aufgelegt ... Ich ruf sie also wieder an und sag ihr, wenn sie das noch mal macht, laß ich sie von der Streife abholen. Daraufhin wurde sie umgänglicher und wollte wissen, was los ist. Ich sag zu ihr, jetzt ist keine Zeit für lange Erklärungen – so ganz ruhig, ja? Keift sie mich doch an, jetzt langt's ihr aber, jetzt ruft sie die Polizei an – *ihre* Polizei ... Also, es war schon sehr lustig. So nach und nach hab ich dann rausgekriegt, daß sie das Haus verkaufen wollen, und die Maklerfirma Bellmore in Lynn hat die Schlüssel.

Gott sei Dank fiel mir gleich ein, daß das bloß der Firmenname ist, zusammengezogen aus Bell und Morehead, und daß John Morehead hier in Barnard's Crossing wohnt. Ich ruf ihn also an, und er sagt, er hat den Schlüssel jemand gegeben, einem Interessenten, der heute abend um halb neun mit ein paar Leuten da draußen verabredet war. Er konnte nicht selber rausfahren, sagt Morehead, weil ...»

«Hat er gesagt, wer die Leute sind?»

«Wußte er selber nicht. Er kennt nur den Mann, dem er den Schlüssel gegeben hat.»

«Und wem hat er ... Mensch, mach's doch nicht so spannend!»

«Meyer Paff. Weißt du, der ...»

«Ja, ich weiß. Der mit den Kegelbahnen.»

«Genau. Überall hat er welche: in Lynn, in Revere ... bis rauf nach Gloucester.»

«In Lynn ...» Lanigans Augen glänzten. «Ausgerechnet in Lynn! Kevin O'Connor hat mich vor ein paar Tagen angerufen und sich nach Paff erkundigt ... Die Polizei von Lynn hat ein Auge auf die Kegelbahn dort. Möglicherweise ein Umschlagplatz für Hasch.»

«Na, ich weiß nicht ... Da kann er viel überwachen; wo sich junge Leute rumtreiben, wird heutzutage mit Hasch gehandelt.»

«Ja, aber überleg doch mal: Moose Carter ist tot, und wir finden das Zeug in seiner Tasche. Eine Zeugin hat ihn ein paar Stunden zuvor in Boston bei diesem Wilcox gesehen – bei Wilcox, der im Verdacht steht, mit Rauschgift zu handeln. Bei Wilcox, der auch tot ist ... Und wo wird Moose gefunden? In der Hillson-Villa, zu der Meyer Paff den Schlüssel hat, wo er heute abend verabredet war ... Der gleiche Meyer Paff, der eine Kegelbahn in Lynn hat, von der die dortige Polizei annimmt, daß dort Rauschgift gehandelt wird – und wo Moose gearbeitet hat ... Ich finde, das addiert sich ganz nett!»

«Du addierst Zufälle.»

«Hm ... Immerhin, der Zufall, daß beide mit Rauschgift zu tun haben – also gut, im Fall Paff habe ich nur den Namen in Zusammenhang mit Rauschgift nennen hören ... Durch diesen Zufall bin ich ja erst auf die Idee gekommen, mal bei den Kollegen in Boston anzurufen: Wilcox rauschgiftverdächtig, tot; Moose, Rauschgift in der Tasche, tot ... So sind wir dann darauf gekommen, daß Moose heute diesen Wilcox besucht hat ... Hast du Paff schon angerufen?»

Lieutenant Jennings blickte seinen Chef aus hellblauen, wässerigen Augen vorwurfsvoll an. «Ich hab doch eben erst mit Morehead gesprochen, Hugh.»

«Schon gut. Knöpf dir den Paff mal vor.»

«Heute abend noch? Jetzt gleich?»

«Ja. Schaff ihn her. Er soll eine Aussage machen ... Vielleicht kann er nachher besser schlafen.»

Jennings grinste. «Kapiert.»

## 36

Polizeichef Lanigan sah erstaunt auf, als der Rabbi vor ihm stand. «Sind Sie Hellseher, Rabbi?»

«Wieso?»

Lanigans breites rotes Gesicht verzog sich zu einem Lächeln. Er fuhr sich mit der Hand durch den weißen Haarschopf und lehnte sich entspannt in seinen Drehstuhl zurück. Trotz des Lächelns blieben die ehrlichen blauen Augen wachsam. «Ich freu mich immer, wenn wir uns mal sehen, das wissen Sie, Rabbi. Aber ich kann mir nicht vorstellen, daß Sie bei dem Sauwetter rübergekommen sind, bloß um mir guten Abend zu sagen ... Oder hatten Sie zufällig in der Gegend zu tun?»

«Ich komme wegen Moose Carter. Sein Vater ...»

«Erzählen Sie mir nicht, der gehört zu Ihrer Gemeinde!» grinste Lanigan. «Die Angelegenheit fällt wohl nicht ganz in Ihr Ressort.»

«Ich bin auf Carters ausdrücklichen Wunsch hier. Genügt das nicht als Legitimation?»

«Na ja ... Nicht so ganz, fürchte ich.» Lanigans Grinsen wurde noch breiter.

Der Rabbi verstand Lanigans Haltung nicht, aber er ließ sich nicht aus dem Konzept bringen. «Sie haben Carter gesagt, sein Sohn sei an einer Alkoholvergiftung gestorben. In Ordnung; er akzeptiert Ihren Befund. Er will nichts weiter als ein anständiges Begräbnis für den Jungen. Aber, wenn ich recht verstehe, wollen Sie die Leiche nicht freigeben. Sie haben von einer Obduktion gesprochen. Nun hat Carter seine Grundsätze. Seine religiöse Überzeugung läßt eine Obduktion nicht zu.»

«Religiöse Überzeugung? Ich bitte Sie! Der Kerl spinnt doch einfach!»

«Nicht in dem Maß, wie Sie meinen. Er würde sich nicht widersetzen, wenn es darum ginge, die Todesursache festzustellen. Aber das ist ja hier nicht der Fall – die kennen Sie ja.»

«Eben da irren Sie, Rabbi. Ich habe Carter gesagt, was ich von der Sache *halte*. Vieles spricht für eine Alkoholvergiftung, aber so genau wissen wir das noch nicht. Es muß da noch eine ganze Menge geklärt werden ... Kannten Sie den Jungen?»

Der Rabbi schüttelte den Kopf.

«Er war ein Hüne, um die zweihundert Pfund schwer. Und bei Alkoholvergiftung spielt bekanntlich das Gewicht eine Rolle, die Größe, ganz allgemein die körperliche Verfassung. Ein großer, dicker Mann verträgt mehr als ein Fliegengewicht. Wenn man eine entsprechende Menge Alkohol schnell runtergießt – schneller, als sie der Körper verarbeiten kann –, so tritt eine Lähmung der Nerven ein, die den Atmungsapparat steuern, und damit der Erstickungstod.

Nach dem bisherigen Stand der Untersuchung spricht nichts dafür, daß er eine tödliche Menge intus hatte ... Aber die Sache hat noch einen anderen Aspekt. Kommen Sie – ich will Ihnen was zeigen.»

Er führte den Rabbi in einen Büroraum neben dem Haupteingang. Aus einem Aktenschrank holte er einen großen braunen Umschlag und leerte den Inhalt auf den Tisch: einen Tabaksbeutel aus Plastik, den er aufmachte und dem Rabbi unter die Nase hielt: «Was halten Sie davon?»

Der Rabbi schnupperte daran, dann nahm er ein wenig von dem grünlichen Zeug und führte es vorsichtig an die Zungenspitze.

«Vorsichtig, Rabbi! Sie kommen mit dem Gesetz in Konflikt.»

«Dann ist es also ...»

«*Grass, pot*, Hasch, Marihuana ... Wir haben's in Mooses Hosentasche gefunden. Und hier ist seine Brieftasche ...» Er öffnete sie. «Mit zwei nagelneuen Zwanzig-Dollar-Noten. Und jetzt dürfen Sie mich fragen, was daran so interessant ist.»

«Also gut: Was ist daran so interessant?»

«Die Tatsache, daß Moose Carter bis gegen Mittag keinen Cent besaß. Für die Fahrt in die Stadt mußte er seine Mutter um zwei Dollar anpumpen.»

«Sie meinen, er hat mit dem Zeug gehandelt?»

«Möglich. Aber die Hauptsache kommt erst: Heute ist in Boston ein Mann namens Wilcox ermordet worden. Es kam über den Fernschreiber; das Rauschgiftdezernat der Bostoner Polizei hatte ihn schon seit einiger Zeit in Verdacht. Kurz vor Schalterschluß hatte er in seiner Bank einen Scheck über fünfhundert Dollar eingelöst und bekam lauter nagelneue Zwanzigerscheine – und neue Scheine sind immer fortlaufend numeriert. Als wir dann in Mooses Tasche den Beutel mit dem Zeug fanden, rief ich auf gut Glück die Kollegen in Boston an ... Vielleicht besteht da irgendeine Verbindung, dachte ich. Und so kamen wir auch auf die Sache mit dem Geld.

Wilcox hatte noch vierhundertsechzig Dollar bei sich, laufend numeriert – und die beiden Scheine, die Moose hatte, tragen die folgenden Nummern.»

«Glauben Sie, daß Moose diesen Wilcox umgebracht hat?»

«Nein. Es steht fest, daß Wilcox noch am Leben war, als Moose das Haus verließ.»

«Steht auch zweifelsfrei fest, daß Moose bei ihm war?»

«Die beiden Geldscheine sprechen ziemlich eindeutig dafür», meinte Lanigan trocken. «Mir würden sie jedenfalls als Beweis genügen.»

«Er kann sie ja von jemand bekommen haben, der sie von Wilcox hatte.»

«Könnte er, ja. Hat er aber nicht. In Boston haben sie einen Augenzeugen, der Moose zu Wilcox gehen sah ... Verstehen Sie jetzt, daß ich die Leiche vorläufig nicht freigeben kann?»

Der Rabbi nickte langsam.

«Na also.» Lanigan lächelte wieder. «Warum fragen Sie nicht, wie wir Moose überhaupt gefunden haben?»

«Schießen Sie los.» Der Rabbi hatte ein ungutes Gefühl.

«Wir erhielten einen Anruf von einem gewissen Begg. Er wohnt in einem Nebengebäude vom Hillson House – das ist die leerstehende alte Villa draußen am Tarlow's Point, wissen Sie ... Ja, und er sagte, er hätte Licht im Haus gesehen. Wir schickten gleich einen Streifenwagen hin, und die Beamten stellten vor dem Haus drei Jugendliche, die gerade davonfahren wollten; ein Mädchen und zwei Jungen ... Und wissen Sie, wen wir da aufgegriffen haben, Rabbi? Der eine Junge ist der Sohn Ihres Gemeindevorstehers, und die beiden anderen jungen Leute, William Jacobs und Diane Epstein, gehören auch zu Ihren Schäfchen.»

# 37

«Hast du Sorgen, Liebling?» fragte Samantha und goß Kaffee nach.

«Sorgen? Nein. Warum?»

«Du bist so schweigsam heute abend.»

«Ach, ich habe nur darüber nachgedacht, wie Ben wohl mit dem Rabbi zurechtgekommen ist», sagte Roger Epstein. «Ich hatte eigentlich erwartet, daß er anruft und berichtet.»

«Sie wollten zu ihrer Schwester nach Lynn – Sarah sagte gestern so etwas ... Na, Ben wird den Rabbi über eure neue Synagogenpolitik aufgeklärt und ihm nahegelegt haben, mitzumachen.»

«Ja, eben. Und wie ich den Rabbi einschätze, ist er kein ... na – Befehlsempfänger.»

Samantha blickte von ihrer Tasse auf. «Du meinst, er ist störrisch?»

«Nnnein ... Nein, das nicht. Aber ich glaube, er ist kein Mann, der Kompromisse schließt. Er ist einer, der nichts tut, wovon er nicht restlos überzeugt ist.»

«Aber wenn es Ben anordnet ...»

«Und wenn er sich trotzdem weigert?»

«Muß er denn nicht tun, was Ben sagt? Er ist ja schließlich kein Priester, der vom Bischof eingesetzt wird. Ihr könnt ihm doch kündigen oder nicht?»

«Können wir, ja. Und das haben wir auch auf der Vorstandssitzung beschlossen: Ben soll ihm erklären, was wir vorhaben; wenn er dann nicht mitspielen will – oder wenn Ben den Eindruck gewinnt, er will nicht mitspielen; das zu beurteilen haben wir Ben überlassen – dann soll er dem Rabbi sachte beibringen, daß er hier nicht mehr sehr alt wird ...» Er fuhr sich mit der Hand durchs Haar. «Ich habe mir das alles noch mal durch den Kopf gehen lassen, und jetzt frage ich mich, ob das eine sehr gute Idee war. Im ersten Augenblick hatte mich Ben überzeugt: Der Rabbi könnte seine

Stellung ausnutzen, um die Opposition zu unterstützen – in seinen Predigten, beim Sabbatgottesdienst, beim Gemeinde-*Seder* nächste Woche und was weiß ich noch alles. Wenn es nicht gelingt, ihn zu neutralisieren, meinte Ben, dann müssen wir ihn eben feuern ... Keiner von uns hat widersprochen.»

«Das klingt doch ganz vernünftig.»

«Mag sein. Aber vielleicht übertreibt Ben ein bißchen. Und außerdem ...» Er zögerte.

«Außerdem?»

«Außerdem habe ich ein komisches Gefühl bei der Sache.»

«Wieso? Wie meinst du das?»

«Na ja ... Schau mal, ich bin da einfach so reingeschliddert, ja? Das ist doch alles neu für mich. Ich bin erst seit ein paar Jahren in der Gemeinde – weil mich Ben Gorfinkle dazu überredet hat ... Ja, gut – und weil ich dachte, daß ich die Gemeinde als Institution benutzen könnte, um verschiedene Dinge zu fördern, die mir am Herzen liegen. Die Sache mit den Sozialfonds zum Beispiel. Aber sonst ... Na, also, ich bin jedenfalls neu in der Branche, ja? Wie komme ich da eigentlich dazu, einem Rabbi Vorschriften zu machen, ihn womöglich zu feuern? Ich finde das verdammt überheblich von mir.»

## 38

«Also gut – es fing an zu regnen, und ihr seid zum Haus gelaufen», wiederholte der Rabbi. «Und dann?»

«Zuerst haben wir uns unter das vorspringende Dach gestellt», berichtete Bill Jacobs. «Aber das Gewitter wurde immer heftiger, und da bekamen die Mädchen Angst ... Es war ganz nahe – man kann das leicht ausrechnen, wenn man den Zeitraum zwischen Blitz und Donner ...»

«Ich weiß. Weiter.»

«Ja, also ... Dann hat Moose vorgeschlagen, wir sollten doch reingehen.»

«Der Vorschlag kam von ihm? Bist du sicher?»

«Ja, das stimmt», bestätigte Didi. «Ich weiß es noch genau: Einer fragte ihn, wie wir da reinkommen sollten; da hat er bloß abgewinkt und gesagt, kleine Fische. Und dann hat er sich kurz an einem der rückwärtigen Fenster zu schaffen gemacht, und schon war's auf – es ging so schnell, daß ich nicht gesehen habe, wie er es angestellt hat.»

«Hattet ihr keine Angst, daß euch jemand sehen könnte?»

«In der ganzen Gegend gibt's nur noch ein weiteres Haus», sagte Bill. «Das, wo dieser Begg wohnt, der dann auch die Polizei gerufen hat. Und Moose hat gesagt, der läßt uns bestimmt in Ruhe.»

«Dann ist also einer ins Haus geklettert und hat die andern reingelassen?»

«Ja, Adam Sussman – er ist der kleinste.»

«Das Fenster geht nach hinten hinaus, sagst du. Habt ihr auch den hinteren Eingang benutzt?»

«Ja.»

«Warum seid ihr dann im Wohnzimmer im vorderen Teil des Hauses gelandet?»

«Wir wollten kein Licht machen, und in das Wohnzimmer fiel ein bißchen Licht von der Straßenlaterne gegenüber. Außerdem war es das einzige Zimmer, wo's genügend Stühle gab.»

«Seid ihr die ganze Zeit in diesem Raum geblieben?»

«Mehr oder weniger. Am Anfang gab's ein bißchen Hin- und Hergelaufe – jemand hat das Klo gesucht und so –, aber die meiste Zeit waren wir im Wohnzimmer. Außer Moose natürlich.»

«Wieso natürlich?»

«Weil er plötzlich mit einer Whiskyflasche auftauchte. Folglich muß er ein bißchen rumgestöbert haben.»

«War sie voll?»

«Ja. Er mußte erst die Kapsel aufkriegen ... Er hat ringsum angeboten, aber keiner von uns wollte. Da hat er den Whisky runtergekippt wie vorher am Strand unten das Bier. Nur so, zum Angeben.»

«Und dann?»

«Dann hat er angefangen zu randalieren.»

«Zu randalieren? Was hat er denn angestellt?»

«Er ist hinter den Mädchen hergewesen.»

«Und was habt ihr andern da getan?»

Jacobs wurde rot.

«Ach, wissen Sie, er hatte viel zuviel getrunken, um ernstlich ... Wir fanden es eigentlich nur komisch. Ein- oder zweimal haben wir ihm gesagt, jetzt langt's, laß das. Aber sonst ... Wir haben halt gelacht ... Er hat euch doch nicht wirklich belästigt, Didi?»

Sie schüttelte den Kopf.

«Und dann war's auf einmal soweit. Er lief knallrot an und setzte sich einfach auf den Fußboden. Der Schweiß lief ihm runter; er sah schrecklich aus. Ich sagte, komm, wir pakken dich irgendwo auf 'ne Couch, und er wollte auch, aber er kam nicht hoch. Da haben wir ihn abgeschleppt, Adam, Jenkins und ich ... Jenkins, das ist der Neger, ja? Und kaum hatten wir ihn glücklich in der Horizontalen, da fing er auch schon wieder an, Jenkins dumm anzureden – dreckiger Nigger und so –, und er schlug um sich, wollte aufstehen und was weiß ich noch alles ... Nun lag auf der Couch so 'n Schonbezug aus Plastik, ja? Sag ich, was ist – wickeln wir ihn doch einfach in das Ding, dann wird er schon Ruhe halten ... Das haben wir dann getan. Und dann ist er gleich eingeschlafen.»

«Woher weißt du, daß er schlief?» fragte der Rabbi scharf.

«Weil er geschnarcht hat.»

«Gut. Und ihr habt euch wieder ins Wohnzimmer verzogen?»

«Ja. Bis Stu auftauchte.»

«Und später seid ihr zurückgefahren, um Moose abzuholen?»

«Ja», bestätigte Bill. «Wir sind in das Zimmer gegangen, wo wir ihn gelassen hatten. Ich knipste die Taschenlampe an, und ...» Er zögerte und blickte Stu und Didi fragend an.

«Weiter!» Stus Stimme klang heiser. «Sag schon alles!»

# 39

«Ja, ich habe einen Schlüssel für die Hillson-Villa.» Paff war auf der Hut.

«Waren Sie heute abend dort?» fragte Lieutenant Jennings.

«Ich war dort, aber ich bin nicht hineingegangen ... Sagen Sie mal, was soll das alles?»

«Ach, es gab da ein bißchen Ärger, und jetzt müssen wir der Sache nachgehen», sagte Jennings leichthin. «Also, wann waren Sie dort?»

«Ich war um halb neun vor dem Haus verabredet. Ich kam etwas später, und ich dachte, bei dem Regen kommt sowieso keiner. Als dann tatsächlich weit und breit kein Mensch zu sehen war, bin ich gleich weitergefahren.»

«Kamen Sie nicht auf den Gedanken, daß sich Ihre Freunde vielleicht auch verspätet hatten? Ich finde es merkwürdig, daß Sie nicht gewartet haben.»

Paff zuckte mit den Achseln. «Ursprünglich hatten wir uns zu viert verabredet. Dann rief der erste an und entschuldigte sich – er könne nicht kommen. Und gleich darauf sagt der zweite ab. Da war ich schon sauer und hatte keine rechte Lust mehr. Na, und das Gewitter ... Ich dachte, was soll's – zwei haben mich versetzt, jetzt darf ich wohl auch mal einen versetzen! Aber das ist mir nicht geglückt: Wie ich nämlich nach Hause komme und bei ihm anrufe, sagt er, er ist erkältet, und bei dem Dreckwetter geht er nicht aus.»

«Danke», sagte Jennings und klappte sein Notizbuch zu. «Das wär's wohl ... Aber der guten Ordnung halber möchte ich Sie bitten, noch mit zur Wache zu kommen und eine Aussage zu machen.»

«Was war denn das, wenn nicht 'ne Aussage?»

«Ich meine, offiziell. Mit Protokoll und Unterschrift.»

«Sagen Sie mal, muß das ...»

«Es dauert nicht lang. Höchstens eine halbe Stunde», versicherte Jennings.

«Na schön. Ich kann ja morgen früh vorbeikommen zum Unterschreiben.»

«Ich glaube, dem Chef wär's heute abend lieber.»

«Wie – jetzt gleich?»

«Warum nicht? Sie sind ja noch angezogen. In zehn Minuten sind wir unten, und ich fahr Sie wieder zurück.»

Paff war alles andere als begeistert, aber ihm fiel kein plausibler Grund zur Ablehnung ein. «Na schön, ich sag rasch meiner Frau Bescheid und zieh ein Paar Schuhe an.» Er war schon an der Tür, da blieb er stehen und drehte sich noch einmal um: «Sagen Sie, was ist denn eigentlich passiert? Wurde eingebrochen, oder ...»

«Wie kommen Sie darauf?» fragte Jennings rasch.

«Na ja, das soll schon öfter passiert sein, heißt es.»

Jennings nickte. «Ja, wieder mal ein Einbruch ... Aber diesmal haben wir einen Toten gefunden – einen Angestellten von Ihnen», fügte er befriedigt hinzu.

## 40

«Ich sage so was nicht gern zu einem Geistlichen, aber ...»

«Ich bin kein Geistlicher.»

«... aber Sie sind höllisch unverfroren, Rabbi. Die jungen

Leute berichten, daß sie einen ihrer Freunde ermordet aufgefunden haben – und Sie verlangen von mir, daß ich sie laufen lasse!»

«Warum nicht?»

«Da ist ja noch einiges andere.» Lanigan zählte die Argumente an den Fingern ab: «Erstens Einbruch . . .»

«Damit hat Stu Gorfinkle nichts zu tun.»

«Beim zweitenmal war er auch dabei.»

«Das war kein Einbruch. Die Tür stand offen.»

«Lassen wir die Haarspalterei, Rabbi! Zweitens befanden sie sich mit einer Person im gleichen Raum, die im Besitz von Rauschgift war . . .»

«Das haben sie nicht gewußt.»

«Das Gesetz macht da keinen Unterschied – nicht hier in Massachusetts. Drittens: In dem Haus, in dem sie eingebrochen waren, wurde ein Mord begangen. Viertens: Sie könnten diesen Mord begangen haben. Und fünftens haben sie keine Anzeige erstattet . . . Und da verlangen Sie, daß ich sie laufen lasse!»

Lanigans Gesicht war vor Entrüstung noch röter als gewöhnlich.

«Ja, ich verlange, daß Sie sie freilassen», beharrte der Rabbi. «Es sind keine Landstreicher ohne festen Wohnsitz, sondern Kinder ehrbarer Bürger dieser Stadt. Wenn Sie sie vernehmen wollen, werden sie sich Ihnen zur Verfügung stellen . . . Es stimmt, daß sie technisch einen Einbruch begangen haben – in der Situation verständlich; sie bestreiten es auch gar nicht. Wenn die Staatsanwaltschaft deswegen Anklage erheben will, werden sie vor Gericht erscheinen . . . Das angebliche Rauschgiftdelikt dagegen beruht auf einem Gesetz, das man hier sicherlich nicht wörtlich auslegen darf – oder würden Sie etwa sämtliche Fahrgäste einer Straßenbahn verhaften lassen, weil einer unter ihnen Rauschgift in der Tasche hatte? Dieses Gesetz soll es doch nur ermöglichen, Personen festzunehmen, die im Verdacht stehen, etwas mit Rauschgift zu tun zu haben, aber nicht im Besitz der Drogen angetroffen werden. Oder meinen Sie, die Jungen hätten Marihuana geraucht, während sie auf Stu warteten?»

«Und der Mord?»

«Es war falsch, aber unter den Umständen verständlich, daß sie nicht sofort die Polizei gerufen haben. Es sind noch halbe Kinder, und sie haben den Kopf verloren. Es war ihnen klar, daß ein Verdacht auf sie fallen könnte. Darum wollten sie sich erst absprechen – nicht *ob*, sondern *wie* sie es beichten sollten. Wenn Sie aber wirklich glauben, daß sie etwas mit dem Mord zu tun haben, können Sie sie ebenfalls jederzeit verhören ...» Er lächelte. «Früher waren Sie doch immer so aufgeschlossen für Vorschläge, die auf talmudischer Denkschulung beruhen ...»

«Kommen Sie mir wieder mit diesem *Pil* ... Wie heißt das doch wieder?»

«*Pilpul*? Nein; hier trifft das *Miggo*-Prinzip zu.»

«Das ist was Neues. Damit haben Sie mich noch nie aufs Kreuz gelegt ... Wie funktioniert denn das?» Lanigan war wider Willen interessiert.

«Nennen wir es das Prinzip der abgeleiteten Glaubwürdigkeit. Der Rabbi pflegt es bei der Rechtsprechung anzuwenden. Es beruht auf der psychologischen Wahrscheinlichkeit, daß sich niemand eines schwerwiegenderen Verbrechens schuldig bekennt, wenn er sich damit aus der Affäre ziehen kann, ein leichteres zuzugeben.»

«Also ... Nein. Da komm ich nicht mit.»

«Ich gebe Ihnen ein klassisches Beispiel: Eine heiratsfähige Frau kommt aus einem fremden Land in eine Gegend, wo sie keiner kennt. Sie sagt, sie sei verheiratet gewesen und geschieden und könne jetzt wieder heiraten. Man glaubt ihr beides, sowohl die Heirat als auch die Scheidung, denn sie hätte ebensogut verschweigen können, daß sie je verheiratet war.»

«Schön und gut, aber was hat das mit unserem Fall zu tun?»

«Nachdem die Jungen den Toten von der Plastikhülle befreit hatten, wies nichts mehr auf einen Mord hin. Sie hätten den Mund halten können, und Sie hätten angenommen, Moose sei eines natürlichen Todes gestorben – oder doch auf alle Fälle keines gewaltsamen Todes: alle Anzeichen einer Alkoholvergiftung, keine äußeren Verletzungen ... Aber die Jungen machten aus ihrer Entdeckung kein Hehl; sie haben Ihnen alles erzählt. Ich meine, bei Anwendung des *Miggo*-Prinzips spricht das für ihre Unschuld.»

Lanigan stand auf und wanderte im Zimmer auf und ab; der Rabbi beobachtete ihn schweigend. Schließlich blieb der Polizeichef vor ihm stehen und breitete hilflos die Arme aus:

«Was soll ich tun, Rabbi? Ich habe die Eltern angerufen – keine Antwort. Das Mädchen sagt, ihre Eltern sind im Kino; in welchem, weiß sie nicht ... Soll ich sie vielleicht in allen Kinos der Stadt ausrufen lassen? Der junge Gorfinkle hat endlich damit herausgerückt, daß seine Leute zu seiner Tante gefahren sind; wie ich dort anrufe, heißt es, gerade sind sie aufgebrochen. Und die Jacobs sind auf einer Party in Boston; Bill weiß nicht einmal, wie die Leute heißen – sagt er ... Begreifen Sie doch, daß ich sie nicht laufen lassen *kann*, bevor ich die Eltern aufgetrieben habe – es sind doch alles noch Minderjährige.»

«Hören Sie auf mich und lassen Sie sie laufen! Wenn Sie warten, bis die Eltern anrücken, haben Sie hier ein Irrenhaus voller hysterischer Mütter und gerade aus dem Bett getrommelter Anwälte; es wird gegenseitige Beschuldigungen hageln, und morgen früh kursieren die wildesten Gerüchte in der Stadt, bringen Unschuldige und Unbeteiligte in Verlegenheit ... All das wird Ihre Untersuchung ganz erheblich komplizieren.»

Lanigan schüttelte störrisch den Kopf. «Wenn es sich später herausstellen sollte, daß doch jemand von diesen jungen Leuten mit dem Mord zu tun hat, dann bin ich der Vollidiot, der einen Mörder heimgeschickt hat, den er schon auf der Wache ... Ja, was ist, Tony?»

Ein Streifenbeamter war eingetreten. «Kann ich Sie mal 'n Moment sprechen, Chef?»

Die beiden verzogen sich in eine Ecke. Der Streifenpolizist flüsterte; Lanigan unterbrach ihn nach einer Weile mit einer gemurmelten Frage; neuerliches Geflüster.

Endlich sagte der Chef: «Danke, Tony; das bringt uns schon weiter ...» Und zum Rabbi gewandt: «Also gut, Rabbi: Die jungen Leute können heimgehen – wenn Sie dafür haften, daß sie jederzeit erreichbar sind.»

Der Rabbi zögerte einen Augenblick. Dann sagte er: «Einverstanden. Ich übernehme die Verantwortung.»

## 41

Sie diskutierten schon fast eine Stunde, und noch war keine Einigung in Sicht. Ab und zu appellierte jemand an den Rabbi, damit der unterstütze, was der jeweils Sprechende vorgeschlagen hatte, aber der Rabbi ließ sich nicht in die Debatte verwickeln.

Als ihm Lanigan vorgeschlagen hatte, sämtliche jungen Leute, die an dem Picknick teilgenommen hatten, zu einer ungezwungenen Aussprache zusammenzutrommeln, hatte er seine Bedenken geäußert:

«Das geht aber nicht ohne die Zustimmung der Eltern.»

«Dann machen Sie den Eltern klar, daß ich lediglich den genauen Sachverhalt erfahren will – sonst nichts. Ich habe bestimmt nicht vor, mir einen Sündenbock rauszupicken. Ich will bloß die Geschichte in allen Einzelheiten hören, das ist alles.»

«Sie werden verlangen, daß ihre Anwälte dabei sind», gab der Rabbi zu bedenken.

«Kommt nicht in Frage! Ja, meinen Sie vielleicht, ich

komme weiter, wenn mir bei jeder Frage einer von diesen Wortverdrehern über den Mund fährt? Wenn's der eine nicht tut, so tut's der andere ... Ich kenn doch die Brüder!»

«Vielleicht kann ich erreichen, daß sich alle auf einen Anwalt einigen.»

«Glauben Sie an den Klapperstorch? Und wenn's durch ein Wunder doch dazu käme, müßte der Bursche zwangsläufig so vorsichtig sein, daß er jede freiwillige Aussage von vornherein unterbinden würde.»

«Ja, dann ...» Der Rabbi lächelte. «Dann können Sie sich Ihren Plan wohl in den Kamin schreiben.»

«Früher oder später knöpf ich mir die Bande doch vor», knurrte Lanigan. «Hier liegt einwandfrei Einbruch vor, und das betrifft sie alle miteinander ... Zugegeben, sie kriegen mildernde Umstände, und vermutlich gibt es keinen Richter, der sie verurteilen würde. Aber das ändert nichts daran, daß sie fast alle in einen Mordfall verwickelt sind – direkt oder indirekt; zumindest als potentielle Zeugen. Und das reicht aus, um sie erst mal in Gewahrsam zu nehmen ... Wenn dann erst das Semester wieder anfängt, werden sie im eigenen Saft schmoren – sie und ihre Eltern.»

Der Rabbi hatte schließlich widerwillig zugestimmt und Mr. Jacobs ersucht, die betroffenen Eltern zu einer Aussprache zu bitten.

Man traf sich im Arbeitszimmer des Rabbis, der kurz die Sachlage schilderte, im weiteren aber nicht in die Diskussion eingriff. Er saß hinter seinem Schreibtisch und hörte aufmerksam zu. Ausnahmsweise führte Gorfinkle einmal nicht das große Wort. Der Rabbi vermied es, in seine Richtung zu blikken.

«Wenn dieser Lanigan meine Tochter verdächtigt, etwas mit dem Mord an diesem ... diesem *Kicker* zu tun zu haben – *na*! Erst soll er mal Beweise bringen!» keifte die Mutter von Betty Marks. «So eine Unverschämtheit! Und *ich* soll *ihm* erlauben, *sie* zu vernehmen! Und *ohne* Anwalt!»

«Er verdächtigt sie doch gar nicht, Mrs. Marks!» versuchte

sie Roger Epstein zu beruhigen. «Er will nur so schnell wie möglich Licht in die Affäre bringen. Wenn wir nicht mithelfen, kommt er nicht vorwärts. Und dann wird auch der Fall nicht gelöst.»

«Na und?» schnaubte Mrs. Marks. «Ist das vielleicht unser Bier?»

«Und ob ... Schauen Sie: Solange der Fall nicht gelöst und der Mörder nicht überführt ist, bleibt der Verdacht an unseren Kindern hängen. Und das wollen wir doch alle nicht.»

«Hinzu kommt, daß die Kinder tatsächlich eingebrochen haben», meinte Mr. Shulman. «Das steht eindeutig fest ... Wenn wir der Polizei nicht helfen, kann sie dafür sorgen, daß Anklage erhoben wird. Meine Gladys hat gleich nach den Ferien ein wichtiges Examen. Soll sie ein ganzes Semester verlieren, bloß damit ich Lanigan ärgern kann? Außerdem habe ich volles Vertrauen zu meiner Gladys.»

«Wollen Sie damit sagen, daß ich kein Vertrauen zu meiner Betty ...»

«Ich bin sicher, daß Sie ihr blind vertrauen können, Mrs. Marks», warf Epstein rasch ein.

«Ich denke, Bill ist alt genug, um zu wissen, was er sagt», meinte Mr. Jacobs. «Von mir aus kann Lanigan ihn ausfragen.»

«Na, Bill war ja auch dabei, als sie die Leiche fanden», bemerkte Sussman. «Bei ihm liegt der Fall ganz anders als bei Stu Gorfinkle.»

«Seh ich nicht ein», widersprach Gorfinkle senior. «Stu war ja überhaupt nicht im Haus. Erst als sie den Jungen holen wollten ...»

«Ach so – Sie meinen, er ist aus'm Schneider, was?» Sussmans Stimme klang ein wenig schrill. «Daher Ihre Bereitschaft, mit der Polizei zusammenzu ...»

«Wenn wir so weitermachen», unterbrach Arons, «sitzen wir morgen früh noch hier ... Worum geht's überhaupt, Leute? Lanigan möchte unsere Kinder befragen – ganz formlos. Nun ist er ohne jeden Zweifel berechtigt, sie zu befragen; wir hingegen sind berechtigt, die Anwesenheit eines Anwalts zu verlangen ... Wenn Lanigan jeden von unseren Sprößlingen einzeln ausquetscht, kriegt er raus, was er rauskriegen will – mit oder ohne Anwalt. Was der eine nicht sagt, das sagt der andere ... Nun halte ich Lanigan für einen anständigen Burschen, Herrschaften. Ich glaube nicht, daß er dazu neigt, jemand ein Bein zu stellen.»

«Noch was: Die Aussagen dürfen hinterher vor Gericht nicht gegen die Kinder verwendet werden, wenn kein Anwalt anwesend war», warf Mr. Sussman ein. «Vielleicht sind wir also ohne Anwalt viel besser dran.»

«Er hat recht!» pflichtete Shulman bei.

«Klar. Da hat sich der gute Lanigan wohl selber ein Bein gestellt – ob er nun zum Beinstellen neigt oder nicht ...»

«Trotzdem – ich finde, einer von uns sollte anwesend sein!»

«Ich weiß nicht, was Lanigan dazu sagen würde», entgegnete Jacobs; «jedenfalls möchte ich nicht derjenige sein. Die Verantwortung könnte ich nicht auf mich nehmen. Angenommen, eins der Kinder verplappert sich, und ...»

«Sagt mal – wie wär's denn, wenn wir uns auf eine neutrale Person einigten?» schlug Epstein vor. «Auf jemand, der mit der Sache nichts zu tun hat?»

«Wer zum Beispiel?»

«Na, vielleicht ...» Mr. Arons sah sich um. «Wenn vielleicht der Rabbi ...»

## 42

Lieutenant Jennings überflog nochmals die getippten Seiten, dann gab er sie seinem Chef. «Paffs Aussage, Hugh. Steht nichts von Belang drin. Es ist mir nur aufgefallen, daß er ein wenig nervös war.»

«Jeder wird nervös, wenn er hier sitzt», sagte Lanigan.

«Das macht uns ja gerade das Leben so schwer...» Er las laut vor: «FRAGE: *Welches Interesse haben Sie an der Hillson-Villa?* – ANTWORT: *Ich wollte sie ... ich meine, wir wollten sie kaufen.* – FRAGE: *Zu welchem Zweck?* – ANTWORT: *Aus geschäftlichen Erwägungen ...*» Lanigan blickte auf. «Und es war nicht rauszukriegen, was er mit dem Kasten will?»

«Nein. Große Geheimniskrämerei. Ich wollte ihn nicht drängen, weil ich da keinen Zusammenhang sah ... Ist ja ganz verständlich: Wenn er was Geschäftliches damit vorhat, wird er's natürlich nicht an die große Glocke hängen.»

«Hm, hm ... Ja, vielleicht. Weißt du wenigstens, wer die anderen Interessenten sind?»

«Ja; nach und nach hab ich ihm ein paar Namen aus der Nase gezogen. Ein gewisser Arons, übrigens der Vater von einem der jungen Leute, und Dr. Edelstein – den kennst du ja – und ein gewisser Kallen. Irving Kallen. Paff sagt, sie waren vor der Villa verabredet, aber es kam keiner; da ist er wieder nach Hause gefahren.»

«Komisch», überlegte Lanigan. «Wenn man früh zu so einer Verabredung kommt, wartet man. Klar. Und wenn man selber spät ist, wartet man erst recht – in der Hoffnung, daß sich der eine oder andere auch verspätet ...»

«Du hast noch nicht alles gelesen, Hugh. Edelstein und Arons hatten vorher angerufen und abgesagt. Außerdem goß es in Strömen, und da war er ziemlich sicher, daß Kallen ihn auch versetzen würde ...» Jennings las, über Lanigans Schulter gebeugt, vor: «*Ich verlangsamte die Fahrt, sah, daß niemand da war und das Haus im Dunkel lag, und fuhr gleich wieder weiter.*»

«Hm ... möglich. Und die Sache mit seinen Kegelbahnen?»

«Mensch, Hugh – Kegeln ist doch nichts direkt Unanständiges, oder? Vielleicht will er in dem alten Kasten ein paar neue Bahnen einrichten oder so was Ähnliches.»

«Kann sein. Aber – ich finde das komisch.»

«Was ist denn komisch daran?»

«Zum Beispiel der Anruf von Kevin O'Connor. Zugegeben,

Kevin ist ein Idiot. Aber außerdem ist er auch Polizist. Er würde sich nicht grundlos nach Paff erkundigen; ich kann das nur so verstehen, daß die drüben in Lynn tatsächlich einen Verdacht haben ... Jedenfalls ein seltsamer Zufall. Und daß er einen Schlüssel für die Villa hat, ist ein weiterer Zufall. Dritter Zufall: Ausgerechnet am Abend des Mordes war er dort ... Bißchen viel Zufälle, hm?»

«Aber was hat ein Mann in seiner Position mit Leuten wie Moose Carter zu tun?»

«Na, immerhin hat Moose für ihn gearbeitet.»

«Na und?»

«Es beantwortet deine Frage: die beiden hatten miteinander zu tun ... Nimm doch mal an», sagte Lanigan langsam, «Paff handelt mit Rauschgift – nur mal angenommen, ja? Und vergiß nicht, daß die jungen Leute dauernd zum Kegeln kommen ... Nimm weiter an, Moose kommt Paff eines Tages auf die Schliche – er hat immerhin eine Weile bei ihm gearbeitet. Nun kennst du ja den Typ Moose Carter: Die Sorte läuft nicht zur Polizei – die Sorte hält lieber die Hand auf ... Und nun fährt Paff also zu der Villa hinaus, wo er verabredet ist. Seine Freunde lassen auf sich warten, und er beschließt, sich das Haus nochmals anzusehen. Er geht durch alle Zimmer und findet schließlich Moose ... Vielleicht hat der Junge bisher nur kleine Summen von ihm gefordert, aber Paff weiß, daß es nicht dabei bleiben wird. Und plötzlich wird ihm klar, daß er die Angelegenheit ein für allemal erledigen kann – er braucht nur den Zipfel der Plastikfolie schön luftdicht unter die Verpackung zu stecken, die der Junge von den andern verpaßt bekommen hat ...»

«Du meinst, Paff hat ihn umgebracht, um nicht mehr erpreßt zu werden? Obwohl die Forderungen noch niedrig waren?»

«Es wäre eine einzigartige Gelegenheit gewesen, wie sie sich nicht alle Tage bietet. Und über die Höhe der Forderungen wissen wir ja nun wirklich nichts. Das war nur eine Annahme.»

«Das Ganze ist doch nur eine Annahme, Hugh – und sie ist an den Haaren herbeigezogen, wenn du mich fragst.»

«Ich ziehe alle Möglichkeiten in Betracht, das ist alles. Die jungen Leute sind nach wie vor eine weitere Möglichkeit – oder eine ganze Reihe von Möglichkeiten: Jeder einzelne könnte der Täter sein, Jungen oder Mädchen.»

«Na prima! Jetzt hätten wir also auch noch die acht Kinder unter Verdacht – nein, sieben: der junge Gorfinkle war ja nicht dabei ... Bist du sicher, daß du ihm nicht trotzdem was anhängen kannst?»

Lanigan überhörte den Spott. «Nein, beim besten Willen nicht. Er ist aus der Sache raus.»

«Und was hältst du vom alten Carter?»

«Carter? Der Vater von Moose?»

«Stiefvater, Hugh.»

«Ach ja, stimmt. Hatte ich ganz vergessen. Aber das kommt doch auf das gleiche raus. Er hat ihn adoptiert, ihn wie sein eigenes Kind aufgezogen ... Wer war übrigens der richtige Vater?»

Jennings grinste. «Gute Frage. Na ja, jedenfalls nicht Carter. Der Alte hat das nie verschmerzen können. Wenn es mit dem Jungen Ärger gab – und den gab's öfter –, machte er die Abstammung des Jungen dafür verantwortlich. Einmal, als Moose was ausgefressen hatte, beklagte sich Carter bei mir, das käme nur davon, daß Moose ein Kind der Sünde sei.»

«Ziemlich übel, so was.»

«Was kannst du von so einem Religionsfanatiker erwarten? Ach, übrigens ... Carter war in der Mordnacht auch nicht die ganze Zeit daheim. Er kam gerade ins Haus, als wir anriefen.»

«Du kannst ihn ja mal fragen, wo er war», sagte Lanigan, ohne viel Interesse zu zeigen. «Haben wir sonst noch jemand?»

«Da ist noch dieser Farbige.»

«Ach so, ja. Na, dann haben wir ja schon unseren Täter:

Wenn ein Farbiger in Frage kommt, ist ja alles klar ...» Er grinste und wurde gleich wieder ernst: «Spaß beiseite – wir dürfen keine Möglichkeit auslassen.»

## 43

Der Manager der Kegelbahn in Lynn sagte als erstes: «Schlimme Sache, das mit dem Jungen.»

«Weiß Gott, ja ...» Paff schüttelte bedauernd den Kopf. «So ein junger Kerl, gut aussehend, athletisch ...»

«Also, ich hab doch noch bei ihm zu Hause angerufen ... Seine Mutter war am Apparat, und ich frag sie noch, wann er heimkommt ... Wenn ich mir vorstelle, daß er vielleicht schon tot war – schauerlich.»

«Hm, hm.»

«Haben Sie schon einen Ersatz für ihn, Mr. Paff? Das Leben geht schließlich weiter, nicht wahr, und ich mach natürlich gern ein paar Überstunden, aber ...»

«Ich kümmere mich darum. Spätestens morgen abend hab ich jemand.»

«Falls Sie niemand auftreiben können, ich kenn einen Jungen aus meiner Nachbarschaft ... Hab ich Ihnen ja schon erzählt. Heller Bursche.»

«Was tut er jetzt?»

«Na ja, momentan nicht sehr viel. Schaut sich 'n bißchen um.»

«Ja, also ...»

«Soll ich ihn für morgen abend herbestellen? Damit Sie sich mal mit ihm unterhalten können?»

«Im Augenblick hab ich wahnsinnig viel um die Ohren.»

Ein Kunde klopfte ungeduldig mit einer Münze auf die Theke. Der Manager eilte hin, um ihn zu bedienen. Als er zurückkam, kramte er einen Zettel aus seiner Hosentasche. «Ach ja, hätt ich ja beinahe vergessen: Hat sich gestern abend noch ein Mr. Kallen bei Ihnen gemeldet? Er rief an, kaum daß Sie weg waren. Er ist mit Ihnen verabredet, hat er gesagt ...» Ein Blick auf den Zettel: «... an der Hillson-Villa. Aber er kann nicht kommen ...» Er hielt inne, dann fragte er: «Sagen Sie mal, Hillson-Villa – ist das nicht das Haus, wo ...»

«Ja, ich habe noch mit ihm telefoniert. Übrigens ...» Paff winkte ihn ans andere Ende der Theke: «Ich war gestern abend ein bißchen nervös – verstehen Sie? Es war so ein Tag, an dem alles schiefgeht.»

«Klar, Mr. Paff. Kann doch mal vorkommen. Ist ja nur menschlich.»

«Falls jemand kommt und will ein paar Auskünfte – es ist zwar nicht sehr wahrscheinlich, aber für alle Fälle –, erwähnen Sie lieber nicht, daß ich den Jungen feuern wollte. So was kann falsch ausgelegt werden ...» Er lachte gezwungen. «Ich hätte nie das Herz gehabt, ihn rauszuschmeißen – einen Jungen aus meiner Stadt, ich bitte Sie!»

«Kapiert, Mr. Paff. Was der Bulle nicht weiß, macht ihn nicht heiß.»

«Verstehen Sie mich recht – ich will, daß die Polizei unsere volle Unterstützung hat; Sie können ihnen alles sagen, was sie wissen wollen. Es hat bloß keinen Sinn, ihnen mit Belanglosigkeiten zu kommen ... Aber wenn sie zum Beispiel fragen, wann ich von hier weggefahren bin, dann sagen Sie ihnen ganz offen und ehrlich, daß es kurz nach acht war.»

«Da irren Sie sich, glaube ich. Ich meine, es war viel früher ...»

«Aber nein! Ich hab noch auf die Uhr geschaut – es war schon fast Viertel nach ... Sagen Sie, dieser Junge: Sie meinen also, er kommt hier zurecht?»

«Bestimmt, Mr. Paff. Den kenn ich doch.»

«Na schön; ich glaube, Sie haben einen ganz guten Blick

für Menschen ... Er soll morgen abend anfangen; ich stell ihn dann ein.»

«Prima, Mr. Paff. Vielen Dank. Und verlassen Sie sich auf mich; ich werd ihn schon einarbeiten. Sie werden's nicht bereuen.»

# 44

Lanigan war sich darüber im klaren, daß die jungen Leute keineswegs aus freien Stücken gekommen waren. Wenn er sich übertrieben freundlich gab, würden sie ihm nur noch mehr mißtrauen. So spielte er mit offenen Karten.

«Ich sage nicht, macht's euch bequem – diese scheußliche Sache bleibt für alle Beteiligten höchst unbequem, solange sie nicht aufgeklärt ist. Aber da steht Kaffee und Konfekt, und wer lieber was Kaltes möchte, kann Cola haben ... Bedient euch.»

«Ich nehme eine Tasse Kaffee», sagte Adam Sussman.

«Ich auch», sagte Jacobs.

«Mir bitte ein Cola», sagte Betty Marks.

Lanigan reichte Getränke und Gebäck herum; der Rabbi half ihm dabei. Als sich alle bedient hatten, fuhr der Polizeichef fort: «Ihr wart am letzten Montagabend zu einem Picknick draußen an Tarlow's Point ...»

«Moment», warf Jacobs ein. «Einer fehlt.»

«Meinst du Alan Jenkins?»

«Ja.»

«Ich hatte die Bostoner Polizei gebeten, ihn für uns aufzustöbern. Er wohnt in einer Pension, und seine Wirtin sagt, er ist nach New York gefahren. Jetzt sucht ihn die New Yorker Polizei; unterdessen werden wir ohne ihn auskommen müssen ... Also weiter: Im Laufe des Abends stieß Moose

Carter zu euch. Bald darauf mußte Gorfinkle seine Eltern abholen, und so hattet ihr keinen Wagen, als das Gewitter losging. Ihr seid zur Villa gelaufen, habt ein Fenster aufgebrochen und seid eingedrungen, um ...»

«Das sagen Sie», unterbrach ihn Adam Sussman. «Ich gebe gar nichts zu.»

Lanigan seufzte. «Paß mal auf, Sussman ... Paßt alle mal auf: Ich habe nicht die Absicht, euch reinzulegen. Alles, was ich bisher gesagt habe, und alles, was ich sagen werde, kann ich leicht beweisen. Ich versuche lediglich, dahinterzukommen, was tatsächlich passiert ist. Und ich wollte euch klarmachen, daß ihr alle einen Einbruch auf dem Kerbholz habt, rein technisch betrachtet. Unter den Umständen ist euer Verhalten einigermaßen begreiflich; es war wirklich ein sehr starkes Gewitter, und außerdem habt ihr offenbar nichts anderes getan, als Obdach gesucht – es ist nichts zerschmissen, nichts gestohlen ... Aber es war ein Einbruch, und darauf kann ich euch festnageln.» Er sah sie der Reihe nach scharf an.

«So was nennt man Erpressung, glaube ich», murmelte Jacobs.

«Stimmt», erwiderte Lanigan freundlich.

Es entstand eine Pause.

«Was wollen Sie also wissen?» fragte Sussman schließlich.

«So ist's recht ... Fangen wir noch mal von vorn an.»

Sie fingen noch einmal von vorn an, rekonstruierten, wer wann was getan hatte und mit wem. Es kam nichts Neues dabei heraus.

«Na schön», sagte Lanigan, um die Sache voranzutreiben, «ihr beide, Jacobs und Sussman, habt Moose dann ins Arbeitszimmer geschafft ... Moment mal!» Er ging zum Flurschrank und kam mit einem Paket zurück. «Ich habe heute nachmittag so eine Plastikfolie zum Möbelabdecken gekauft. Die Größe stimmt ziemlich genau überein.» Er breitete sie auf dem Boden aus. «Gorfinkle, leg dich mal drauf. Jacobs soll uns vormachen, wie er Moose eingewickelt hat.»

Stu legte sich auf die Decke, während alle ihre Hälse reckten, um besser zu sehen. Doch Bill Jacobs schüttelte den Kopf. «Die Decke war schräg über die Couch gebreitet, so daß Moose in der Diagonale lag ... Rück mal rum, Stu! So – halt, jetzt stimmt's.» Er gab eine genaue Demonstration, indem er jede Phase kommentierte: «Zuerst zogen wir ihm diesen Zipfel über die Füße. Dann wickelten wir das linke Ende fest um seinen Körper, schlugen das rechte darüber und stopften es unter ihm fest ... So!»

«Hat Moose während der Prozedur etwas gesagt, oder war er schon bewußtlos?»

«Er hat Stein und Bein geschimpft. Vor allem auf Jenkins.»

«Und Jenkins? Wie hat er reagiert?»

«Ich weiß nicht mehr. Erst als Moose reglos dalag und schnarchte, sagte Jenkins ... aber das war nur im Spaß ...»

«Was sagte er?»

«Wir hätten seine dämliche Visage auch noch zudecken sollen, oder so ähnlich. Aber das war bestimmt nicht ernst gemeint.»

«Natürlich nicht.» Lanigan nickte bereitwillig. «Und als ihr dann später zurückkamt, um Moose zu holen – wie habt ihr ihn da gefunden? War er noch genauso verpackt, wie ihr ihn verlassen hattet?»

«Ja – bis auf den vierten Zipfel von diesem Plastikdings. Der war jetzt über seinen Kopf gezogen und seitlich festgesteckt.»

«Zeigt mir das mal.»

«He!» schrie Stu. «Moment mal!»

«Keine Angst, Gorfinkle, wir lassen dich nicht so liegen», versicherte Lanigan.

Bill Jacobs hob den oberen Zipfel der Plastikdecke hoch, zog ihn über Stus Kopf und stopfte ihn unter ihm fest.

«Nein!» kreischte Sue Arons hysterisch. «Nimm das weg!»

# 45

Pearl Jacobs war in Gesellschaft immer vergnügt und manchmal sogar von einer fast hektischen Fröhlichkeit, doch im Familienkreis konnte sie sehr nüchtern und berechnend sein. Als ihr Mann mit seinem Bericht über die Elternzusammenkunft beim Rabbi zu Ende war, sagte sie:

«Eines versteh ich nicht: Wieso hat der Rabbi ausgerechnet dich angerufen? Warum nicht Gorfinkle? Schließlich ist er der Gemeindevorsteher.»

«Er sagt, weil Bill als einziger von A bis Z in der Sache drinhängt. Aber ich vermute, es war ihm einfach peinlich, Ben Gorfinkle anzurufen, nachdem der mehr oder weniger im Begriff ist, ihn rauszuschmeißen.»

«Wetten, daß Ben nicht mehr gewählt würde, wenn heute noch mal abgestimmt würde?»

«Warum? Weil er den Rabbi kaltstellen will? Glaubst du, der Rabbi ist so beliebt?»

«Nein. Ich meine, ich weiß nicht, wie beliebt der Rabbi ist. Er hat keine ausgesprochene Anhängerschaft, das ist wahr. Und einige von den betroffenen Eltern haben sicher eine Wut auf ihn, weil er diese Kollektivvernehmung bei Lanigan arrangiert hat.»

«Meinst du wirklich?»

Sie nickte. «Es war auch meine erste Reaktion. Aber dann sagte ich mir, daß die Polizei früher oder später doch rauskriegt, was sie wissen will. Außerdem war mir der Gedanke unsympathisch, daß ein Mörder frei herumläuft . . .»

«Was hat das mit Ben Gorfinkle zu tun?» erkundigte sich ihr Mann geduldig.

Sie sah ihn überrascht an. «Nichts – nur finden viele von uns Frauen, daß er diesen Streit in der Gemeinde besser nicht vom Zaun gebrochen hätte.»

«Aber ihr Frauen wählt ja nicht.»

«Nein», antwortete sie, «aber viele von uns können die

beeinflussen, die das Stimmrecht haben ... Jedenfalls sind viele von uns der Ansicht, daß es idiotisch ist, erst mühsam eine Gemeinde zu schaffen, um sie dann wegen so etwas Albernem wie der Sitzordnung in der Synagoge auseinanderplatzen zu lassen.»

«Ich hoffe, du verkündest das nicht vor allen Leuten, Pearl. Wir wollten die Gemeinde gewiß nicht spalten, und der Streit über die Sitzordnung ist nebensächlich. Wir haben ein Programm aufgestellt, ein verdammt gutes Programm sogar, aber Paff und seine Clique sabotieren es. Da wir uns mit diesen Leuten nicht einigen können, ist es wohl vernünftiger, wenn jede Partei ihre eigene Synagoge hat. Dann kann jeder tun, was er für richtig hält, statt den andern Steine in den Weg zu legen. Hab ich nicht recht?»

«Typisch Mann!» Sie schüttelte den Kopf. «Du sagst, ihr wollt keine Spaltung – aber ihr tut alles, damit es soweit kommt ... Wir Frauen sind da viel realistischer. Ihr stellt euch an wie Kinder: Solange das Ding keinen Namen hat, existiert es nicht ... Weißt du, was ihr damit erreicht? Nicht nur, daß es zwei Synagogen geben wird; die beiden Gruppen werden sich auch gegenseitig aus dem Weg gehen ... Euch Männern ist das egal; ihr hockt den ganzen Tag in eurem Büro und seid abends zu müde, um noch was zu unternehmen. Aber wir Frauen ... Nimm zum Beispiel Marjie Arons und mich. Stell dir vor, die Gemeinde spaltet sich, und sie gehört zu der einen Synagoge und ich zu der andern. Das würde uns doch auseinanderbringen, nicht wahr?»

«Wir verkehren doch kaum mit den Arons», wandte Jacobs ein.

«Nicht mit Einladungen und so. Weil du ihn nicht ausstehen kannst. Mir liegt er ja auch nicht ... Aber Marjie und ich, wir treffen uns oft. Und was soll aus den Kindern werden?»

«Was haben denn die Kinder damit zu tun?»

«Bei zwei Gemeinden wird es immer zweierlei Veranstaltungen geben, und die eine Gruppe wird nicht zu den Veranstaltungen der anderen gehen und umgekehrt. Unser Bill sitzt in diesem miesen kleinen College in Minnesota, von dem noch kein Mensch gehört hat. Er sagt, es gibt kaum ein Dutzend jüdischer Familien in dem Kaff, von jüdischen Mädchen ganz zu schweigen ... Glaubst du etwa, das macht mir keine Sorgen? Aber wenigstens hat er massenhaft jüdische Mädchen zur Auswahl, wenn er in den Ferien nach Hause kommt – noch! Aber das soll ja nun anders werden ... Möchtest du, daß dein Sohn, Gott behüte, eines Tages womöglich eine Nichtjüdin heiratet?»

«Nun hör schon auf, Pearl! Du übertreibst maßlos. Wenn Bill mit einem Mädchen ausgehen will, wird er sich einen feuchten Kehricht darum kümmern, welcher Gemeinde ihre Eltern angehören! Außerdem ist die Synagoge kein Institut für Eheanbahnung. Der Rabbi ...»

«Ach, der Rabbi! Der hat doch keinen Schimmer. Der ist doch auch nur ein Mann ... Aber frag doch mal seine Frau – die versteht uns bestimmt!»

«Ach so!» Er lachte ... «Jetzt kapier ich endlich – Aufstand der Weiber! Wann soll denn die ‹Machtübernahme› stattfinden?»

«Aber wir denken ja gar nicht daran ... Ihr Männer wollt Politik treiben? Bitte schön! Ihr kommt mir nur vor wie Kinder, denen man ein Spielzeug gibt. Erst spielt ihr schön damit, dann habt ihr plötzlich genug und laßt es rumliegen – oder ihr macht es kaputt ... Nur immer zu – organisiert und plant schön weiter, wählt Ausschüsse, stimmt ab, faßt Resolutionen; seid ‹aktive Sozialreformer unserer Gemeinde›, wie Ben Gorfinkle so schön sagt – aber bitte, bitte, zerstört nicht alles! Die Gemeinde ist nämlich nicht nur für euch da, sondern für uns alle, einschließlich unserer Kinder.»

«Ach, sind die lieben Kleinen auch beteiligt an eurer Palastrevolution?» fragte er spöttisch.

«Unterschätz sie nicht. Die sind oft vernünftiger als ihre Eltern. Unser Bill ist kein Dummkopf. Er hat sich mit mir ausgesprochen. Er fürchtet, der Rabbi könnte kündigen – die Kinder haben ihn nämlich gern und respektieren ihn und haben Vertrauen zu ihm ... Deswegen hat Bill ja auch der Polizei alles gesagt – weil's ihm der Rabbi geraten hat.»

«Denkt Mrs. Paff auch so wie du?»

«Sie hat keine Kinder, darum berührt sie das alles nicht so sehr. Aber wenn ich Paff wäre, mit seinem Geschäft, das überwiegend auf die Kundschaft junger Leute angewiesen ist – also, ich an seiner Stelle würde es nicht mit ihnen verderben wollen!»

# 46

«Also, was halten Sie davon?» fragte Lanigan.

«Sehr viel Neues haben Sie nicht erfahren», meinte der Rabbi. «Immerhin gibt es ein paar interessante Punkte. Sie stimmten alle darin überein, daß es Moose Carters Vorschlag war, in die Villa einzubrechen. Er war es auch, der versicherte, daß niemand etwas merken würde.»

«Na klar!» Lanigan grinste. «Er kann ja nicht mehr widersprechen.»

«Allerdings.»

«Eine Bemerkung der kleinen Epstein fand ich sehr interessant: Moose sei letztes Jahr mit dem Marks-Mädchen ausgegangen.»

«Ist das von Belang? Sie sind gar nicht darauf eingegangen.»

«Jetzt nicht. Werde ich aber noch.»

«Wenn Sie meinen ... Ich hielt das eher für – na, für Neid auf die Konkurrentin», bemerkte der Rabbi. «Das einzige, was ich wirklich interessant fand, war die Sache mit der Haustür.»

«Ja? Was war mit der Haustür?»

«Bill Jacobs sagte, er hätte das Schloß blockiert, so daß

es nicht einschnappen konnte; sie mußten ja noch einmal ins Haus, um Moose zu holen.»

«Ach so, ja ... Warum messen Sie dem solche Bedeutung bei?»

«Weil praktisch jeder Zutritt zu dem Haus hatte, nachdem sie gegangen waren.»

«Ja, jeder, der wußte, daß die Tür nicht verschlossen war», schränkte Lanigan ein. «Andererseits spielte es überhaupt keine Rolle für jemand, der einen Schlüssel besaß.»

«Auf wen spielen Sie an?»

«Auf einen gewissen Paff. Kennen Sie ihn? Er gehört Ihrer Gemeinde an.»

«Meyer Paff?»

«Ja. Er hatte einen Schlüssel, und er war an jenem Abend zur passenden Zeit an Tarlow's Point.»

Rabbi Small antwortete nicht gleich. «Hören Sie, Lanigan», sagte er schließlich, «ich bin natürlich nicht voll informiert. Ich erhebe auch keinen Anspruch auf volle Information; ein Mordfall ist Sache der Polizei. Aber wenn Mitglieder meiner Gemeinde in den Fall verwickelt sind und Sie auf meine Mithilfe zählen wollen ...»

«Nur immer mit der Ruhe, Rabbi! Ich hatte ohnehin vor, Sie ‹voll zu informieren› ...» Er verließ den Raum und kam gleich darauf mit einer Aktentasche zurück, der er ein Schriftstück entnahm. «Hier – die Kopie von Paffs Aussage.»

Der Rabbi las das Protokoll, dann sah er auf. «Das klingt alles ziemlich offen und ehrlich», meinte er.

«Das ist auch mein Eindruck. Aber in Verbindung mit einigen weiteren Fakten wird es trotzdem ganz interessant ... Er war also am Tatort – das sagt er selber. Nun kommt aber hinzu, daß er den Toten kannte: Moose hat für ihn gearbeitet.»

«Das besagt nicht viel. Mr. Paff ist Mitglied verschiedener Clubs und kennt vermutlich die meisten jungen Sportler in Barnard's Crossing.»

«Zugegeben. Aber es geht weiter: Die Polizei von Lynn hat seit einiger Zeit ein Auge auf die dortige Kegelbahn geworfen. Die Kollegen halten es für möglich, daß da Rauschgift gehandelt wird ... Und wer hat abends dort gearbeitet? Moose Carter, in dessen Tasche wir welches fanden. Wer ist der Besitzer der Kegelbahn? Meyer Paff.»

«Wollen Sie sagen, daß Moose das Zeug vertrieben hat und Paff ihn deswegen umbrachte?»

«Das wäre doch vorstellbar», sagte Lanigan nachdenklich.

«Vorstellbar ist eine ganze Menge.» Der Rabbi zuckte die Achseln. «Aber ich kann mir zum Beispiel *nicht* vorstellen, daß Sie Meyer Paff ernstlich verdächtigen.»

«Ach ja? Und warum nicht?»

«Weil Sie dann kaum die jungen Leute mühsam hier zusammengetrommelt und den ganzen Abend vorgenommen hätten.»

«Richtig», schmunzelte Lanigan. «Aber im Gegensatz zu Ihnen fand ich das Gespräch recht aufschlußreich.»

«Wirklich?»

«Es hat mir bestätigt, was ich die ganze Zeit vermutet hatte: Alles weist eindeutig auf Jenkins hin ... Sie haben natürlich recht», fügte er hinzu: «Die Sache mit der Haustür ist wichtig.»

«Hm ... Also Jenkins?»

«Ja. Die ganze Geschichte beginnt in dem Augenblick, als Moose zu der Gruppe stößt. Er beginnt, Jenkins anzupöbeln ... na ja – aufzuziehen. Alle Aussagen stimmen darin überein, daß der junge Neger stocksauer geworden ist.»

«Aber er hat sich nichts anmerken lassen. Er hat die ganze Zeit kein Wort gesagt», bemerkte der Rabbi. «Auch darin stimmen die Aussagen überein.»

«Richtig. Und es wäre wahrscheinlich besser gewesen, wenn ihm der Kragen geplatzt wäre. So hat er sich zusammengenommen, hat alles runtergeschluckt und ... na, ‹aufgeladen›, ja? Erst als Moose eingewickelt war, sagt er, eigentlich sollte man den Kopf auch drunterpacken ... Jacobs sagt, es sei ein bissiger Witz gewesen, aber ... In jedem Witz dieser Art steckt ein Stück Wahrheit.»

«Hm ... Sprechen Sie weiter.»

«Nächster Punkt: Jacobs läßt die Haustür unverschlossen. Außer ihm weiß das zu diesem Zeitpunkt niemand ... Erinnern Sie sich? Er sagt, er hat als letzter das Haus verlassen und dann das Schloß blockiert. Dann gingen sie zu Epsteins und berieten darüber, ob sie Moose abholen müßten; und da fragte Gorfinkle, wie sie denn überhaupt ins Haus kommen sollten. Erst dann erzählte Jacobs, das Schloß sei blokkiert: Es ist ein normales Sicherheitsschloß mit diesen beiden Knöpfen; mit dem einen bringt man das Schloß zum Zuschnappen, beim anderen wird es blockiert – das heißt, die Tür ist zu, kann aber durch einfaches Aufklinken geöffnet werden ... Und nun erklärt Jenkins plötzlich, er muß nach Hause, weil er am nächsten Morgen sehr früh nach New York fahren will.»

«Und Sie meinen, er hat unterwegs bei der Hillson-Villa angehalten und ...?»

«Ich bin so gut wie sicher. Er hatte die Gelegenheit – das heißt, das Transportmittel: sein Motorrad. Und er hatte ein Motiv ... Er ist der einzige, von dem wir mit Sicherheit wissen, daß er ein Motiv hatte.»

«Weil Carter ihn durch den Kakao gezogen hat? Er dürfte an derlei gewöhnt sein. Es passiert ihm alle Tage; dieser Zwischenfall war nur einer von vielen.»

«Stimmt. Aber der Krug geht nur so lange zum Brunnen, bis er bricht, und irgendwann läuft das Faß über – vielleicht war das Gerede von Carter gerade der entscheidende Tropfen ... Warum wehren Sie sich gegen meine Theorie? Ich hätte gedacht, sie kommt Ihnen entgegen.»

«Warum sollte sie das? Weil ein junger Mann, der mich kurz zuvor noch in meinem Hause besucht hat, des Mordes verdächtigt wird?»

«Denken Sie doch mal praktisch, Rabbi! Moose Carter ist ermordet worden, ja? Mit anderen Worten: Jemand hat ihn umgebracht. Und auf wen fällt der Verdacht? Erst mal auf junge Leute aus Ihrer Gemeinde; in zweiter Linie auf Meyer

Paff, auch einer von Ihren Leuten ... Da sollte man doch meinen, Sie wären froh, wenn sich herausstellt, daß es ein Fremder war!»

«Ach so – der Fremde. Gott sei Dank, wir haben einen Sündenbock!» Der Rabbi stand auf und begann im Zimmer auf und ab zu wandern. «In einigen Tagen feiern wir *Pessach*, Mr. Lanigan. Das ist kein Fest wie die andern, und wir begehen es auch auf eine besondere Weise. Zuerst schaffen wir sämtliche Lebensmittel aus dem Haus. Während der *Pessach*-Woche kaufen wir andere ein und bereiten sie in besonderen Töpfen zu, die sonst während des ganzen Jahres nicht benutzt werden. Wir essen auch von anderen Tellern und mit anderem Besteck als sonst ... Am Vorabend und am ersten Abend des Festes gibt es ein großes Essen, dem an beiden Tagen eine Zeremonie vorangeht: Der jüngste Anwesende stellt bestimmte Fragen über die Bedeutung des Festes. Die übrige Tischgesellschaft antwortet; sie berichtet, wie wir als Sklaven in Ägypten unterdrückt waren und wie Gott unser Klagen erhört und uns aus Sklaventum und Unterdrückung befreit hat.»

«Sehr schön, Rabbi. Mir ist das Fest bekannt. Aber was wollen Sie damit sagen? Worauf wollen Sie hinaus?»

«Darauf, daß *Pessach* nicht ein gewöhnliches Dank- und Freudenfest ist ... Wir haben auch solche Feiertage, aber nur an *Pessach* ist ein bestimmtes Ritual vorgeschrieben, das in einem Buch festgelegt ist, der *Haggadah*; und deren Anweisungen müssen wir genau befolgen ... Warum wohl?»

«Sagen Sie es mir.»

«Um uns die Moral von der Geschichte einzuprägen», sagte der Rabbi. «Die *Pessach*-Bräuche sind eine Gedankenstütze, eine Art Knoten im Taschentuch, wenn Sie so wollen: Damit wir uns stets vor Augen halten, was wir sonst verdrängen oder vergessen würden.»

«Einmal im Jahr wäscht der Papst den Bettlern die Füße», bemerkte Lanigan.

«Richtig. Zum Zeichen der Demut ... Es wäre noch besser, alle Ihre Glaubensbrüder müßten das tun.»

Lanigan lachte. «Schon gut, Rabbi. Und was leiten Sie aus dem *Pessach*-Fest für unseren Fall ab?»

«Mit *Pessach* hängt ein Gebot eng zusammen, das in unserer Religion eine wichtige Rolle spielt: *Und wenn ein Fremder in eurer Mitte weilt, sollt ihr ihm kein Unrecht tun ... Er sei gleich einem aus eurer Mitte; denn Fremde wart ihr im Lande Ägypten.*»

«Wollen Sie damit sagen ...» Langian runzelte die Stirn: «.... daß ich Jenkins gegenüber unfair bin, weil er schwarz ist und nicht aus unserer Stadt?»

«Haben Sie ihn schon festgenommen? Hat er gestanden?»

«Nein. Aber wir kriegen ihn schon noch ... Es liegt nur an diesem verdammten Motorrad: Ein Auto muß man irgendwo parken, aber das Ding kann man in jedem Hausgang verstekken ... Die New Yorker Polizei ist verständigt. Sie werden ihn schon auftreiben.»

«Aber Sie können ihm gar nichts nachweisen. Sie unterstellen ihm ein Motiv; das ist einstweilen alles.»

«Sind Sie sicher?» Lanigan grinste. «Was glauben Sie wohl, weshalb ich die jungen Leute am Abend des Mordes heimgeschickt habe?» Er wurde wieder ernst. «Rabbi, wir haben uns ein bißchen umgeschaut da draußen an Tarlow's Point. Vor dem Haus ist eine dichte Hecke, und dahinter haben wir etwas entdeckt ...» Er hielt einen Augenblick inne, dann fuhr er fort: «Reifenspuren. Von einem Motorrad.»

# 47

Der Zimmermann trat schwerfällig ein, nahm den altmodischen Filzhut mit der breiten Krempe ab und setzte sich, vom Rabbi aufgefordert, auf die Stuhlkante.

«Meine Frau hat gesagt, ich soll mich umziehen», rechtfertigte er seinen schwarzen Anzug. Die Schuhe waren auf Hochglanz poliert, der Kragen des weißen Hemdes war zu eng und die Krawatte zu bunt. «Weil Sie doch schließlich eine Respektsperson sind.»

Der Rabbi begriff nicht ganz, worauf Carter hinauswollte. Er nickte ihm zu und hoffte, er werde bald zur Sache kommen.

«Lanigan hat heute früh angerufen. Der Junge darf beerdigt werden. Sie machen ihn nicht auf ... Vorhin war ich noch auf der Polizeiwache, um alles zu regeln.»

«Gut.»

«Ja ... Und da dachte ich, ich schau mal bei Ihnen rein, um Ihnen zu danken.»

«Ich habe nichts damit zu tun, Mr. Carter. Gar nichts.»

«Wenn Sie nicht zu Lanigan gegangen wären ...»

«Nein, Mr. Carter», sagte der Rabbi mit Bestimmtheit, «das hat nichts damit zu tun. Lanigan hat sich sogar entschieden geweigert, die Leiche freizugeben, weil noch Zweifel bezüglich der Todesursache bestanden – zu Recht, wie sich inzwischen herausgestellt hat. Als sich dann später herausstellte, daß Moose erstickt war, hielt der Arzt eine Obduktion nicht mehr für erforderlich, weil sie nichts Neues ergeben würde – der Tod tritt bei einer Alkoholvergiftung ebenfalls durch Ersticken ein, soviel ich weiß. Der Alkohol lähmt das Atemzentrum oder so ähnlich.»

«Aber wenn Sie nicht hingegangen wären, hätten sie's vielleicht trotzdem getan ... Die Ärzte machen das manchmal einfach so zum Üben, das ist doch bekannt», fügte er düster hinzu.

«Wie wollen Sie es mit der Beerdigung halten?» fragte der Rabbi, um ihn abzulenken.

«Im engsten Familienkreis. Wir wollen nicht einen Haufen Volk. Nur die Angehörigen und ein Freund von mir, der Prediger ist. Er wird ein paar Worte sprechen.»

«Ich glaube, das ist wohl das beste.»

«Wissen Sie, Rabbi, ich ...» Carter ballte die Fäuste: «Ich

hätte den Jungen retten können ... Ich bring's nicht fertig, es meiner Frau zu sagen. Aber Ihnen sag ich's.»

«Wie meinen Sie das?»

«Ich habe nicht auf den Herrn gehört, Rabbi. Der Herr hat zu mir gesprochen, und ich habe nicht auf Ihn gehört.»

Der Rabbi sah erstaunt auf. «Oh?»

«Ja. Ich bin fortgegangen, um Moose zu suchen. Ich hab in alle Kneipen reingeschaut – ich war sicher, daß ich ihn in einer davon finden würde ... Aber nichts. Da bin ich einfach ziellos rumgefahren, kreuz und quer durch die Gegend. Und auf einmal war ich draußen an Tarlow's Point ... Ich bitte Sie, Rabbi: Wäre ich da rausgefahren, wenn mich nicht der Herr geführt hätte? Bei der Hillson-Villa hab ich sogar gebremst ... Der Herr hat mich gelenkt, das ist ganz klar. Aber ich war wütend auf den Jungen, und ich ließ die Wut laut werden in mir, und die Wut war lauter als Seine Stimme. Hätte ich meine Wut beherrscht, so hätte Er zu mir gesprochen und mir gesagt, wo ich den Jungen suchen muß. Aber ich habe mich Ihm verschlossen, Rabbi, und so konnte Seine Stimme nicht durchdringen.»

«So dürfen Sie nicht denken, Mr. Carter.»

«Ich bin froh, daß ich mich bei Ihnen aussprechen kann. Ich hab's nicht übers Herz gebracht, es meiner Frau zu sagen ... Oh, ich weiß, die Wege des Herrn sind unerforschlich, und alles ist Teil eines göttlichen Planes, den ich nicht begreifen kann ... Wenn ich in meinem Zorn die Stimme des Herrn überhört habe – das ist vielleicht auch ein Teil Seines Planes. Oder eine Lehre, um mir zu zeigen, daß mein Zorn Sünde war.»

«Meinen Sie im Ernst, Gott hat Ihren Sohn sterben lassen, damit Sie sich in Zukunft zusammennehmen?» fragte der Rabbi scharf.

«Ich weiß es nicht. Aber Seine Diener müssen versuchen, Ihn zu verstehen. Warum wäre mir sonst der Gedanke gekommen?»

«Nicht alle Gedanken kommen von Gott, Mr. Carter, und

nicht alles, was geschieht, geschieht nach dem göttlichen Plan. Sie dürfen Gott nicht einfach alles in die Schuhe schieben – so einfach ist das nicht! Vieles geschieht durch unser eigenes Verschulden und anderes durch reinen Zufall.»

«Das ist nicht gut, was Sie da sagen, Rabbi.» Carter erhob sich; er schien verletzt. «Es zeugt von mangelndem Gottvertrauen. Das hätte ich niemals von Ihnen erwartet ... Aber vielleicht sagen Sie es nur, um mich zu trösten.» Er wollte zur Tür, blieb aber wieder stehen. «Sie müssen nur glauben, Rabbi, dann wird alles gut ...» Sein Gesicht hellte sich auf, er lächelte sogar. «Übrigens, sie haben diesen Neger erwischt, der meinen Sohn umgebracht hat. Als ich bei Lanigan war, haben sie ihn gerade gebracht.»

Als Carter gegangen war, rief der Rabbi nach seiner Frau. «Wo ist mein Mantel, Miriam? Ich muß zu Lanigan!»

# 48

Ben Gorfinkle rief am Vormittag seine Frau an, um zu sagen, er werde zum Mittagessen nach Hause kommen. «Ich habe mit Stu zu reden ... Er ist doch hoffentlich daheim?»

«Er liegt noch im Bett, Ben», berichtete seine Frau.

«Um elf? Na, vielleicht geruht der Herr, bis Mittag aufzustehen!»

«Hör mal, schließlich warst du es, der ihn gestern bis gegen Mitternacht über diese Zusammenkunft bei Lanigan ausgefragt hat.»

«Eben. Ich bin also genauso spät ins Bett gekommen wie er. Deswegen bin ich heute früh trotzdem aufgestanden und zur Arbeit gegangen.»

«Reg dich doch nicht auf! Er ist noch jung, und junge Leute brauchen mehr Schlaf ... Ist was Besonderes los?»

«Ich habe mit ihm zu reden – genügt das nicht? Sieh zu, daß er daheim ist, wenn ich komme.»

Gorfinkle hatte sein karges Mittagessen (bestehend aus einem Sandwich und einer Tasse Kaffee) bereits eingenommen, als Stu erschien, gähnend, im Morgenrock.

«Was ist denn los, Dad?»

«Wenn du nicht die Nachrichten verschlafen hättest, dann hättest du's im Radio hören können. Sie haben diesen Jenkins verhaftet.»

«Ach ja?»

«Ich habe mit einem von unseren Firmenanwälten gesprochen, Stu. Er meint, es war ein Fehler, euch ohne Anwalt zu Lanigan gehen zu lassen.»

«Na klar. Er ist eben Anwalt. Was soll er denn sonst sagen?»

*Mein* Sohn, dachte Gorfinkle stolz. Der Apfel fällt nicht weit vom Stamm ... «Er war der gleichen Ansicht wie ich», sagte er; «bei dir liegen die Dinge anders als bei den übrigen. Wenn du deine Karten richtig ausspielst, wirst du gar nicht erst in die Sache hineingezogen.» Er sah, daß sein Sohn widersprechen wollte und fuhr rasch fort: «Paß gut auf: Es gibt drei ... .eh, Hürden, die wir nehmen müssen. Erstens eine prinzipielle Frage: Darf man draußen an Tarlow's Point überhaupt picknicken? Wenn es ein Privatstrand ist, darf man es nicht. Soweit ich weiß, war es nicht deine Idee, das Picknick dort zu veranstalten; anderseits hast du die anderen hingefahren. Nun sind sie sich aber nicht einmal bei der Stadtverwaltung darüber einig, ob es ein Privatstrand ist oder nicht. Du gibst also frei und offen zu, daß du dabei warst; du sagst nur, du hast geglaubt, es ist ein öffentlicher Strand, weil dort früher auch schon Picknicks abgehalten wurden.»

«Ja, aber ...»

«Unterbrich mich nicht! – Also gut: Du bist vor Ausbruch des Gewitters weggefahren; du hattest nichts mit dem Einbruch zu tun. Und als du zurückkamst – ich meine das erste

Mal –, da bist du nicht hineingegangen ... Ist das richtig?» Stu nickte stumm. Er fragte sich, worauf sein Vater hinauswollte.

«Du hast die andern im Haus gehört und gerufen, geklopft, oder was weiß ich, und da haben sie dir aufgemacht. Richtig?»

«Ja, ich hab geklopft ...»

«Aber vorher hast du sie im Haus gehört. Darum hast du ja geklopft: Damit sie wußten, daß du wieder da warst. Hineingegangen bist du aber nicht ... Ist das richtig? Du bist nicht hineingegangen?»

«Nein. Die anderen sind rausgekommen.»

«Na siehst du ... Bis hierher bist du aus allem heraus. Du warst so was wie ein Chauffeur, der seine Passagiere zu einer Party bringt und sie wieder abholt. Der erste Fehler war, daß du noch einmal hingefahren bist, um Moose zu holen. Du hattest kein Recht, das Haus zu betreten. Zu deinen Gunsten spricht allerdings, daß die Tür offen war. Also war es kein Einbruch ... Aber vor allem merk dir eines: Du dachtest die ganze Zeit an nichts anderes als an deinen Freund, der da drin lag – krank und elend, allein ...»

«Moose? Der war doch nicht mein Freund!»

«Also dein ehemaliger Klassenkamerad ... Hattest du mal Krach mit ihm? Na also – dann war er dein Freund. Und er war krank ...»

«Besoffen war er.»

«Das wußtest du ja nicht. Du wußtest nur, was dir die andern gesagt hatten – daß er umgekippt war. Das ist dasselbe wie ohnmächtig geworden. Das ist was Ernstes ... Du hattest einen Wagen, und du wolltest ihm helfen. Das ist doch nur natürlich!» Er beschwor seinen Sohn mit Blicken: Laß meine Auslegung gelten! Widersprich mir nicht!

Stu sagte nichts.

Gorfinkle beugte sich vor. «Jetzt kommt das Wichtigste: Als du Moose sahst, wußtest du nicht, was mit ihm los war – klar? Schließlich bist du kein Arzt ... Er lag einfach bewegungslos da. Dein erster Gedanke war: Sofort Hilfe holen – die Polizei, einen Arzt ... Du hast nicht im Traum daran gedacht, daß da vielleicht ein Mord geschehen sein könnte. Dir ist nichts an ihm aufgefallen, gar nichts – er hat nur irgendwie komisch ...»

«Aber es mußte doch Mord sein! Es hatte ihm doch jemand dieses Plastikding über den Kopf gezogen.»

«Wußtest du denn, wie sie ihn ursprünglich hingelegt hatten?»

«Nein, aber ...»

«Schau, ich versuche dir klarzumachen, daß du mit der ganzen Sache nichts zu tun hattest: Du hast den Ort nicht ausgewählt. Du bist nicht eingebrochen. Du bist zurückgefahren, um Moose zu holen, weil er krank war und du einen Wagen hattest. Und als du sahst, daß er offenbar *sehr* krank war, wolltest du möglichst schnell Hilfe holen.»

«Aber Didi und Bill haben gesagt ...»

«Daran kannst du dich nicht mehr erinnern. Ich bitte dich – in deiner Erregung ... Du weißt nur noch, daß sie irgend etwas daherredeten – wie sie ihn auf die Couch gepackt hatten und so. Von den Einzelheiten hast du keine Ahnung. Du warst ja nicht dabei. Du hast nichts gesehen. Du weißt von nichts.»

«Klar. Ich zieh den Schwanz ein und winsle ein bißchen.»

«Genau das!» bestätigte sein Vater befriedigt.

Stu stand auf. «Und hinterher? Wenn alles vorbei ist? Dann kann ich mir ja neue Freunde suchen, wie? Oder einfach in eine andere Stadt ziehen, ja? Ich brauch ja nicht unbedingt jeden Morgen in den Spiegel zu schauen, hm? Ich bin ja bloß ein dummer Junge, und du bist die ausgelernte Führungskraft ... Aber jetzt willst du zu schlau sein! Das glaubt mir doch kein Aas – daß ich die ganze Zeit bloß edle Gedanken gedacht habe und sonst nichts ... Lanigan glaubt das am allerwenigsten! Nein, Dad – wenn ich mit der Sache nichts zu tun habe, wird mir Lanigan auch nichts anhängen – der nicht ... Aber dir kauf ich die väterlichen Sorgen nicht ab: Dir geht's doch nur um deine Reputation, um Prestige, um ... Ach, laß mich doch in Ruhe!» Er ging hinaus und knallte die Tür hinter sich zu.

«Was war denn los?» Mrs. Gorfinkle streckte den Kopf ins Zimmer. «Oh ... wo ist Stu? Bist du mit ihm fertig?»

«Ja, ich bin fertig mit ihm», bestätigte Gorfinkle mit zusammengebissenen Zähnen.

«Schon wieder Streit?»

«Da schuftet man und rackert sich ein ganzes Leben lang ab ...» Gorfinkle sprach mehr zu sich selber als zu ihr. «Für wen denn eigentlich? Doch für die Kinder, oder? Und das ist dann der Dank ...»

## 49

Jenkins sah Lanigan an, dann den Rabbi, dann wieder Lanigan. «Ich sag Ihnen doch – den ganzen Abend hat er auf mir rumgehackt ... Und da wundern Sie sich noch, weil ich keine Lust hatte, ihn nach Hause schaffen zu helfen, damit sein Alter nicht merkt, daß er besoffen war? Von mir aus hätte er ihn skalpieren können! Ich glaube nicht an den frommen Spruch mit der anderen Wange und so.»

«Ich auch nicht», sagte der Rabbi. «Das ist ein christlicher Grundsatz.»

«Und da wollten Sie's ihm also heimzahlen, ja?» Lanigan sah den Neger erwartungsvoll an.

Der zuckte die Achseln. «Auf die Idee bin ich gar nicht gekommen. Ich wollte bloß weg. Das sind doch alles noch Kinder ... Sie sind nett, aber ein bißchen zu jung für mich.»

«Sie wollten also nach Hause – das war alles?» fragte der Rabbi, ein wenig suggestiv.

«Sag ich doch ... Es war ein ziemlich mieser Abend ... Gott, die Jungs konnten ja nichts dafür; aber geholfen hat mir auch keiner. Ich wollte weg. Ich hatte die Nase voll. Da holte ich mein Motorrad bei Didi ab und fuhr los. Na, und dann fing's doch gleich wieder an zu regnen ... Klar, ich hätte auch zu Didi zurückfahren können. Aber dann fiel mir diese Villa ein – und ich wußte ja, daß die Tür nicht abgeschlossen war.»

«Was war näher, die Villa oder Didis Haus», fragte der Rabbi.

Jenkins zuckte die Achseln. «Die Villa lag auf dem Weg. Zu Didis Haus hätte ich zurück gemußt.»

«An Moose haben Sie natürlich gar nicht gedacht?» fragte Lanigan sarkastisch. «Und schon gar nicht daran, daß er jetzt schön eingepackt war und daher hilflos – ganz abgesehen davon, daß er blau war?»

«Nein. Erst als ich im Haus war», erklärte Jenkins aufgeräumt.

«Immerhin haben Sie Ihr Motorrad im Gebüsch versteckt.»

«Na klar. Ich hatte doch da drin nichts zu suchen, ob die Tür nun offen war oder nicht ...» Er sah vom einen zum andern, wie um zu sehen, ob sie seine Situation begriffen. «Ich bin also rein und hab die Tür hinter mir abgeschlossen.»

«Ach? Warum denn?»

«Irgend jemand hat was von der Polizeistreife gesagt. Daß die manchmal kontrolliert da draußen. Ja, und wie ich dann mal zufällig aus dem Fenster schaue, sehe ich gerade einen Wagen herankommen. Vor dem Haus bremst er, fährt ganz langsam vorbei, gibt dann aber gleich wieder Gas und fährt weiter.»

«Paff», meinte Lanigan. Der Rabbi nickte.

«Da wurde ich nervös», fuhr Jenkins fort, «und ließ die Jalousien runter. Ich hatte eine Taschenlampe bei mir, aber das Licht der Straßenlaterne schimmerte immer noch durch die Jalousien. Ich dachte, dann kann man den Schein der Taschenlampe womöglich von der Straße aus sehen, und zog diese schweren Samtvorhänge zu, bis es stockfinster war. Dann erst knipste ich die Taschenlampe an.»

«Haben Sie mal nach Moose geschaut? War zu diesem Zeitpunkt noch alles in Ordnung?»

«Ich brauchte nicht nach ihm zu schauen. Ich konnte ihn schnarchen hören ... Aber auf die Straße hab ich geschaut von Zeit zu Zeit, durch den Vorhangspalt. Und einmal, da stand ein Auto unter der Laterne. Am Steuer saß einer und hatte offenbar massig Zeit.»

«War es der gleiche Wagen?» warf Lanigan ein.

«Keine Ahnung.» Jenkins schüttelte den Kopf. «Beim erstenmal hab ich ja praktisch nur die Scheinwerfer gesehen. Aber ich glaube eigentlich nicht, daß es derselbe Wagen war ... Ich habe mich nicht so darum kümmern können, weil dann dieser dritte Wagen ...»

«Moment mal – ein dritter Wagen?»

«Ja. Der erste, das war der, der ganz langsam vorbeigefahren ist. Der zweite bleibt stehen und wartet ... Als ich den dritten sah, dachte ich, jetzt bist du dran – das ist wie mit dem Zündholz, an dem man keine drei Zigaretten anzünden darf. Der dritte hält an und kommt ins Haus, dachte ich.»

Lanigan verfolgte die Sache zunächst nicht weiter. Er fragte, und es klang zweifelnd: «Und die ganze Zeit haben Sie kein einziges Mal an Moose gedacht?»

«Klar hab ich an ihn gedacht», antwortete Jenkins bereitwillig. «Ich hab daran gedacht, daß er ... wie haben Sie das ausgedrückt ... so schön hilflos daliegt.»

«Aha!» Lanigan rückte mit seinem Stuhl vor.

«Ja – ich wollte es ihm heimzahlen! Ihm irgendeinen blöden Streich spielen, egal was – dann wäre mir wohler gewesen ... Ich hatte mein Malzeug nicht bei mir, sonst hätte ich ihm vielleicht einfach das Gesicht schwarz angemalt. Kindisch, klar. Aber ich lachte mich schief bei dem Gedanken, was er wohl macht, wenn ihn die andern so finden ... Ich dachte auch daran, ihm die Haare abzuschneiden, meine Initialen hineinzuscheren oder so was. Oder ihm die Schuhe zu verstecken ... Aber dazu hätte ich ihn auspacken müssen, und dazu hatte ich keine Lust.»

«Verständlich», bemerkte Lanigan trocken.

«Ach – Sie denken wohl, ich hatte Angst vor ihm?»

«Der Gedanke ging mir schon mal durch den Kopf.»

Jenkins machte eine wegwerfende Handbewegung. «Auf einen Boxkampf nach den internationalen Regeln oder so hätte ich mich nie mit ihm eingelassen – ich bin doch nicht verrückt! Er wiegt ... Er hat bestimmt fünfzig Pfund mehr gewogen als ich. Aber wenn wir beide am Strand unten allein gewesen wären, als er seine faulen Sprüche losließ, da wär ich mit 'nem Stein auf ihn los.»

«Und jetzt waren Sie mit ihm allein.»

«Hm, hm. Ich hatte 'ne Stinkwut: Da war meine Chance, und mir fiel nichts Vernünftiges ein ... Schließlich hab ich ihm sein Zigarettenetui geklaut. Ich gebe zu, es war kein besonders origineller Einfall.»

«Sie haben sein Zigarettenetui ...?»

«Ja. Das Ding war mir schon am Abend aufgefallen. Auf der einen Seite normale Zigaretten, auf der andren ...» Er hielt inne.

«Marihuana?» Lanigan hob die Brauen.

«Ja.»

«Hat er am Abend davon geraucht?» fragte Lanigan.

«Nein, nur von den normalen. Aber ich hatte die andern gesehen. Sie kamen mir sehr gelegen, weil ich am nächsten Tag nach New York wollte. Da hab ich mir also das Etui geangelt – aus der Brusttasche seines Hemdes. Dann bin ich ins Wohnzimmer zurück und hab noch mal rausgeschaut. Der Wagen war weg. Da hab ich gemacht, daß ich wegkam.»

«Und die Tür haben Sie offengelassen, damit Gorfinkle und Jacobs wieder ins Haus konnten, ja?» fragte der Rabbi.

Jenkins schüttelte den Kopf. «Wozu denn?» Er lächelte. «Nee, die Tür hab ich auf Verriegelung gestellt und hinter mir zugeknallt ... Die wollten doch bloß kommen, um diesen Moose abzuholen.»

# 50

Der junge Mann war empört. «Ich seh, wie sie den Häftling reinbringen, und da will ich ein Bild schießen – ist doch klar. Aber dieser Lieutenant Jennings stellt sich dazwischen. Dann will ich von Lanigan ein paar Fragen beantwortet haben, aber der knurrt mich bloß an: ‹Kein Kommentar ...› Also beschließ ich, zu warten und ihn später auszufragen, wenn die erste Aufregung vorbei ist, ja? Und jetzt passiert's: Kommt da doch einer rein und marschiert in Lanigans Büro – einfach so! Und die Presse lassen sie schmoren! Der da rein ist, das war der hiesige Rabbiner, hat mir einer von den Polizisten gesagt ... Gleich darauf kommen die beiden raus, Lanigan und dieser Rabbi, und gehn runter zu den Zellen. Die wollen den vernehmen, denk ich, und nichts wie hinterher. Na, und was glauben Sie – haut mir doch Lanigan die Tür vor der Nase zu?! Der Rabbi darf, aber die Presse ... Und nicht, daß der Häftling etwa 'n Jude ist – 'n Neger ist das ...»

«Schon gut. Regen Sie sich nicht auf.» Harvey Kanter schickte den jungen Mann weg und griff nach dem Telefon.

«Hallo, Hugh? Harvey Kanter. Wie geht's?»

«Gut. Und dir?»

«Bestens. Und deiner Frau?»

«Alles in Ordnung.»

«Fein ... Sag mal, habt ihr nächsten Sonntagabend was vor?»

«Bis jetzt noch nicht.»

«Wir wollten euch zum Essen einladen. Edith will ein Fischessen machen – Fischsuppe, Muscheln, Hummer und solches Zeug.»

«Hm, klingt vielversprechend. Aber habt ihr da nicht einen Feiertag?»

«Mann!» Kanter lachte. «Mein Schwager ist Synagogenvorsteher, aber ausgerechnet ein Katholik muß mir sagen, wann unser *Seder*-Abend ist ... Unter uns, ich hab mich da schon so lange nicht mehr darum gekümmert – ich weiß gar nicht mehr, wie die Zeremonie geht. Kommt ruhig trotzdem ... Abgemacht?»

«Gern. Das heißt, ich will noch Gladys fragen.»

«Edith kann sie ja mal anrufen. Also, dann ... Ach, Moment mal. Wo ich dich schon an der Strippe habe: Stimmt es, daß du einen von meinen Reportern rausgeschmissen hast, oder so ähnlich?»

«Na, rausgeschmissen ... Er war ein bißchen aufdringlich. Bringt den jungen Leuten erst mal Manieren bei.»

Kanter lachte. «Heutzutage bringt man denen nichts mehr bei. Die kommen frisch von der zeitungswissenschaftlichen Fakultät und wissen schon alles. Er ist sonst ein netter Junge. Hat wahrscheinlich zu viele Fernsehkrimis gesehen ... Er behauptet übrigens, ihr hättet Jenkins hinter Schloß und Riegel. Hat er was gesagt?»

«Der? Der hat allerhand gesagt ...»

Kanter langte nach Bleistift und Papier.

# 51

«Das ist doch gelogen, ich bitte Sie! Das kauf ich ihm einfach nicht ab, daß er zur Villa rausgefahren ist, bloß um sich trokken unterzustellen! Und daß er dann nichts getan hat, als ab und zu aus dem Fenster zu schauen, ob dieses Auto noch da ist ... Wenn die Racheaktion wirklich nur im Klauen eines Zigarettenetuis bestanden hat, warum hat er dann die Tür zugesperrt?»

«Weil die Polizei ...»

«Also gut – akzeptiert. Aber warum läßt er die Jalousien runter und zieht die Vorhänge zu? Nein, Rabbi – der hat in den zwanzig Minuten was anderes gemacht! Kann sein, daß er es ursprünglich nicht vorhatte; aber ich bin sicher, daß er Moose nicht nur das Etui weggenommen hat. Er hat ihm auch dieses Plastikding über den Kopf gezogen – paßt genau zu seiner Bemerkung vorher... Damit wäre übrigens auch der Vorsatz nachzuweisen... Sie werden sehen, Rabbi – es war bestimmt auch Jenkins, der zuerst den Vorschlag gemacht hat, Moose in die Folie zu wickeln. Auch das wird gegebenenfalls nachzuweisen sein.»

«Darauf bin ich gefaßt», sagte der Rabbi resigniert. «Sie werden es – ohne jede böse Absicht – Jacobs so lange suggerieren, bis er schließlich glaubt, sich daran zu erinnern.»

«Sie meinen, am Ende glaubt jeder das, was er glauben möchte...» Lanigan zuckte die Achseln. «Mag sein. Wir sind alle nur Menschen. Nun ist es aber ebenso menschlich wie gleichfalls verkehrt, eine diametral entgegengesetzte Haltung einzunehmen und alles zu ignorieren, was gegen einen Verdächtigen spricht, der einem leid tut... Es ist auch gar nicht so wichtig, wer auf die Idee mit dem Plastikfetzen kam. Aber Sie haben meine Theorie noch nicht entkräftet.»

«Nun, wie paßt denn das Folgende zu Ihrer Theorie: Gorfinkle und Jacobs fanden die Tür halb offen; Jenkins sagt aber, er hat sie zugesperrt... Warum sollte er in diesem Punkt lügen? Es wäre sinnlos.»

«Gott – manchmal schnappt so ein Schloß nicht richtig ein! Oder der Wind hat die Tür wieder aufgestoßen – was weiß ich. Das ist doch ziemlich nebensächlich.»

«Also weiter: Die Jungen sagen, sie haben Moose von Kopf bis Fuß eingewickelt gefunden – daran haben sie ja erst gemerkt, daß es ein Mord war. Wenn nun aber Jenkins der Täter war: Warum hat er dann die Folie nicht wieder zurückgeschlagen? Das wäre doch das einzig Vernünftige gewesen. Dann wäre kein Mensch auf die Idee gekommen, der Junge sei vielleicht keines natürlichen Todes gestorben. Erst die Total-Verpackung liefert den Beweis für den Mord... Und Jenkins ist kein Dummkopf! Einen solchen Schnitzer hätte er nie gemacht.»

Lanigan zog die Schultern hoch. «Vielleicht hat er einfach durchgedreht ...»

«Nachdem er zwanzig Minuten lang in aller Ruhe herumgesessen hat?»

«Woher wissen Sie, daß er so ruhig war? Vielleicht war er in Panik ... Wer sagt uns überhaupt, daß er zwanzig Minuten lang da war? Moose muß viel rascher erstickt sein. Und das mit dem Wagen, der vor dem Haus geparkt haben soll – das ist doch ein Märchen! Wer fährt schon so spät da hinaus – bei einem Gewitter obendrein? Höchstens ein Liebespaar. Aber Liebespaare parken im allgemeinen nicht ausgerechnet unter Laternen ... Nein, Rabbi – den geparkten Wagen hat er einfach erfunden, um uns irrezuführen. Damit wir glauben, jemand ist nach ihm noch im Haus gewesen oder was auch immer.»

Er sah den Rabbi an, aber der sagte nichts. Lanigan schüttelte den Kopf und fuhr fort:

«Halten wir uns an das Wesentliche: Jenkins war wütend, weil Moose ihn durch den Kakao gezogen hatte. Den Gedanken, ihm die Folie über den Kopf zu ziehen, hatte er vorher schon – das bestreitet er ja auch gar nicht. Er wollte mit Moose abrechnen; auch das gibt er offen zu. Er gibt sogar zu, daß er das Zimmer betrat, in dem Moose lag ... Alles weitere liegt doch auf der Hand: Er steht da, betrachtet Moose, es fällt ihm alles wieder ein, was er hat schlucken müssen; er erinnert sich auch an seinen eigenen, zunächst nicht ernst gemeinten Vorschlag – na ja. Und dann tut er's eben ... Wenn Sie das nicht akzeptieren, Rabbi, dann bleibt Ihnen nur der Große Unbekannte. Oder ...» Er machte eine vielsagende Pause. «Oder es bleiben Ihnen Ihre jungen Freunde Gorfinkle und Jacobs.»

## 52

Sie hatten nicht direkt etwas dagegen; sie waren nur nicht besonders angetan von der Idee. Roger Epstein konnte das nicht verstehen.

«Ich denke, wir brennen alle darauf, in solchen Fällen aktiv zu werden?» fragte er ratlos. Zu Brennerman gewandt, fuhr er fort: «Du hast doch selber gesagt, der Tempel müsse aktive Sozialarbeit leisten ... Und du, Ben – du hast feierlich erklärt, du willst mit deinem Programm einen sozialen Akzent setzen. Aber das gilt offenbar nur, wenn es um Südstaatenprobleme geht, ja? Wenn es weit weg ist von Barnard's Crossing?»

«Aber das stimmt doch nicht, Roger!» wehrte Gorfinkle ab. «Es geht uns um soziale Gerechtigkeit, ja – aber doch vor allem um *Gerechtigkeit*. Hast du nicht eben die Nachrichten gehört? Ich habe meinen Schwager angerufen – ich wollte Näheres erfahren. Er sagt, der Bericht stimmt; er hat es von Lanigan persönlich ... Vielleicht täusche ich mich, aber ich habe den Eindruck, dieser junge Neger ... Wie heißt er wieder? Ach ja, Jenkins ... dieser Jenkins ist der Täter.»

«Das meine ich auch», sagte Brennerman.

«Na klar», sekundierte Jacobs.

«Wie könnt ihr so sicher sein?» fragte Epstein.

«Na, hör mal – du glaubst doch selbst nicht, daß er wegen ein paar Zigaretten zurückgefahren ist!» sagte Gorfinkle.

«Vergiß eines nicht, Roger», warnte Jacobs: «Unsere Kinder sind in die Affäre verwickelt – deine Didi ebenso wie mein Bill und Bens Stu.»

«Ja eben: Stell dir doch vor, dein Bill wär in der Lage von diesem Jenkins ...» Epstein schlug auf den Tisch. «Egal, ob er's getan hat oder nicht – er hat das Recht auf einen fairen Prozeß.»

«Na, den kriegt er doch auch! Wir sind schließlich nicht in Alabama oder sonst irgendwo im Süden ... Keine Angst, es wird ihn schon keiner lynchen.»

«Er hat ja nicht einmal einen Anwalt!» entrüstete sich Epstein.

«Wenn das dein einziger Kummer ist, kann ich dich beruhigen», sagte Gorfinkle. «Soviel ich weiß, ist noch nicht formell Anklage erhoben. Und wenn es dazu kommt, wird das Gericht einen Pflichtverteidiger bestellen, falls er selbst keinen hat oder sich keinen leisten kann.»

«Ja, ich weiß. Dafür steht dann eine feste Summe zur Verfügung – fünfhundert Dollar, glaube ich. Und was für einen Anwalt man dafür kriegt, das ist ja leicht vorstellbar.»

«Was sollen wir denn also deiner Ansicht nach tun, Roger?»

«Beweisen, daß wir nicht nur Phrasen dreschen, verdammt noch mal! Jenkins hat das Recht auf einen anständigen Anwalt, einen guten Strafverteidiger – auf jemand wie Warren Donohue zum Beispiel ... Wie wär's, wenn wir einen Jenkins-Verteidigungsausschuß gründeten, um das Geld für Donohues Honorar aufzubringen? Ich bin sicher, bald werden auch andere Organisationen auf die Idee kommen. Warum sollen wir nicht die ersten sein?»

Gorfinkle überlegte. «Schön und gut, aber ... muß es denn gleich Donohue sein? Der nimmt's doch von den Lebendigen!»

«Na und?» Brennerman hatte Feuer gefangen.

«Fragt sich auch noch, ob er das Mandat übernimmt.»

«Warum nicht?» meinte Jacobs. «Wenn wir ihn bezahlen ...»

«Wir müssen eben die ganze Gemeinde mobilisieren», erklärte Epstein. «Aber es darf keine Ansammlung von Einzelspenden werden – die jüdische Gemeinde muß als Organisation dahinterstehen.»

«Ja – das entspricht genau unserem Konzept!»

«Halt! Dann gibt es gewisse Probleme», bremste Gorfinkle. «Sobald die Synagoge dahintersteht, kann der Rabbi auch mitreden. Und augenblicklich steh ich bei ihm nicht sehr hoch im Kurs. Er weiß, was ihm bei der nächsten Vorstandssitzung blüht.»

«Ich fürchte, du warst da ein bißchen voreilig, Ben», sagte Brennerman düster. «Du hättest ihn nicht gleich feuern ...»

«Ich habe ihn nicht gefeuert», gab Gorfinkle zurück. «Ich habe ihn bloß gewarnt. Und wenn jetzt nicht diese dumme Geschichte dazwischengekommen wäre ...»

«Wir waren schließlich alle dafür», warf Brennerman ein. «Schiebt jetzt nicht die ganze Schuld auf Ben.»

«Ich mach dir ja keinen Vorwurf, Ben», sagte Epstein, «aber ich finde, wir haben überstürzt gehandelt. Ganz abgesehen von der augenblicklichen Situation. Mir ist nicht ganz wohl bei der Sache.»

Von dieser Seite hatte Gorfinkle keine Kritik erwartet. «Wobei ist dir nicht wohl, Roger?»

«Na, die ganze Geschichte liegt mir im Magen. Ich komme mir ziemlich komisch vor, wenn ich über die Weiterbeschäftigung oder Entlassung eines Rabbiners mitentscheiden soll ... Ihr wißt alle, daß ich im Grunde keine Ahnung habe von all diesen Dingen, mit denen sich der Mann sein Lebtag beschäftigt hat ... Wie komme ich dazu, die Ritualkommission zu leiten? Das hat ja überhaupt den ganzen Krach ausgelöst. Wenn ich das geahnt hätte, hätte ich mich nicht dazu überreden lassen ... Na ja, vielleicht läßt sich das alles noch einrenken. Ich habe beschlossen, zurückzutreten.»

«Zurückzutreten?» fragte Jacobs verblüfft.

«Ja. Ich nehme die Ernennung zum Vorsitzenden der Ritualkommission nicht an. Und ich werde auch nicht warten, bis ihr das bei der nächsten Sitzung offiziell bekanntgebt. Nach all dem Theater möchte ich es dem Rabbi selber sagen ... Das wäre zugleich eine gute Gelegenheit, ihn für den Jenkins-Verteidigungsausschuß zu gewinnen. Und vielleicht spricht er dann mit Paff, und die Spaltung läßt sich vermeiden.»

«Mit andern Worten, ich soll Paff als Vorsitzenden der Ritualkommission behalten? Ist es das, worauf du hinauswillst, Roger?» fragte Gorfinkle.

«Nein. Aber ich sehe nicht ein, warum du nicht eine neutrale Person ernennen willst – Wasserman zum Beispiel.»

«Jaaa ...» Brennerman sah sich in der Runde um. «Wie wär's denn nun mit Wasserman?»

## 53

Sie spielten, aber keiner war so recht bei der Sache. Irving Kallen stieß seinen Stuhl zurück und warf die Karten hin. «Mir reicht's», erklärte er. «Ich kann mich heute nicht konzentrieren.»

«Noch einmal rum?» fragte Paff.

«Von mir aus.»

Aber auch Dr. Edelstein hatte keine Lust mehr. «Ach, wozu denn ... 'ne Tasse Kaffee – das wäre mir jetzt am liebsten.»

«Kein Problem ...» Paff lehnte sich in seinem Sessel zurück und rief über die Schulter ins Nebenzimmer: «Kriegen wir einen Kaffee, Laura?» Er sammelte die Karten vom Tisch ein.

«Gestern war ich in Chelsea», sagte er, «und da habe ich zufällig einen Bekannten getroffen – sein Bruder ist Rabbi und streng orthodox, ja ... Ich hab mich so ganz beiläufig erkundigt, wie das so ist, wenn jemand in einem Gebäude stirbt, in dem eine Synagoge eingerichtet werden soll ... Er meint, es spielt keine Rolle. Aber zur Sicherheit wird er noch seinen Bruder fragen.»

«Die Mühe kann er sich sparen, Meyer.» Kermit Arons winkte ab. «Das wird sowieso nichts mehr. Es geht ja nicht nur darum, daß dort jemand gestorben ist – schließlich hatte Arthur Barron vor zwei Jahren auch einen Schlaganfall in der Synagoge, und ...»

«Vor drei Jahren», verbesserte Dr. Edelstein. «Aber er ist nicht in der Synagoge *gestorben.* Wir haben ihn ins Krankenhaus gebracht; ich habe erst dort den Tod festgestellt.»

«Solange es sich um einen natürlichen Tod handelt, spielt das alles sowieso keine Rolle. Aber wir haben es mit Mord zu tun. Und selbst wenn ein Rabbinergremium den Ort als zulässig erklärt – das ändert auch nichts an der Sache: Es ist und bleibt das Haus, in dem jemand umgebracht worden ist. Wer wird denn schon so einer Synagoge beitreten wollen? Also, offen gestanden – mir wäre auch nicht ganz geheuer bei der Vorstellung, daß der Junge vielleicht auf meinem Platz ... Na, ist doch wahr!»

«Wo stehen wir also?» fragte Paff.

«Wieder am Anfang», sagte Kallen. Und dann hellte sich sein Gesicht auf. «Du hast dir das zwar nicht so vorgestellt, Meyer, aber im Endergebnis war es ein geschickter Schachzug, daß wir auf der letzten Sitzung den Mund gehalten haben: Wenn wir damals Krach geschlagen hätten, als Gorfinkle die Neuernennungen bekanntgab, müßten wir jetzt einen Rückzieher machen!»

«Ja, eben», meinte Edelstein; «Irv hat ganz recht. Wir stehen wieder dort, wo wir angefangen haben. Wir haben nie öffentlich erklärt, daß wir eine neue Synagoge gründen wollten. Wir haben auch nicht protestiert, als die neuen Kommissionen verlesen wurden; wir haben geschwiegen – und werden einfach weiter schweigen.»

«Richtig.»

«Was heißt hier richtig? Wie denkt ihr euch ...»

«Soll ich vielleicht stumm zusehen, wie uns die auf der Nase rumtanzen?» knurrte Paff.

«Wir können ja im Vorstand gegen sie stimmen», sagte Edelstein.

«Können wir. Aber es nützt nichts. Sie haben die Mehrheit.»

«Glaubt ihr, daß sie den Rücktritt des Rabbi verlangen werden?» fragte Edelstein. «Ich finde, es wäre eine Gemeinheit – nach allem, was er jetzt für die Kinder getan hat.»

«Wieso – was hat er denn getan?» fragte Arons. «Er hat Stu Gorfinkle und den jungen Jacobs überredet, der Polizei alles zu sagen ... Ich persönlich halte das für richtig, wohlgemerkt; aber die meisten Eltern sind ziemlich sauer. Vor allem natürlich Gorfinkle und Jacobs ... Nur gut, daß sie jetzt diesen Neger geschnappt haben.»

«Du glaubst also, die Kündigung geht durch?» fragte Edelstein.

«Eh ... nein», meinte Arons zögernd. «Wahrscheinlich werden sie vorläufig nichts unternehmen. Solange der Fall nicht gelöst und der Rabbi mit dem Polizeichef so dick befreundet ist, wäre es eine Dummheit, ihn zu entlassen, nicht wahr? Nein, sie werden wohl einfach warten, bis sein Vertrag ausläuft und ihn dann nicht mehr verlängern.»

«Der muß ganz einfach verlängert werden – dafür werden wir schon sorgen!»

Alle sahen Paff erstaunt an, und Arons sprach aus, was sie alle dachten:

«Seit wann bist du so scharf auf den Rabbi?»

«Bin ich gar nicht», knurrte Paff. «Mir geht's um was ganz anderes ... Ja, kapiert ihr denn nicht?»

«Was gibt's da viel zu kapieren? Sie werden ihn an die Luft setzen, und damit hat sich's.»

«O nein! Sie werden *versuchen*, ihn an die Luft zu setzen», korrigierte Paff. «Das ist nicht ganz das gleiche.»

«Aber sie haben doch die Mehrh ...»

«Ja», gab Paff zu, «im Vorstand haben sie die Mehrheit; das ist nicht zu ändern. Aber die Entscheidung, ob ein Rabbi nach immerhin sechs Dienstjahren entlassen werden soll, das ist nicht ausschließlich Sache des Vorstands. Das geht die ganze Gemeinde an ... Ich weiß nicht, wie beliebt der Rabbi ist. Aber ich weiß, daß es den meisten Leuten viel schwerer fällt, jemand rauszuwerfen, als ihn zu behalten. Niemand schmeißt gern Leute raus.»

«Na und?»

«Und das ergibt am Ende so etwas wie ein Gleichgewicht

der Kräfte, wenn es funktioniert, wenn der Rabbi bleibt ... Wenn wir im Vorstand opponieren, überstimmen sie uns einfach. Aber wenn er opponiert, macht er meistens eine Prinzipienfrage daraus und verbeißt sich in religiöse oder rituell bedingte Argumente ... Dann müssen die Gorfinkles entweder klein beigeben, oder sie müssen wieder versuchen, den Rabbi rauszuschmeißen. Das können sie aber nicht ohne Zustimmung der Gemeinde, und ... Na, wie gehabt.»

Edelstein lächelte. Kallen dachte nach, dann nickte er langsam. Und Arons sagte: «Nicht schlecht, Meyer ... gar nicht schlecht!»

## 54

Während der ganzen Woche wurde bei den Smalls emsig geputzt und gefegt – die üblichen Vorbereitungen für die *Pessach*-Woche. Der Rabbi legte überall mit Hand an. Er hatte die wacklige Leiter aus dem Keller geholt und reichte Miriam das *Pessach*-Geschirr herunter, welches das Jahr hindurch im obersten Fach des Küchenschranks aufbewahrt wurde. Miriam hatte alle Hände voll zu tun. Am Samstagabend waren sie endlich soweit. Miriam streckte sich wohlig auf der Wohnzimmercouch aus, während der Rabbi mit dem kleinen Jonathan die traditionelle symbolische Suche nach dem *Chomez* vornahm, den Brotstückchen, die man vorher überall verteilt, um sie dann im Licht einer Kerze einzusammeln. Das Brot wird mit einer Feder auf einen Holzlöffel geschoben, der dann am nächsten Morgen mitsamt den Krumen verbrannt wird.

«Ist dir Jonathan im Weg? Soll ich ihn zu mir nehmen?» rief Miriam ihrem Mann zu, ohne ernsthaft zu glauben, daß er ihr Angebot annehmen würde.

«Aber nein ... Als ich klein war, half ich auch immer meinem Vater beim *Chomez*-Suchen. Es macht Spaß ... Weißt du zufällig, wo ich die Kerze hingelegt ... Schon gut, ich hab sie.» Dann sprach er den Segen: *«Gelobt seist Du, Herr ... Der uns befohlen, alles Gesäuerte zu entfernen ...»* Sein Sohn sah beim flackernden Kerzenlicht mit großen Augen zu, wie er die Brotstückchen in einen Lappen wickelte und beiseite legte. Er sagte den alten Spruch auf: *«Alles Gesäuerte, das sich in meinem Besitz befindet und das ich nicht gesehen und entfernt habe, soll ungültig sein und als Staub der Erde betrachtet werden.»*

«Morgen», versprach er Jonathan, «darfst du zusehen, wie wir es verbrennen.» Er rief Miriam zu, sie solle ihn ins Bett stecken; Mr. Epstein müsse jeden Augenblick eintreffen.

Der Rabbi schüttelte den Kopf. «Tut mir leid, Mr. Epstein. Sie meinen es bestimmt gut, aber ich glaube, Sie machen einen großen Fehler.»

«Ja, aber ... Also Rabbi, ich versteh Sie nicht! Wir müssen Jenkins mit allen Mitteln helfen! Es geht uns doch alle an. Meine Tochter hat ihn zum Picknick eingeladen, und die anderen waren alles junge Leute aus der Gemeinde ...»

«Warum brechen Sie eigentlich nicht ins Gefängnis ein und holen ihn mit Gewalt heraus?»

«Das ist doch lächerlich, Rabbi!»

«Richtig. Aber damit wäre ihm immerhin geholfen ... Ich will damit nur sagen, daß sich nicht alle wohlgemeinten Handlungen unbedingt positiv auswirken müssen. Nun haben Sie also diesen Donohue mit seiner Verteidigung beauftragt. Ich habe schon viel von ihm gehört. Ein bekannter Anwalt ... ein Staranwalt ... Und jetzt erzählen Sie mir, er will beantragen, daß der Prozeß vor einem auswärtigen Gericht verhandelt wird – mit der Begründung, der Junge habe in dieser Stadt kein faires Urteil zu erwarten ... Ich möchte aber nicht, daß die jüdische Gemeinde in den Ruf kommt, an der Sauberkeit der hiesigen Justiz zu zweifeln; soweit mir bekannt ist, gab es in all den Jahren nie einen Anlaß. Was Sie vorhaben, das wird allerdings Anlaß zu etwas geben, zu der Vermutung nämlich, daß Sie von Jenkins' Schuld überzeugt sind ... Sollte er tatsächlich schuldig sein, so muß er verurteilt werden. Aber solange das nicht erwiesen ist, werde ich mich vor allem hüten, was als Präjudizierung ausgelegt werden könnte.»

«Aber Rabbi, es ist doch eine Standardtaktik, einen Fall der Zuständigkeit eines bestimmten Gerichtes zu entziehen und ...»

«Ja, aber was Sie als Standardtaktik betrachten, könnte anderen Leuten als unfaire Taktik erscheinen ... Bei Ihrem Sozialprogramm machen Sie im Grunde den gleichen Fehler, wenn ich das mal sagen darf: Sie begnügen sich nicht damit, was Sie persönlich tun können; Sie wollen durchsetzen, daß jedes Gemeindemitglied mitmachen muß. Nun enthält unsere Religion zwar einen Sittenkodex, eine Richtschnur für das Verhalten – aber es ist jedem einzelnen anheimgegeben, diese Richtschnur nach seinem Gewissen und gemäß seiner Intelligenz auszulegen ... Der eine schließt sich einem Proteststreik an, der andere wird für eine gerichtliche oder auch außergerichtliche Klärung der strittigen Fragen sein – das muß jeder für sich entscheiden. In der Synagoge überwiegt ja auch das Einzelgebet ... Es steht Ihnen natürlich frei, eine Kampagne zu starten, zu Spenden aufzurufen, oder was immer Sie wollen; aber solange auch nur ein einziges Gemeindemitglied dagegen ist, haben Sie kein Recht, im Namen des Tempels zu handeln – auch wenn im Vorstand die Mehrheit dafür ist.»

«Ich versteh dich nicht, David!» Miriam mußte sich zusammennehmen, um nicht heftig zu werden. «Er ist mit der besten Absicht gekommen. Er hat sich alle Mühe gegeben, die Sache wieder einzurenken. Er ist anständig.»

«Natürlich ist er anständig. Gorfinkle und die anderen sind auch anständig, sonst wären sie nicht so sehr um das Schicksal eines armen Negers besorgt, der in der Tinte sitzt. Aber Anständigkeit ist nicht alles. In den Religionskriegen haben auch lauter anständige Leute gekämpft – aber ihre Anständigkeit hat sie nicht gehindert, Zehntausende zu töten.»

«Ach, David – du bist so … so starrköpfig! Kannst du nicht einmal ein klein wenig nachgeben? Oder wenigstens einlenken?»

Er sah sie erstaunt an. «Doch, sicher. Das kann ich durchaus. Und ich tu's auch, wo es angebracht ist. Aber mit dem Einlenken ist es so eine Sache; man muß aufpassen, daß man nicht vor lauter Lenken nicht mehr geradeaus fahren kann.»

## 55

Am Sonntag begann der Gottesdienst um neun statt um halb acht, wie an den Wochentagen. Obwohl das Wetter schön war und er noch reichlich Zeit hatte, nahm der Rabbi den Wagen. Er fuhr nicht direkt zur Synagoge, sondern machte einen Umweg über die Küstenstraße. Ein- oder zweimal hielt er an, um sich an dem Blick auf die Brandung und die tief über die Wellen dahingleitenden Möwen zu freuen.

Die Straße verlief eine Weile parallel zum Strand; dort, wo sie landeinwärts abbog, sah der Rabbi plötzlich die Hillson-Villa vor sich auftauchen. Als er sich dem Haus näherte, nahm er das Gas weg; er war schon halb entschlossen, anzuhalten und sich ein wenig umzusehen. Aber als er den Mann entdeckte, der an einem Fenster des Nebengebäudes stand und telefonierte, fuhr er doch weiter. Er kam gerade rechtzeitig zum Gottesdienst.

Heute wurde im Anschluß noch ein Imbiß gereicht, weil sich die Tochter eines Gemeindemitglieds verlobt hatte. Man stand umher, trank Tee oder Kaffee und aß Kuchen und Gebäck – alles aus ungesäuertem Teig zubereitet, wie dies zu

*Pessach* vorgeschrieben ist; das Fest sollte am Abend beginnen.

Arthur Nussbaum war wieder bei seinem Lieblingsthema angelangt. «Es hat doch keinen Sinn, das viele Geld auf der Bank liegenzulassen und . . .»

«Na, immerhin wirft es Zinsen ab!»

«Ja – die von den steigenden Kosten aufgefressen werden! Und früher oder später müssen wir die Stühle ja doch auswechseln . . . Wenn wir's damals gleich in Auftrag gegeben hätten, als der Synagoge die Erbschaft zufiel, hätten wir für den Betrag die halbe Synagoge neu bestuhlen können. Heute reicht's noch für ein Drittel, wenn wir Glück haben.»

«Stell dir das mal vor – zweierlei Stühle in der Synagoge . . . Grauenvoll!»

«Um so besser. Je mieser es aussieht, je mehr sich die Leute darüber ärgern, um so eher rücken sie mit dem Geld für die restlichen Stühle heraus!»

«Bist du sicher? Also, erst gibt's mal Krach. Und wenn du glaubst, du weißt, was Krach ist seit der Kabbelei um die reservierten Plätze, dann wart mal ab, was los sein wird, wenn im vorderen Drittel lauter neue Bänke stehen!»

Der Rabbi, der das Gespräch mitangehört hatte, murmelte: «Warum muß man unbedingt vorn anfangen? Man kann doch auch zuerst die hinteren Plätze auswechseln . . .» In diesem Augenblick entdeckte er Paff und verließ die Gruppe, um zu ihm hinüberzugehen.

«Sollte das eben ein Witz sein?» fragte Nussbaum unsicher.

«Das würde doch alles nur noch schlimmer machen. Dann wären aber auch restlos alle sauer.»

«Na, ich weiß nicht . . .» Dr. Edelstein wiegte den Kopf.

«Wenn ihr hinten Polstersitze einbauen wollt – ich bezahl einen, wenn ich ihn reserviert kriege.»

«Warum nicht?» Irving Kallen nickte. «Mir persönlich kommt's nicht so darauf an – ich bin ja gut gepolstert. Aber mein Vater . . .»

«Wenn man sich's überlegt», sagte Nussbaum nachdenklich, «so ist es eigentlich nur fair.»

Brennerman, der in der Nähe stand, begann schallend zu lachen. «Wahrhaftig, Nussbaum – du hast recht! Der Rabbi hat die ideale Lösung gefunden.»

Alle sahen ihn ungläubig an.

«Na klar ... Vorne *Jiches*, hinten *Toches*. Jetzt kann sich's jeder aussuchen, ganz nach Belieben.» Er bemerkte Gorfinkle, winkte ihn heran und erzählte ihm lachend die Episode.

Der Rabbi winkte Paff heran und nahm ihn beiseite, so daß sie ungestört waren ...

«Ich habe das Protokoll Ihrer Aussage bei der Polizei gelesen, Mr. Paff», begann er. «Ich nehme an, Sie interessieren sich für die Villa an Tarlow's Point, um sie zu einer Synagoge umzubauen?»

«Stimmt, Rabbi ...» Paff grinste. «Aber jetzt ist die Sache natürlich ins Wasser gefallen. Wir legen den Plan vorläufig auf Eis.» Es fiel ihm etwas ein: «Ich wollte Sie natürlich davon unterrichten, dann ist aber Becker gekommen und hat gesagt, Sie sind nicht interessiert ...»

«Ganz richtig», bestätigte der Rabbi rasch. «Ich war und ich bin es nicht. Nein – ich wollte mir lediglich in einigen Punkten Klarheit verschaffen – mir ganz persönlich und privat, Mr. Paff, im weiteren Zusammenhang mit diesem Mordfall ... Sie haben bei der Polizei gesagt, daß Sie vor der Villa die Fahrt verlangsamt hätten und dann weitergefahren seien. Stimmt das?»

«Ja.»

«Sie haben überhaupt nicht angehalten?»

Paff überlegte. «Na ja ... Einen Moment vielleicht.»

«Sind Sie sicher, daß es nur ein Moment war? Wie lange ist das überhaupt – ein Moment?»

«Worauf wollen Sie hinaus, Rabbi?»

«Darauf, daß Sie dort eine ganze Weile gehalten haben. Fünfzehn, zwanzig Minuten; vielleicht noch länger.»

«Warum behaupten Sie das?»

«Weil mich Ihre Erklärung nicht überzeugt. Da stimmt etwas nicht ... Ich bin heute früh an der Villa vorbeigefahren, Mr. Paff. Die Straße verläuft dort schnurgerade; keine Wegbiegung, weit und breit nichts im Blickfeld. Selbst bei strömendem Regen kann man von weit her sehen, ob jemand dort wartet oder nicht. Es wäre also nicht nötig gewesen, die Fahrt zu verlangsamen. Da Sie aber verabredet waren, haben Sie sicherlich angehalten und ... Na, ich würde sagen, Sie haben mindestens eine Viertelstunde gewartet.»

«Na schön; nehmen wir mal an, es war so. Was dann?»

«Dann wird sich die Polizei fragen, warum Sie wohl in der ganzen Zeit nicht ins Haus gegangen sind.»

«Ich bin aber wirklich nicht reingegangen – ich schwör's Ihnen, Rabbi!»

«Und warum nicht?»

«Ich weiß es wirklich nicht», murmelte er resigniert. «Ich war schon öfters dort, aber immer nur tagsüber, wenn es hell war; an diesem Abend war es stockfinster, und es hat gegossen ... Ich hatte einfach keine Lust, allein reinzugehen.»

«Warum haben Sie der Polizei nicht die Wahrheit gesagt?»

«Ach – Sie wissen doch, wie das ist, Rabbi ... Moose Carter ist in dem Haus gefunden worden – tot; Moose, der für mich gearbeitet hat, den ich gekannt habe ... Wenn ich gesagt hätte, daß ich ungefähr eine halbe Stunde draußen im Wagen gesessen habe, hätten sie mich durch den Wolf gedreht: Was haben Sie gesehen? Was haben Sie gehört? Warum haben Sie nichts gesehen? Warum sind Sie draußen im Auto sitzen geblieben – Sie hatten doch den Schlüssel ... Rabbi, ich wollte meine Ruhe haben, das war alles. Ich wollte nicht in die Sache hineingezogen werden.»

«Dafür sitzen Sie jetzt um so tiefer drin ... An Ihrer Stelle würde ich gleich zur Polizei gehen. Sagen Sie, Sie wollen Ihre Aussage berichtigen.»

«Aber das heißt ja ... Rabbi, das heißt praktisch, zugeben, daß ich gelogen habe! Damit mach ich mich doch verdächtig!»

«Sie machen sich noch viel verdächtiger, wenn Sie warten, bis die Polizei von allein darauf kommt, Mr. Paff.»

«Also gut ...» Paff seufzte. «Sie haben wohl recht, Rabbi.»

# 56

Als der Rabbi zu Hause ankam, saß Lanigan da und wartete auf ihn.

«Tut mir leid, daß Sie warten mußten, Mr. Lanigan. Was kann ich für Sie tun? Kommen Sie dienstlich zu mir oder privat?»

Lanigan lachte. «Halb und halb, wie immer, wenn ich Sie besuche ... Sagen Sie, Rabbi – ich habe da was von einem Jenkins-Verteidigungskomitee munkeln hören. Wissen Sie Näheres darüber?»

«Einigermaßen, ja. Warum? Haben Sie etwas dagegen einzuwenden?»

«Na ja, also natürlich hat jeder das Recht ... *Ja,* verdammt noch mal – ich *hab* was dagegen!» platzte Lanigan heraus. «Ich kenn doch Donohue! Er wird ein großes Theater machen und in der ganzen Stadt die Atmosphäre vergiften. Und wenn Sie glauben, daß er Jenkins damit helfen wird, dann täuschen Sie sich. Er wird bloß eine große Bürgerrechtsschau abziehen – sozialer Ausgleich, Rechte der Unterprivilegierten und was weiß ich noch alles. Mit dem eigentlichen Fall wird das nichts mehr zu tun haben. Jenkins bekommt hier so oder so einen fairen Prozeß – egal, ob er schwarz ist oder weiß oder grün und gelb getupft!»

«Immerhin habe ich den Eindruck, daß zumindest Sie schon jetzt von seiner Schuld überzeugt sind.»

«Ich habe nicht darüber zu befinden, ob er schuldig ist oder nicht, Rabbi. Das ist Sache der Geschworenen und des Richters. Aber das schließt nicht aus, daß ich so was wie eine eigene Meinung habe ... Ich bin weiß Gott fair geblieben – Sie waren doch bei der Vernehmung dabei, Rabbi: Hab ich ihn fertiggemacht? Hab ich ihn auch nur angebrüllt? Ich hab ihn praktisch angefleht, sich einen Anwalt zu nehmen. Aber er hat sich geweigert.»

«Aber als er seine Version erzählte, haben Sie ganz automatisch alles akzeptiert, was auf eine mögliche Täterschaft hinwies, und alles, was für seine Unschuld sprach, als einen Wust von Lügen abgetan, nicht wahr?»

«Gott, Rabbi – das ist doch immer so: Man muß sich entscheiden, was man für glaubhaft hält, und was nicht ... Nehmen Sie doch nur mal seine Behauptung, da hätte ein Auto etwa zwanzig Minuten lang vor der Villa ...»

Der Rabbi ließ ihn nicht ausreden. «Der Wagen hat tatsächlich dort geparkt.»

*«Was sagen Sie da?»*

Der Rabbi berichtete von seiner Unterredung mit Paff.

Lanigan lief im Zimmer hin und her und dachte laut vor sich hin: «Das heißt also, Paff hat möglicherweise gesehen, wie Jenkins ins Haus gegangen ist ... Was tut er daraufhin? Er wartet, um zu sehen, wie's weitergeht ... Jenkins bleibt eine Weile im Haus ... Fährt Paff einfach wieder davon? Er ist am Tatort; er hat ein Transportmittel, aber kein brauchbares Alibi ...» Lanigan blieb stehen. «Nein, Rabbi!» Er schüttelte energisch den Kopf. «Nein – das kauf ich Ihnen nicht ab. Sie werfen doch nicht ein Mitglied Ihrer Gemeinde den Wölfen zum Fraß vor ... Da steckt doch noch etwas dahinter!»

«Ich will Ihnen nur zeigen, daß es noch andere Möglichkeiten gibt. Sie selbst sprachen von Gorfinkle junior und Bill Jacobs ... Sehen Sie, Jenkins ist eben nicht der einzige Verdächtige. Ganz abgesehen davon, daß Ihre Beweisführung gegen ihn Löcher hat wie ein Sieb.»

«Zum Beispiel?»

«Zum Beispiel der Tod jenes Mannes in Boston. Was hatte Jenkins damit zu tun?»

«Ich behaupte ja gar nicht, daß er was damit zu tun hatte. Zwischen dem Tod dieses Mannes und seinem Kontakt zu Moose braucht doch kein Zusammenhang zu bestehen!»

«Es gibt solche Zufälle, das bestreite ich nicht. Aber sie sind selten ... Nein, mein Hauptargument gegen Ihren Verdacht auf Jenkins ist, daß dieser Nachbar ...»

«Begg?»

«Ja, Mr. Begg ... daß er das Licht brennen sah. Deshalb hat er ja dann bei Ihnen angerufen.»

Lanigan stutzte einen Augenblick, dann grinste er. «Ach so – jetzt verstehe ich ... Sie wollen darauf hinaus, daß jemand nach Jenkins ins Haus gegangen ist, das Licht angeknipst und Moose umgebracht hat – vielleicht Ihr Mr. Paff ... Nett ausgedacht, Rabbi, aber leider nicht stichhaltig: Jenkins sagt, er hat die Vorhänge zugezogen, bevor er Licht machte ... Richtig?»

«Richtig.»

«Und er hat keinen Anlaß, in diesem Punkt zu lügen.»

«Einverstanden.»

«Wenn also Paff oder irgendein geheimnisvoller Unbekannter Licht gemacht hätte, war es draußen nicht zu sehen.»

«Ja, eben. Wie konnte also Begg das Licht sehen?»

«Eh ... wie?»

«Die Jungen stimmen darin überein, daß sie das Licht nicht angeknipst haben; Jenkins hatte eine Taschenlampe, aber er zog erst die Vorhänge zu.»

«Wie konnte dann also Begg Licht im Haus sehen?»

«Das fragte ich Sie soeben», versetzte der Rabbi spitz. «Aber ich kann Ihnen die Antwort sagen: Die einzige Möglichkeit, bei verdunkelten Fenstern ein Licht zu sehen, ist, selber ins Haus zu gehen und es anzuknipsen.»

«Sie meinen, daß ...»

«Ich meine, daß Begg wartete, bis Jenkins das Haus verließ, und dann selber hineinging – als Hausmeister hatte er ja den Schlüssel; die von Jenkins verschlossene Tür war also kein Hindernis. Begg knipst das Licht an, geht durch sämtliche Zimmer ... Und ich behaupte, daß er dem Jungen die Plastikfolie über den Kopf gezogen hat. Dann läßt er das Licht brennen, damit er einen Grund für den Anruf bei der Polizei angeben kann, und geht hinüber, um zu telefonieren.»

«Und vergißt die Eingangstür zu schließen?»

«Nein. Die hat er absichtlich offengelassen. Entweder, damit es die Polizeistreife entdeckt – in diesem Fall hätte er nicht anzurufen brauchen –, oder um die Frage, wie der Mörder ins Haus gekommen war, gar nicht erst aufkommen zu lassen.»

Lanigan rieb sich mit der roten Pranke das viereckige Kinn und dachte angestrengt nach. Dann fing er plötzlich an zu lachen: «Jetzt hätten Sie mich doch um ein Haar aufs Kreuz gelegt, Rabbi! Klingt alles sehr plausibel – bis auf eine Kleinigkeit ...» Er hielt einen belehrenden Zeigefinger hoch: «Beim Verlassen der Villa hätte er merken müssen, daß von draußen kein Licht zu sehen war – eben weil die Vorhänge zugezogen waren. Er hat also bestimmt nicht von seinem Haus aus angerufen.»

«Stimmt.» Der Rabbi nickte. «Noch dazu steht sein Telefon in einem Zimmer, von dem aus man die Villa sieht – ich bin heute früh dort vorbeigefahren; er stand zufällig am Fenster und telefonierte. Er hätte also noch bei seinem Anruf bei der Polizei merken müssen, daß aus der Villa kein Licht drang ... Und hier kommt nun tatsächlich der Zufall mit ins Spiel.»

«Welcher Zufall?»

«Während Begg noch in der Villa war, ging im ganzen Viertel das Licht aus.»

«Sie meinen den Stromausfall während des Gewitters?»

«Ja. Das war der einzige Zufall in der ganzen Geschichte.»

«Und warum ist er überhaupt ins Haus gegangen?»

«Das war nun allerdings kein Zufall mehr: Wegen Jenkins. Vielleicht hat er ihn weggehen sehen, oder er hat das Motorrad gehört; auf alle Fälle ist er hinübergegangen, um nach dem Rechten zu sehen ... Alles scheint in Ordnung; die Tür ist zu, alles ist dunkel. Aber trotzdem will er sich vergewissern. Er hat den Schlüssel, er schließt auf, macht Licht ... Vielleicht horcht er noch eine Weile, vielleicht ruft er: ‹Ist da jemand?› Dann geht er durchs Haus und findet Moose ... Ja, und später hat er dann angerufen, weil ihm daran lag, daß die Leiche möglichst bald gefunden wurde – am besten noch am selben Abend.»

«Warum noch am selben Abend?»

«Weil er sie sonst selber hätte finden müssen – er war schließlich Hausmeister. So fand sie die Polizei – und sie fand auch gleich Zigarettenstummel, Bierdosen und sonstige ‹Täterspuren›.»

«Bravo, Rabbi!» Lanigan lächelte. «Ich werde also auch Begg auf meine Liste setzen – zu Jenkins, Paff, Carter und den sieben Jugendlichen ... Wenn man sich ein bißchen anstrengt, reicht's bei jedem von denen auch zur Anklageerhebung – und zugleich gibt es auch wieder bei jedem einen Haken. Das gilt übrigens auch für Begg: Er konnte nämlich nicht wissen, daß Moose in der Villa war.»

Der Rabbi schüttelte den Kopf und schwieg.

Lanigan fuhr fort: «Auch wenn er Grund hatte, Moose umzubringen – auf die Frage nach dem Motiv sind Sie bisher nicht eingegangen –, so hatte er doch keine Veranlassung, das Haus zu betreten. Wenn er Einbrecher darin vermutete, wäre die normale Reaktion gewesen, einfach die Polizei zu verständigen und abzuwarten. Was wollte er also in der Villa?»

«Ich denke mir, er wollte nachsehen, ob nichts fehlte.»

«Was sollte denn fehlen? Möbel?»

«Nein, Möbel nicht. Aber Marihuana zum Beispiel. Es war dort besser versteckt als in seiner Wohnung.»

«Der alte Begg ... ein Rauschgifthändler? Nein, Rabbi! Also, alles was recht ist ... Nein! Er wohnt seit vielen Jahren hier; er ist ein solider Bürger, ein Yankee, wie er im Buch steht!»

«Ja. Und da er außerdem früher mal Lehrer war und in der Kommunalpolitik eine Rolle gespielt hat, scheidet er als

Täter ohnehin aus...» Der Rabbi lächelte spöttisch: «Sie haben völlig recht: Es kann nur ein Fremder gewesen sein.»

«Also gut, Rabbi – den Hieb hab ich wohl verdient. Ich habe mich unklar ausgedrückt; ich wollte sagen, daß er ein knurriger alter Querkopf ist, der uns dauernd in den Ohren liegt... Wenn er mit Rauschgift handeln würde, dann würde er doch eher einen großen Bogen um die Polizei machen, nicht wahr?»

«Das kann auch Tarnung sein», entgegnete der Rabbi. «Ist doch viel sicherer – vor allem in einem kleinen Nest: Er galt schon immer als komischer Kauz, und den Ruf versuchte er weiterhin aufrechtzuerhalten, als er mit dem Zeug zu handeln begann. Wenn er seine Gewohnheiten geändert hätte, das wäre viel mehr aufgefallen.»

Lanigan schwieg eine Weile. «Wie sind Sie auf Begg gekommen?» fragte er dann. «Hat das wieder mal was mit Ihrer talmudischen Denkschulung zu tun?»

«Ganz und gar nicht. Ich kam auf Begg, weil die Verdachtsmomente gegen ihn am stärksten sind – und wenn Sie sich nicht gleich auf Alan Jenkins festgelegt hätten, den Fremden, den Farbigen obendrein, dann hätten Sie ebenfalls auf Begg getippt.»

«Aber ausgerechnet Begg – der Außenseiter, der Spinner...»

«Ganz so schlimm ist das wohl nicht. Er ist vielleicht ein bißchen exzentrisch, aber es bleibt doch im Rahmen; ein Yankee-Dickschädel, der ewig meutert – das ist alles.»

«Warum ist er Ihnen dann verdächtig vorgekommen?»

«Erstens einmal besteht seine Kundschaft fast ausschließlich aus Halbwüchsigen. Er verkauft ihnen Sodagetränke und Papierwaren, und manchmal spielen sie am Flipperkasten; Sie kennen ja den Laden sicherlich; er ist gar nicht so klein. Da habe ich mich gefragt: Wie kann er davon leben und auch noch die Miete bezahlen? Weiter: Als Moose zu der Picknickgruppe stieß, konnte er nur von Beggs Haus kommen – die Flut war am Steigen, und es war der einzige Weg auf die Halbinsel. Als dann die Jungen einbrachen und Angst hatten, vom Nachbarhaus aus gesehen zu werden, hat Moose sie beruhigt und gesagt, Begg würde ihnen bestimmt nichts tun – ausgerechnet Begg, ein stadtbekannter Stänkerer... Warum war Moose so sicher? Weil er genau wußte, daß Begg weggegangen war – vermutlich sind die beiden gleichzeitig aufgebrochen. Ja, und schließlich habe ich auf Begg getippt, weil es mir sonderbar vorkam, daß er wegen einer brennenden Lampe bei der Polizei anrief. Er ist schließlich alles andere als schüchtern; warum hat er nicht selbst nachgesehen, was los war?»

«Sie meinen also, in der Hillson-Villa gibt es ein Marihuanalager?»

«Ich würde sagen, es gab eines. Vermutlich hat er das Zeug fortgeschafft, ehe er die Polizei anrief. Eben deshalb ist er in das Haus hinübergegangen... Wo er seinen Vorrat jetzt hat, das weiß ich natürlich nicht. In seiner Wohnung bestimmt nicht.»

Lanigan sagte: «Ist Ihnen klar, Rabbi, daß wir ihm überhaupt nichts nachweisen können? Selbst wenn wir seine Fingerabdrücke in der Villa finden – er ist schließlich der Hausmeister.»

«Fragen Sie ihn doch, wie das mit dem Licht war, das er gesehen haben will.»

Lanigan stand wieder auf und wanderte im Zimmer auf und ab. «Das ist kein Beweis... Er braucht nur steif und fest zu behaupten, er hat es eben gesehen. Oder er hat gemeint, es zu sehen – kein Mensch kann verurteilt werden, weil er behauptet, ein Licht gesehen zu haben, das er gar nicht sehen konnte. Irren ist menschlich – der Scheinwerfer eines Wagens, das Licht einer Straßenlaterne... Schade, Rabbi, aber hier kommen wir mit Ihrem Talmud auch nicht weiter.»

«Wir könnten es immerhin versuchen.»

Lanigan horchte auf. «Wie denn?»

«Nun, da ist ja auch noch dieser Mann, der am selben Tag

in Boston umgebracht wurde. Nehmen wir ihn doch ein wenig unter die Lupe ...»

«Wilcox?»

«Ja, Wilcox ... Wir wissen, daß Moose bei ihm war – er hatte die beiden Zwanzig-Dollar-Noten in der Tasche.»

«Und das Rauschgift.»

«Das könnte auch aus einer anderen Quelle stammen. Aber die beiden Banknoten stammen aus einer Serie fortlaufend numerierter Scheine; sie können nur von Wilcox kommen.»

«Stimmt. Weiter!»

«Wie ist Moose in ihren Besitz gekommen?» fragte der Rabbi.

«Wie meinen Sie das?»

«Entweder er hat sie genommen, oder man hat sie ihm gegeben.»

«Ach so. Ganz offensichtlich hat sie ihm Wilcox gegeben. Wenn er sie gestohlen hätte, würde er sich kaum mit zweien begnügt haben.»

«Ja, eben. Und wofür hat er sie bekommen? Wohlverstanden, es waren immerhin zwei Zwanziger.»

«Wofür? Keine Ahnung.»

«Passen Sie auf: Angenommen, Moose hat im Laufe des Gesprächs erwähnt, er sei pleite. Dann ist es vorstellbar, daß sich Wilcox bereit erklärt hat, ihm etwas zu pumpen. Normalerweise wären das ein, zwei Dollar gewesen, vielleicht auch fünf, oder meinetwegen sogar zehn. Und selbst wenn Wilcox nur Zwanzigerscheine bei sich hatte, würde er ihm höchstens einen davon gegeben haben. Aber er hat ihm vierzig Dollar gegeben ... Was bedeutet das?»

Lanigan schüttelte den Kopf. «Ich passe.»

«Es bedeutet, daß es sich um Bezahlung für etwas handelt. Da Moose aber pleite war und kaum etwas im Gegenwert von vierzig Dollar bei sich gehabt haben dürfte, das für Wilcox von Interesse war, müssen wir annehmen, daß es eine Vorauszahlung war, ein Vorschuß.»

«Ein Vorschuß worauf?»

«Natürlich kann man das nicht mit Sicherheit sagen. Aber haben Sie nicht erwähnt, dieser Wilcox sei in eine Rauschgiftaffäre verwickelt?»

«Die Bostoner Polizei ist davon überzeugt.»

«Schön. Und nachdem Sie eine nicht ganz unbeträchtliche Menge Marihuana in Mooses Besitz gefunden haben, und Jenkins überdies zugibt, daß er ihm zehn Marihuanazigaretten weggenommen hat, da bin ich nun der Meinung, daß es sich bei dem Geld um einen Vorschuß auf ein festes Gehalt oder auf eine Provision handelt. Mrs. Carter erzählte doch, Moose sei wegen eines Jobs nach Boston gefahren ... Offenbar hat er ihn bekommen.»

«Möglich», sagte Lanigan zögernd. «Ja, vielleicht waren die vierzig Dollar eine Art Startkapital. Aber was hat das mit seinem Tod zu tun? Und mit Begg?»

«Moment, Moment!» bremste der Rabbi vorwurfsvoll. «Wir sind noch nicht fertig mit Mooses weiteren Unternehmungen!»

«Ach so? Was hat er denn noch unternommen?»

«Er ist nach Barnard's Crossing zurückgefahren und geradewegs zu Begg gegangen.»

«Aha ... Noch etwas?»

Der Rabbi schüttelte den Kopf. «Ich habe den Jungen nicht gekannt, aber ... Schauen Sie mal: das unmäßige Trinken, sein ganzes Verhalten während des Picknicks und später in der Villa – alles das läßt darauf schließen, daß er sich in einem euphorischen Zustand befand. Außerdem ist er nicht zum Abendbrot zu Hause gewesen – ein schweres Vergehen bei den Carters. Mit anderen Worten: Er hatte alle Hemmungen abgelegt; er hatte keine Angst mehr vor seinem Vater. Und es ist nun naheliegend, daß dies mit dem neuen Job zusammenhing; daß er sich plötzlich frei von der früheren Abhängigkeit fühlte.»

«Aha», sagte Lanigan noch einmal. Sarkastisch fuhr er fort: «Und Begg? Was hat Begg getan? Wohin ist er gegangen, nachdem er mit Moose fertig war?»

«Ja ... Also, das ist nun reine Spekulation», erklärte der Rabbi pedantisch.

«Na, Sie werden doch jetzt nicht aufgeben? Bisher hatten Sie doch auch keine Hemmungen in dieser Beziehung.»

«Also gut ...» Der Rabbi ging nicht auf die Bemerkung ein. «Ich denke, Begg ist zu Wilcox gegangen. Die Tatsache, daß Moose gleich nach seinem Besuch bei Wilcox den alten Begg aufsuchte – gleich nachdem er offensichtlich angeheuert worden war also –, diese Tatsache läßt darauf schließen, daß Begg ebenfalls mit Wilcox in Geschäftsverbindung gestanden hat – als Agent oder als Partner. Wenn er Agent war, hat er sich bestimmt gegen die neue Konkurrenz in seinem Bezirk gewehrt. Und wenn er Partner war, hat er vielleicht aus anderen Gründen Einwände gegen Mooses Einstellung erheben wollen – er kannte ihn schließlich.»

Lanigan lehnte sich zurück und sah den Rabbi schweigend an. Schließlich sagte er: «Wissen Sie, wenn Sie jetzt auch noch die eine oder andere *Tatsache* anbringen könnten ...»

Der Rabbi grinste freundlich. «Ich habe Ihnen ja gleich gesagt, es ist die reine Spekulation ... Aber wenn wir es mal vom anderen Ende her anpacken, dann klingt es doch ziemlich plausibel. Zum Beispiel hätten wir hier zum erstenmal ein glaubhaftes Motiv für den Mord an Moose: Als Begg das Haus verließ, muß Moose klar gewesen sein, wohin er gehen würde. Er hätte also sofort gewußt, wer Wilcox umgebracht hatte.»

Lanigan starrte den Rabbi an. «Jetzt lassen Sie Begg also auch noch Wilcox umbringen ...» Er seufzte.

«Es paßt ins Bild.»

«Und die Beweise?»

«Beggs Fingerabdrücke in Wilcox' Wohnung, zum Beispiel.»

Lanigan schüttelte den Kopf. «Nicht nach einer Woche. Bei den vielen Beamten, die da rumgewühlt haben ...»

«Moment mal – haben Sie nicht etwas von einer Frau gesagt, die den Mörder von Wilcox gesehen hat?»

«Ja. Madelaine Sowieso ... Spinney. Madelaine Spinney.

Die Kollegen in Boston haben sich einiges von ihr versprochen, weil sie Moose nach einem alten Zeitungsfoto erkannt hat. Aber sie hat ihn wohl nur erkannt, weil das Bild ein anderes Format hatte als die Fotos in der Verbrecherkartei – weil es anders war ... Sie ist nicht besonders helle. Sie hat sich vielleicht auch unterbewußt an andere Fotos aus Mooses Footballtagen erinnert. Den Mörder hat sie auf alle Fälle nicht beschreiben können, und vermutlich könnte sie ihn auch nicht identifizieren.»

Der Rabbi sagte langsam: «Aber vielleicht würde doch der Mörder diese Madelaine identifizieren ...?»

# 57

«Sein Wagen steht in der Auffahrt? Gut; dann ist er zu Hause.» Im Sprechfunkgerät sagte jemand *Ende*. Lanigan stellte es ab.

«Also, wie packen wir's an, Chief?» fragte der Beamte aus Boston.

«Sie fahren bis zum Haus und halten an, ohne den Motor abzustellen», sagte Lanigan. «Wie jemand, der nur eben nach dem Weg fragen will. Dann steigen Sie aus, Madelaine. Knöpfen Sie Ihren Mantel zu und schlagen Sie den Kragen hoch ... Ja, so. Den Kopf ein wenig mehr gesenkt ... Gut! Sie gehen zum Haus und klingeln. Wenn er öffnet, nehmen Sie den Kopf hoch – er soll Sie genau ansehen können, aber nicht zu früh ... Dann fragen Sie ihn, wo es nach Boston geht. Sie brauchen keine Angst zu haben; schlimmstenfalls knallt er Ihnen die Tür vor der Nase zu.» Zu dem Beamten gewandt, fuhr er fort: «Sie bleiben im Wagen, falls nichts Außergewöhnliches geschieht.»

«Zum Beispiel?»

«Zum Beispiel, falls er sich nicht so benimmt wie jemand, den man nach dem Weg fragt ... Wir bleiben dicht hinter euch, aber außer Sicht. Nur wenn Sie aussteigen, greifen wir ein. Okay?»

«Okay.»

Die beiden Wagen fuhren los, Madelaine Spinney und der Bostoner Polizist vorneweg, hinter ihnen Lanigan und Jennings. An Tarlow's Point stieg die Frau aus, ging auf Beggs Haus zu und klingelte. Einen Augenblick später wurde die Tür geöffnet.

«Ja?»

Sie hob den Kopf, wie es Lanigan verlangt hatte. Die beiden starrten sich an.

*«Sie ...!»*

Der Polizist sprang aus dem Wagen und rannte zum Haus.

# 58

Es war später Nachmittag. Miriam beobachtete besorgt ihren Mann, der im Zimmer auf und ab ging. Von Zeit zu Zeit blieb er stehen, schlug ein Buch auf, begann darin zu lesen, legte es aber gleich wieder weg und nahm seine Wanderung wieder auf.

«Solltest du nicht in die Synagoge, David? Nur um zu sehen, ob alles in Ordnung ist?»

«Nein. Ich warte, bis sich Lanigan meldet. Jemand wird schon nach dem Rechten sehen – der Kantor oder Brooks oder vielleicht Mr. Wasserman.»

Jedesmal, wenn das Telefon klingelte, griff er hastig nach dem Hörer. Die meisten Anrufe waren auch für ihn; er faßte sich so kurz wie möglich, um die Leitung für Lanigan freizuhalten. Endlich, gerade ehe es Zeit war, zum *Seder* in die Synagoge zu gehen, rief Lanigan an.

Der Rabbi hörte gespannt zu, dann lächelte er. «Schön», sagte er. «Und vielen Dank, daß Sie angerufen haben.»

«Ist alles in Ordnung?» fragte Miriam, nachdem er aufgelegt hatte. «Können wir jetzt gehen?»

«Ja, jetzt können wir gehen.»

Das Mädchen, das auf Jonathan aufpassen sollte, wartete schon seit einer halben Stunde, daß sie endlich gingen und sie das Fernsehgerät einschalten könnte. Miriam gab ihr noch hastig einige Anweisungen und eilte hinaus zum Wagen. Der Rabbi folgte ihr; er trug das Tonbandgerät, das er sonst zum Diktieren von Briefen benutzte. Will er Aufnahmen in der Synagoge machen? dachte Miriam, ein wenig belustigt von diesem plötzlichen Anflug von Sentimentalität.

Als sie im Tempel ankamen, herrschte noch hastiges Kommen und Gehen. Die Leute suchten ihre Plätze, begrüßten sich oder versuchten, die Tischkarten auszuwechseln, um neben ihren Freunden zu sitzen. Die Tische waren mit weißem Damast und glänzendem Silber festlich gedeckt. Die lange Haupttafel schmückte ein prächtiges Blumenarrangement. An jedem zweiten Platz stand ein Lehnstuhl mit einem Kissen, damit sich die Männer gemäß dem Ritual anlehnen konnten, und daneben ein gewöhnlicher Stuhl für die Frauen. Neben dem Gedeck des Rabbis lagen die drei mit einer Serviette zugedeckten *Mazzoth* und die *Seder*-Platte mit dem Ei, dem angebratenen Knochen, den Bitterkräutern, der Petersilie und den beiden kleinen Schalen, eine für den Meerrettich und die zweite für den Brei aus gehackten Nüssen und Äpfeln. An der Spitze der Tafel hatten die Leute bereits Platz genommen. Der Rabbi ging reihum, um jeden persönlich zu begrüßen.

«Gut bei Stimme, Kantor?»

«Na sicher, Rabbi.»

Mr. Wasserman sah alt und zerbrechlich aus in dem wuchtigen Lehnstuhl, der für den Vorsitzenden der Ritualkommission bestimmt war. Er ergriff mit beiden Händen die Hand des Rabbis. «Den *Seder* verbringe ich eigentlich am liebsten zu Hause, aber in diesem Jahr konnten meine Kinder nicht kommen. Und von Zeit zu Zeit tut es gut, unter Menschen zu sein ...»

Gorfinkle beobachtete aus den Augenwinkeln, wie der Rabbi die Runde machte. Als er auf ihn zukam, stand er auf und streckte ihm betont förmlich die Hand entgegen.

«Fährt Stu morgen wieder ins College zurück?»

Gorfinkle zuckte die Achseln. «Er hatte es vor, aber bis jetzt hat sich Lanigan nicht gemeldet. Vielleicht ruft er heute abend noch an.»

«Es ist in Ordnung. Er kann fahren.»

«Und die andern?» fragte Gorfinkle hastig.

«Die auch.»

Gorfinkle strahlte. Er war überwältigt. «Das ist wunderbar, Rabbi – einfach wunderbar ... Ich weiß nicht, wie wir Ihnen danken sollen!»

Der Rabbi beendete seinen Rundgang und nahm Platz. Er blickte sich in dem vollen Saal um und wartete, bis alle saßen.

Nachdem die Kellner alle Weingläser gefüllt hatten, erhob sich der Kantor und sang mit hochgehaltenem Kelch den Segen über den Wein.

Die Männer an den Ehrenplätzen gingen hinaus, um sich nach der Vorschrift die Hände zu waschen. Als sie zurückkamen, tauchte der Rabbi einen Petersilienstengel in ein Gefäß mit Salzwasser und sprach den Segen über die Frucht der Erde.

Er deckte die *Mazzoth* auf, nahm das Ei und den Knochen von der Platte und gab sie an Mr. Wasserman weiter, der das *Holachmo anjo* sprach: *«Seht, dies ist das Brot der Armen, das unsere Väter im Land Ägypten aßen; jeder, der hungrig ist, komme und esse, und jeder Bedürftige komme und feiere das Pessachfest ...»*

Zum zweitenmal wurden die Weingläser gefüllt. Der

Rabbi nickte einem der Kinder zu, das aufstand und mit schüchterner Stimme das *Manischtana* aufsagte.

Nachdem das Kind die vier Fragen vorgetragen hatte, stellte der Rabbi das Tonbandgerät auf den Tisch. «Arlene Feldberg hätte die englische Übersetzung vorlesen sollen», verkündete er. «Leider liegt sie mit Masern im Bett, aber wir werden sie trotzdem hören ...» Er drückte auf eine Taste, worauf seine eigene Stimme in den Saal dröhnte: *... mit freundlichen Grüßen ... bitte einen zusätzlichen Durchschlag, Miriam.* Unmittelbar darauf folgte die hohe Piepsstimme der kleinen Arlene:

*Worin unterscheidet sich diese Nacht von allen andern Nächten?* Das langsame, geschraubte Deklamieren verriet wochenlanges Einstudieren. *In allen andern Nächten essen wir Gesäuertes oder Ungesäuertes, diese Nacht jedoch nur Ungesäuertes ...*

Der Rabbi warf Miriam einen Blick zu. «Siehst du?» flüsterte er ihr zu. «Ich kann mich anpassen, wenn's sein muß ...»

«Und es kommt an!» flüsterte sie zurück.

*Warum essen wir bittere Kräuter ... Warum tauchen wir unser Essen zweimal ein ... Warum essen wir angelehnt?*

Mr. Wasserman zupfte den Rabbi am Ärmel, und der Rabbi beugte sich zu dem alten Mann hinüber, statt das Tonbandgerät abzustellen.

*... will, daß du absagst, Miriam – verstehst du? Laß dir doch irgendeine Ausrede einfal ...*

KNACKS! Der Rabbi hatte die richtige Taste erwischt.

Die Tischgesellschaft brach in schallendes Gelächter aus. Der Rabbi errötete und sagte hastig: «Wir wollen jetzt alle gemeinsam lesen ...»

Das Festessen wurde aufgetragen. Nach dem gefüllten Fisch und der Hühnerbrühe gingen einige Gemeindemitglieder mit den kleineren Kindern nach Hause. Die meisten blieben jedoch bis zum Schluß, sprachen die Gebete und Segenssprüche und sangen die traditionellen Lieder. Zuletzt trank man das vierte Glas Wein, und alle sprachen im Chor, laut mit froher Stimme, was Juden in aller Welt seit vielen Jahrhunderten am Ende der *Pessach*-Feier rufen: *«Nächstes Jahr in Jerusalem!»*

Der Rabbi neigte sich zu Miriam hinüber: «Warum nicht?» flüsterte er.

«Was?»

«So wie's aussieht, sind wir nächstes Jahr frei. Warum sollen wir nicht einmal nach Jerusalem fahren?»

# 59

«Sie haben das Protokoll der letzten Sitzung im vollen Wortlaut gehört. Möchte jemand etwas richtigstellen? Oder etwas hinzufügen? Bitte, Mr. Sokolow ...»

«Wir haben während der Sitzung stundenlang über den neuen Vertrag für den Rabbi gesprochen, aber im Protokoll ist kein Wort davon erwähnt.»

«Du bist früher weggegangen, Harry», sagte Gorfinkle. «Aus naheliegenden Gründen wurde beschlossen, das nicht ins Protokoll aufzunehmen. Stell dir vor, der Rabbi wäre heute da. Das wäre vielleicht peinlich.»

«Und woher soll ich wissen, was beschlossen wurde?»

«Ich habe eine Kommission bestimmt, mit Al Becker als Vorsitzendem ... Würdest du's ihm bitte kurz erläutern, Al?»

«Gewiß.» Becker erhob sich und ging zum oberen Ende des Tisches. «Wir haben vor allem über die Vertragsbedingungen diskutiert. Die einen schlugen vor, den Vertrag auf weitere fünf Jahre zu verlängern – mit Gehaltserhöhung natürlich ... Es gab aber auch viele Stimmen, die für einen Vertrag auf Lebenszeit waren. Das müßte man aber mit dem Rabbi persönlich besprechen.»

«Was habt ihr also beschlossen?» fragte Sokolow.

«Nun, vorläufig wollen wir ihm noch nichts sagen», antwortete Becker. «Da ist nämlich noch etwas, und ich meine, das sollten wir erst unter uns besprechen.» Er räusperte sich. «Am Ende dieses Jahres endet auch das sechste Dienstjahr des Rabbis in unserer Gemeinde. Der neue Vertrag beginnt also mit dem siebten Jahr. Wie Sie wissen, geben viele Gemeinden ihrem Rabbi das siebte Jahr als sogenanntes Sabbatjahr frei. Nun sollten wir nicht unvorbereitet dastehen, falls der Rabbi die Frage aufs Tapet bringt, und wir wollten wissen, was der Vorstand dazu meint ... Ich persönlich bin dafür, daß wir ihm das Jahr von uns aus freigeben, ehe er überhaupt danach fragt.»

Sogleich setzte eine stürmische Diskussion ein.

«Viele Synagogen geben überhaupt kein Sabbatjahr ...»

«In der Gemeinde meines Bruders hat der Rabbi zwar ein Jahr freibekommen, aber der war zwanzig Jahre in der Gemeinde ...»

«Bei Universitätsprofessoren ist es auch üblich ...»

«Ja, aber nur wenn sie eine wissenschaftliche Arbeit ...»

«Meine Frau sagt, die Rabbitzin hat erzählt, sie wollten nach Israel fahren. Das klingt doch vernünftig für ein Sabbatjahr – für einen Rabbi ...»

«Was hat er das nötig? Schließlich hat er den ganzen Sommer frei. Wenn ich mir das leisten könnte ...»

Mr. Wasserman meldete sich zu Wort. «Das siebte Jahr ist etwas ganz Besonderes, das Sabbatjahr ... Was ist das eigentlich – Sabbat? Das haben wir doch in die Welt gebracht, oder? Sechs Tage soll man arbeiten und am siebenten ruhen ... Früher haben die Leute sieben Tage die Woche gearbeitet; aber wir haben das abgeschafft. Und die ganze Welt hat's akzeptiert – ein Tag in der Woche ist Ruhetag ... Der einzige, der keinen Ruhetag hat, ist der Rabbi. Am Sabbat ruhen wir aus, er aber muß arbeiten. Und auch an den Wochentagen. Unser Rabbi, das ist ein Gelehrter. Er studiert Tag und Nacht. Und wenn er nicht über seinen Büchern sitzt, muß er Reden halten oder an Sitzungen teilnehmen; da ist mal eine *Bar-Mizwah,* dann eine Trauung oder, Gott behüte, ein Begräbnis ... Er kann sich nur ausruhen, wenn er einmal weit weg ist von der Gemeinde. Ich finde, wir müssen dem Rabbi diesen Sabbat schenken, wenn er ihn verlangt. Er muß sich auch mal von der Gemeinde erholen.»

Niemand sagte ein Wort. Schließlich brach Paff das Schweigen, indem er in seinem tiefen Baß Dr. Edelstein etwas zumurmelte.

«Was ist los?» Gorfinkle sah auf. «Haben Sie etwas gesagt, Mr. Paff?»

«Ich hab nur gesagt», dröhnte Paff, «daß es andersherum ebenfalls stimmt – manchmal muß sich auch die Gemeinde vom Rabbi erholen ...»

Brennerman grinste. Edelstein kicherte. Jacobs platzte laut los ... Sie lachten eine ganze Weile.

«Da ist was dran, Meyer», brachte Gorfinkle endlich heraus. «Weiß Gott – diesmal haben Sie den Nagel auf den Kopf getroffen!»